謹訳 平家物語［一］

林望

祥伝社

装訂……………太田徹也

謹訳 平家物語［一］ 目次

■巻第一■

巻第一

■祇園精舎■

祇園精舎《ぎおんしょうじゃ》の鐘の声、諸行無常《しょぎょうむじょう》の響《ひびき》あり。沙羅双樹《しゃらそうじゅ》の花の色、盛者必衰《じょうしゃひっすい》のことはりをあらはす……と、こう申してございます。お釈迦様のために建てられた中天竺《ちゅうてんじく》なる祇園《ぎおん》の寺には、もはや命旦夕《めいたんせき》に迫った病気の僧のためのお堂があり、無常堂《むじょうどう》と名付けられておった……この無常堂の四隅には頗璃《はり》（水晶）の鐘が懸けられており、今まさに病僧の死すべき時には、誰《たれ》が打つでもないのに、自然と鳴りだして「諸行無常云々《うんぬん》」とて、ありがたい偈《げ》を説いたとか……、この鐘の声を聞くときは、いかなる苦病《くびょう》の者もその痛苦を忘れて安楽往生《あんらくおうじょう》の道に赴《おもむ》いたと、そのように伝えております。

また、釈迦入滅《にゅうめつ》の床《とこ》の四隅《よすみ》には、沙羅の木が二本一対となって合計八本植わっておりましたが、いよいよ涅槃《ねはん》の時至るや、二本の木がそれぞれ合体して一本となり、お釈迦様の体の上に覆いかぶさって、あまつさえ、鶴の如く白く色を変じたと、かように『涅槃経《ねはんぎょう》』に説かれてございます。この白く変じた沙羅の花の色こそ、なべての存在はみな衰滅《すいめつ》の期《ご》を迎えることを免《まぬか》れ得ない、という道理を教えているにほかならぬのであります。

されば、いかに栄華《えいが》を極め、奢《おご》り高ぶった人であろうとも、永劫《えいごう》その栄《えい》を保つことはできぬ……それはあたかも、春の短い夜にかりそめに見ている夢のようなものであります。

またどんなに権勢を恣《ほしいま》まにした人も、最後には滅亡して果てます。これまったく、風が吹けば塵《ちり》などたちまちに吹き飛ばされてしまう、そのはかなさに同じことでございましょう。

遠く異国の事蹟《じせき》を窺《うかが》いまするに、唐土《もろこし》は秦《しん》の趙高《ちようこう》、これは秦朝第二代の皇帝に仕えて権勢を恣まにした悪大臣《あくだいじん》、また漢の王莽《おうもう》、この者は主君平《へい》帝《てい》を弑《しい》し奉《たてまつ》った大逆人、あるいは梁《りよう》の朱异《しゆうい》、これまた武帝の臣たる本分を逸脱し国を滅ぼしたる張本人、そうして唐の安禄山《あんろくざん》はすなわち、玄宗《げんそう》皇帝に弓を引いた謀反人《むほんにん》、これらの者共は、みな主君、皇帝の政《まつりごと》にも従わず、おのれ一人の楽しみに耽り、諫《いさ》める人があっても一切聞きも入れず、かかる非道を行えば、いずれは天下《てんが》の乱れとなることもさらに悟ることなく、結局は民がみな辛《つら》い思いをしなくてはならぬが、それしきのことも、とんと気にもかけずにいたところが、天罰覿面《てんばつてきめん》、ついには滅んでいった者どもにほかなりませぬ。

いや近く我国の歴史を窺《うかが》いまするに、承平《じようへい》（九三一～九三八年）の世の平将門《たいらのまさかど》、これは関東で謀反《むほん》の弓を引いて都を震え上がらせた悪臣、天慶《てんぎよう》（九三八～九四七年）の世の藤原純友《ふじわらのすみとも》、これまた同じ頃に西海《さいかい》を根城《ねじろ》に謀反を起こした乱臣、康和《こうわ》（一〇九九～一一〇四年）の世の源義親《みなもとのよしちか》、この者は源義家《みなもとのよしいえ》の子息ながら、任国対馬《にんごくつしま》で乱行《らんぎよう》を恣まにして、結句追討使《ついとうし》によって滅ぼされた者、また平治《へいじ》（一一五九～一一六〇年）の世の藤原信頼《ふじわらののぶより》、これは世に悪右衛門督《あくえもんのかみ》と渾名《あだな》せられたほどの悪人にて、平治の乱を引き起こし、ついには滅ぼされたとございます。これらの梟雄《きょうゆう》どもは、その奢り高ぶった心のさまも、権勢を揮《ふる》ったそのありようもとりどりでありましたが、さらについ最近のことを申すならば、かの六波羅《ろくはら》に居を構えましたる、入道前太政大臣平朝臣《にゅうどうさきのだいじょうだいじんたいらのあつそん》清盛公と申した人の、奢り高ぶった凶悪無《きょうあくむ》慚《ざん》のありさまは、あらあら伝え聞いてはおりますものの、それはまことに想像のほか、言うべき言葉も見つからぬほどであります。

この清盛と申す人、先祖に遡《さかのぼ》ってまいりますと、もともとは桓武《かんむ》天皇の第五の王子、一品式部卿《いっぽんしきぶきょう》、すなわち王子のなかにも第一の位に備わり、式部卿に任じた葛原親王《かずらはらのしんのう》を遠い祖《おや》として、桓武帝より九代《くだい》の子孫に当たるのが讃岐守正盛《さぬきのかみまさもり》という人、さらにその子孫で、刑部卿平忠盛《ぎょうぶきょうたいらのただもり》という人の嫡男《ちゃくなん》であった。

そもそも、この葛原親王という方の御子は高見王《たかみのおう》と申し上げて、無官無位のまま亡くなりましたが、その御子高望王《たかもちのおう》の時、初めて平姓《たいらせい》を頂戴して、上総介《かずさのすけ》の任を受けられたのが、すなわち皇族を出て臣下の家となった最初でございます。高望王の子は鎮守府《ちんじゅふ》の将軍に任じた良望《よしもち》という人にて、これが後に平国香《たいらのくにか》と改名し、この国香から正盛に至るまでの六代は、諸国の受領《ずりょう》でありましたが、もとより宮中の殿上《てんじょう》に上がることは許されぬ、すなわち殿上人《てんじょうびと》とはなりえなかったのであります。

■殿上闇討《てんじょうのやみうち》■

ところが、この忠盛が備前守であった時、鳥羽院《とばのいん》の勅願によって、得《とく》長寿院《ちょうじゅいん》という寺を建てて院に寄進《きしん》し、また三十三間の御堂《みどう》を建てて、そこに一千一体の御仏《みほとけ》を安置し奉ったということがございます。そうして、その落慶開眼供養《らっけいかいげんのくよう》は天承《てんしょう》元年（一一三一年）三月十三日でありました。

この建立《こんりゅう》寄進のご褒美として、忠盛には折から国司が不在となっている国の国司に任じてやろうという院宣《いんぜん》が下されます。ちょうどその時、但《たじ》馬国《まのくに》の国司が空位《くうい》となっておりましたので、これを忠盛に下されたわけでございます。

鳥羽院は、この寺院の建立寄進を深く喜ばれたあまり、忠盛に対して、宮中の清涼殿《せいりょうでん》に上がることを許された。かくて忠盛三十六歳の砌《みぎり》に、初めて昇殿を許されまして、晴れて殿上人となります。

しかるに、もともとの公家の殿上人どもは、成り上がりの忠盛の昇殿を嫉《そね》んで、同じ年の十一月二十三日、毎年十一月の節日《せちび》に宮中で舞の奉納される五節《ごせち》の舞の催しの後の宴会、すなわち豊明《とよのあかり》の節会《せちえ》の夜に、一計を案じて、この目障りな忠盛を闇討ちにしてしまおうと企んだのでありました。

しかし、忠盛はこれを逸早《いちはや》く伝え聞き、

「俺は、公家右筆《ゆうひつ》などの身分でもなし、ただの武士の家に生まれて、いま思いもかけなかった恥をかかされる事があったら、それこそ家名の疵《きず》ともなり、俺自身の面目も丸つぶれだ。なにがどうあっても、まずは自らの身を安全に守りつつ、主君に仕えるのが武士の本分だと、こう物の本にも書いてあるぞ」

と言って、おさおさぬかりなく用意をして待ちかけたのであります。

宮中に上がるについては、まず最初から大きな脇差しを用意して、これを束帯《そくたい》の下にざっと差し、やがて灯火《とうか》の仄暗《ほのぐら》い方向に向かって、そろりと抜き出すと、おのれの鬢《びん》のあたりにピタリと差し当てた……するとそれはギラリギラリと光って、まるで氷かなにかのように見えたことであった。

これには、企んでいた殿上人連中も息を呑み、凝《じ》っと目をこらしております。

かようなところをまずは見せつけます。さらに忠盛の家来で、左《さ》兵衛《ひょうえの》尉《じょう》家貞《いえさだ》という者がございましたが、これ、もとは一門の侍であった木工《むくの》助《すけ》平《たいらの》貞光《さだみつ》の孫、進《しん》の三郎《さぶろう》大夫《だゆう》季房《すえふさ》の子に当たります。この家貞が、薄青《うすあお》の狩衣《かりぎぬ》の下に萌黄《もえぎ》縅《おどし》（札板《さねいた》を薄青い色の組紐《くみひも》で綴じあわせたもの）の腹巻《はらまき》（下級武士の帯びる胴甲《どうよろい》）を着《ちゃく》し、予備の弓弦《ゆづる》を入れる袋を付けた太刀を脇に掻《か》き挟み、清涼殿の小庭《こにわ》にかしこまって控えております。

殿上人のほうでは、蔵人頭《くろうどのとう》以下これを不審に思い、

「御殿の南の雨樋の柱より内側の、鈴つきの綱（殿上の間《ま》から庭をへだてて校書殿《こうしょでん》にわたした綱。蔵人が小舎人《こどねり》を呼ぶのに用いる）のあたりに、紋もない

布服を着た下賤の者が控えているが、そのほうは何者か。まことにけしからぬこと、下がれ下がれ」

　と六位の者に伝達させると、家貞は、

「拙者には代々《だいだい》の主君に当たる備前守殿が、今宵殿上にて闇討ちにお遭いなさるかもしれぬということを承りましたゆえ、どうなることか見届けようとて、ここにおります。されば、どうでも下がりますまい」

　と、こう言って、畏まったまま頑《がん》として動かぬ。殿上人どもは、これは益体《やくたい》もないことになったと思ったのであろう、その夜の闇討ちは取りやめとなったのでございました。

　さて、宴もたけなわ、忠盛は院の御前《ごぜん》に召されて一差《ひとさ》し舞《まい》を舞いましたが、その時、殿上人どもは、拍子《ひょうし》を変えて、こんな歌を歌った。

「伊勢瓶子《へいじ》は酢瓶《すがめ》なり（伊勢の瓶子は酢を入れる瓶だ、伊勢の平氏は眇目《すがめ》だな）」

　この平氏の人々は恐れ多くもかたじけなくも、柏原《かしわばらの》天皇すなわち桓武《かんむ》天皇の末裔《まつえい》とは申しながら、その後《のち》は都の住まいもろくろくいたしませんで、ただ下級の地方豪族のように振る舞うようになり、伊勢の国に長らく住み着いておりました。しかるに、伊勢は酢瓶が名産とあって、その酢瓶（すがめ）にことよせて、こんな揶揄《からか》いの歌を歌ったのでございます。ちょうどお誂《あつら》えに、忠盛は眇目（すがめ）すなわち藪睨《やぶにら》みであったので、こんなことをば言いそやしたというわけでありました。

　かかる辱《はずかし》めを受けたけれども、だと言ってなんと為《な》す術《すべ》もありませぬ。忠盛は、管弦の御遊《おおんあそび》がまだ終わらぬうちに、そろりと退出してまいりましたが、その際、紫宸殿《ししんでん》の北廂《きたびさし》の、ちょうど玉座《ぎょくざ》の背後にあたるあたりへまいりますと、控えている殿上人が見ている所へ、わざわざ主殿寮《とのもりょう》の女官《にょかん》を呼びだし、なにやらこれみよがしに、横ざまに腰に差していた刀をば、しかと預け置いてから、悠々と出てまいります。

　家貞は、殿の帰りを待ち受けておりましたが、主人忠盛が早々《そうそう》に引き上げてきたことを不審に思い、

「これはいったい、いかがなされましたか」

　と尋ねます。この時忠盛は、よほどかくかくしかじかであったと、伊勢瓶子の一件を話して聞かせようと思いましたが、〈いや待て待て、もしそんなことを言おうものならば、この家貞はたちまちに殿上までも斬りのぼって行くやもしれぬ、そんな生一本《きいっぽん》の男じゃほどにな……〉と、ぐっとこらえまして、

「いや、別になんという事もないぞ」

　と答えたのでありました。

　本来、五節の舞には、「白薄様《しろうすやう》、濃染紙《こぜむじ》の紙、巻上《まきあげ》の筆、鞆絵《ともゑ》かいたる筆の軸《ぢく》……（薄く漉いた白い紙、濃い紫に染めた紙、軸を糸で巻上げた筆、巴《ともえ》の紋を描いた筆の軸……）」などと、さまざまに面白いことを歌って楽しむだ

けのことでありましたが、少し昔に、太宰権帥藤原季仲卿《だざいのごんのそつふじわらのすえなか》という人がございまして……この人があまりに色黒であったので、会った人はみな「黒《こく》帥《そつ》」と渾名《あだな》したくらいでありました。この、季仲卿がまだ蔵人頭《くろうどのとう》であった時分、五節の宴で舞われたことがございます。その時にも、人々は拍子を変えて、「あなくろぐろ、くろき頭《とう》かな。いかなる人のうるしぬりけむ（ああ、黒々としているな、黒い蔵人〈くろうど〉の頭《とう》だなあ。いったいどんな人が漆《うるし》を塗ったのであろうか）」と歌い囃したということがございました。

また、花山院家《かざんいんけ》の前太政大臣《さきのだいじょうだいじん》藤原忠雅《ただまさ》公は、いまだ十歳という時分に、父親の中納言忠宗《ただむね》卿に先立たれてみなし子となりましたが、故《こ》中御《なかのみ》門藤中納言家成《かどのとうちゅうなごんいえなり》卿が未だ播磨守《はりまのかみ》であった時分に、婿に取って華々しくもてなされたということがあります。この時も五節に、「播磨米《はりまよね》は木賊《とくさ》か、椋《むく》の葉か、人の綺羅《きら》を磨《みが》くは（播磨の米は、鏡を磨く木賊か、それとも木生地を磨く椋の葉か、ああして人をキラキラしく装い磨きたてておるわ）」と、歌い囃したことでありました。

かかる先例もございますが、

「いや、古き良き時代には、こんなことがあっても、なんの問題も起こりはしなかった。しかし、今や仏法も衰微《すいび》した、世も末の時代《ときよ》ゆえ、さぁてどうじゃろうか、なにか悪いことが起こらねばよいが、気がかりなことじゃ」

と公家連中は囁きあいます。

案の定、この五節の宴が終わると、殿上人どもは口を揃えて忠盛を難《なん》じたてる……。

「そもそも、あのような大剣《たいけん》を腰に帯びたまま、宮中の公《おおやけ》の宴席に列《れつ》し、しかもしかるべく武装した随身《ずいじん》を賜って、宮中に出入りするについては、みな格式（律令の補助法）の定めるところに従わなくてはならぬが、その格式はすべて勅命《ちょくめい》によって定められているのが、宮中の決まりである。それなのに、忠盛朝臣は、ああして代々の家来だとか申して、本来宮中に入るを許されぬはずの、無紋の布服を着た郎等《ろうどう》ふぜいを、殿上の小庭にまで呼び入れて控えさせておった。それさえあるに、見れば腰の刀を横ざまに差したまま、節会の座に列席しておった。この二つの振る舞いは、まことに稀代《きたい》の無礼《ぶれい》にて、前代未聞の狼藉《ろうぜき》である。一つならず二つまでも悪事が重なっておるからには、その罪科《ざいか》はとうてい逃《のが》れ得《う》るものでない。さっそくに、殿上の名札を削除の上、位官を剥奪し、任務を停止《ちょうじ》すべきである」

と、かように公卿衆は申し立てたのでありました。

これをお聞きになって、鳥羽上皇はたいへんに驚かれ、さっそく忠盛を召して、この件について親しくお尋ねになる。

そこで忠盛は、

「まず、家来の者が小庭に控えていたとの事につきましては、わたくしは、まったく存じませんでした。ただ、このごろ、殿上の人々になにか不《ふ》穏の企みがあるやに仄聞いたしましたについて、おそらくはもう長いこと召使っております重代《じゅうだい》の家来が、これを伝え聞いたかいたしまして、それで、万一の時に主人が恥を掻くようなことあらば、すぐさま助太刀しようと思ったのでございましょう……この忠盛に知られぬように、こっそりと参上したものらしゅうございますが、それはわたくしとしていっこうに知らぬことでございましたから、いかんともできぬ次第でございました。もしそれでもやはり、お咎《とが》めがあるということでございましたら、いかがいたしましょう、その者を召して、身柄を差し出しましょうか……。次に、刀のことでございますが、これについては、主殿寮の女官に預けてございますので、この者をお召しになりまして、その刀が本物かどうかをよくお確かめの上で、罪科如何《いかん》についてはお定めになってしかるべきかと存じます」

と、こう申し上げる。上皇は、

「言い分もっともである」

と仰せになりまして、この女官と刀を召しいだされ、とっくりとご覧になると、表面は鞘巻《さやまき》の黒く塗った拵《こしら》えであったが、肝心の中身は、木刀《きがたな》に銀箔《ぎんぱく》を押して作った全くの偽物でありました。

これをご覧になって、上皇の仰せいだされましたことは、

「万一にも闇討ちなどの恥辱を受けてはいけないとて、それを逃れるために、大刀《だいとう》を帯しているふりをして見せたものの、その実、後日訴訟のあら

んことを予測して、あえて木刀を身に帯びていた、その心用意《こころようい》のほど、まことにあっぱれである。弓矢の道に携わる武家として、はかりごとは、まことにこうありたいものじゃ。また前もって郎等などの家来が小庭に控えておったという件も、武士の郎等としてかくあるべきところであろう。これまた忠盛の罪科には当たらぬ」

と、こう仰せになって、却って御感《ぎょかん》あらせられた。というわけで、上皇のお褒めにあずかったからには、それ以上強いて罪科に問おうということも起こりはしなかった。

■鱸《すずき》■

忠盛の子どもたちは、みな左右《さゆう》の衛府《えふ》の次官に取り立てられます。そのため、子息たちは等しく昇殿を許されましたが、さあ公家どももも、こうなっては殿上の交友を嫌うというようなこともできがたくなった。

その頃、忠盛は、備前の国から都へ上り、鳥羽上皇に拝謁《はいえつ》いたしましたところ、

「明石浦《あかしのうら》は、どうであったか」

と、こうお尋ねがあり、忠盛は、一首の歌を奉ります。

あり明《あけ》の月も明石《あかし》の浦風に
浪《なみ》ばかりこそよるとみえしか

夜明けの空に消え残っておりました月影も明るく、その明石には浦風が吹いて、浪が寄る、そこだけが夜と見えました

これには、上皇も大変に感心されまして、この歌は、『金葉集《きんようしゆう》』に選び入れられてございます。

忠盛は、また上皇の御所《ごしよ》に仕える女房たちのなかに最愛の人を持っておりまして、そこへ通ったのでございますが、ある時のことでございます。その女房の局《つぼね》に、端《はし》のところに月の絵を描き出してある扇を忘れて出てきてしまいました。この時、傍輩《ほうばい》の女房衆《にようぼうしゆ》が、

「これは、どのあたりから出た月影でございましょうねえ」

「それそれ、出どころが知れませぬこと、オホホホ」

などと笑い合うたのであります。

その時、かの女房少しも騒がず、

雲井《くもゐ》よりただもりきたる月なれば
おぼろけにてはいはじとぞおもふ

あの雲の上から、ただ洩りきました月でございますれば、月は朧（おぼろ）ながら、わたくしは並大抵《おぼろけ》のことではお名など申しますまいと思うております

とこう歌って返した。名など申すまいと言いながら、「ただもりきたる」と、そっと忠盛の名を隠して詠んである……これには忠盛も、その心深さに感じいりまして、ますます深く愛するようになったのでございます。この女房がすなわち、歌人としても武人としても名高い薩摩守忠度《さつまのかみただのり》の母であります。世に「似た者どうし」などと申しますとおりの風情を以て、忠盛もまた風雅の道に心を寄せ、かの女房も並々ならぬ歌人でございました。

こうして、忠盛は刑部卿《ぎょうぶきょう》に任ぜられまして、やがて仁平《にんぺい》三年（一一五三年）正月十五日、五十八歳で世を去りました。で、かの清盛が、嫡男《ちゃくなん》でありますから、その家を継ぎました。

保元《ほうげん》元年（一一五六年）七月に、宇治の左大臣藤原頼長《ふじわらのよりなが》が、保元の乱を引き起こして世を乱しましたる折、清盛は安芸守《あきのかみ》でありましたが、後白河《ごしらかわ》天皇《てんのう》のお味方を致しまして、大変に勲功があったというわけで、その褒美として播磨守《はりまのかみ》に移り、また越えて保元三年（一一五八年）には太宰大弐《だざいのだいに》に補《ふ》せられる、さらにまた平治元年（一一五九年）十二月、藤原信頼《ふじわらののぶより》卿が謀《む》反《ほん》を起こしました時にも、主上《しゅしょう》のお味方を勤めて反乱軍を平定いたしますなど、その勲功は一つではない、恩賞《おんしょう》は必ず重くあってしかるべしと

いうので、翌年平治二年に正三位《じようざんみ》に叙《じよ》せられ、さらにひきつづいて宰《さい》相《しよう》、すなわち参議《さんぎ》の官《かん》に昇り、衛府督《えふのかみ》、検非違使別当《けんびいしのべっとう》、中納言、そうして遂には大納言にと、とんとん拍子に出世をしてまいりまして、あまつさえ丞相《じようしよう》すなわち大臣の位に至ります。しかもあろうことか、左大臣・右大臣というところはすっ飛ばしまして、いきなり内大臣《ないだいじん》から太政大臣従《だいじようだいじんじゆ》一位《いちい》へと異数の大出世、まさに成り上がりを極めたのであります。

それさえあるに、大将《だいしよう》に補《ふ》せられたわけでもないのに、お上《かみ》より武装の随身《ずいじん》を賜りまして、これを引き連れて歩きます。さらには、牛車輦車《ぎつしやれんじや》の宣《せん》旨《じ》を頂戴したとございますから、すなわち牛車に乗ったまま宮中に入り、途中で輦車《てぐるま》に乗り換えて、自分で歩くことなく宮中に出入りするという、まことに僭越《せんえつ》至極の振る舞いを許されたのであります。これまったく、摂《せつ》政関白《しようかんぱく》にでもなったようなありさまでありました。

「太政大臣は一人《いちじん》に師範として、四海《しかい》に儀形《ぎけい》せり。国を治め道を論じ、陰《いん》陽《やう》を和《やは》らげ治む。其の人にあらずは則ち欠けよ」と、このように当時の『職員令《しよくいんりよう》』と申します法律に書いてございます。すなわち、太政大臣と申しますものは、上御一人《かみごいちにん》の師範役であり、天下《てんが》の模範となるべき人材、しこうして、国を治め、人倫《じんりん》の道を論じ、陰陽《いんよう》の和合《わごう》を図《はか》って以てよろしく国を統治する者である。したがって、もしその人材を得ない時は欠官空位としてしかるべしと、こう定めてございます。されば、この官をば則闕《そくけつ》の官すなわち、適材なくは則ち闕《か》くべきものと呼ぶくらいで、本来こうした条件を兼ね備えた一級の人物でなくては太政大臣に任ずることは許されぬところでありますが、いま清盛が天下ことごとくを掌中《しょうちゅう》に握られたとあっては、誰もこれに異議《いぎ》を唱《とな》えることもできませぬ。

平家がこのように栄華《えいが》を極めたというのも、もとをただせば熊野権現《くまのごんげん》のお恵みだと伝えてございます。

その仔細《しさい》は、昔、清盛公がまだ安芸守であった時分、伊勢の海から船にて熊野詣でを致しましたが、その節、大きな鱸《すずき》が船に跳び込んでくるということがあった、その時に先達《せんだつ》の山伏が、

「これは、定めて熊野権現のお恵みに相違ない。直ちに召し上って然るべし」

とこう申しますと、清盛は、

「さよう、昔、周《しゅう》の武王《ぶおう》の船に、白い魚が踊《おど》り入ったと物の本に書いてある。されば、まさにこれは吉事であるぞ」

と、こんなことを言挙《ことあ》げされまして、本来ならば重々精進潔斎《じゅうろじゅうしょうじんけっさい》をして戒律を守りつつ参詣すべき熊野詣ででありましたが、ただちにその鱸を料理して随従《ずいじゅう》の家来郎等どもに喰わせられたのであります。そのためでもありましょうか、以後吉事ばかりが打ち続いて、ついには太政大臣にまで昇りつめられた……そうして、子孫の位官《くらいつかさ》の昇進また、いとも速やかであったことは、龍が雲に昇りゆくにも勝ったくらいでございました。

かくして清盛が、高望王このかたの九代《くだい》の先祖がたの前例を凌駕《りようが》したのは、まことにめでたきことでありました。

■禿髪《かぶろ》■

かくて、栄耀栄華《えいようえいが》を極めた清盛公でありましたが、仁安《にんあん》三年（一一六八年）十一月十一日、五十一の年に病に冒《おか》され、そのままでは命が危ないということで、命惜しさに俄《にわか》に出家入道《にゆうどう》いたします。法名《ほうみよう》を浄海《じようかい》と名乗られました。すると、その功徳《くどく》によってでありましょうか、さしもしつこく重かった病もたちどころに快癒いたしまして、天寿《てんじゆ》を全《まつと》うしたのであります。かくて、万民誰もがこの入道になびき従うことは、あたかも吹く風が草木を靡《なび》かせるようなありさまでございました。また、世人《よひと》が等しくこの入道を仰ぎ見ることは、これまったく天より降る雨が国土を潤すさまに異なりませぬ。

今や、六波羅の入道殿のご一家の君達《きんだち》と言うたひには、いかな花族《かぞく》（大臣、大将に昇るべき家柄）も英雄も、とうてい面と向かって肩を並べるという人とてありませぬ。こんな状況でありますから、入道相国清盛公の妻時《とき》子《こ》の兄に当たります大納言平時忠卿《だいなごんたいらのときただきよう》などは、

「この一門に無関係の人は、みな人間以下の存在であろうな」

と仰せになったほどであります。

こんな次第でございますから、世の人士《じんし》ことごとく、なんとかしてこの一族と縁を結ぼうと努力したものでありました。そうして、着物の襟《えり》の着《ちゃく》しよう、烏帽子《えぼし》の折り付け方などを始めとして、なにもかにもみな六波羅《ろくはら》様《よう》という特別の仕方がありましたについて、日本国中隅々《にほんこくじゅうすみずみ》まで皆この六波羅様を真似たものでございました。

また、昔の賢い君主帝王の御政道《ごせいどう》でありましても、あるいは摂政関白《せっしょうかんぱく》の正しい政務でありましても、いずれ世間から爪弾《つまはじ》きされておりますようなあぶれ者なぞが、人の聞かぬ所ではなにかと誹謗中傷《ひぼうちゅうしょう》するようなことを言い言いするなどは、また世の常でありますが、この清盛入道全盛の時代には、非難がましいことなど、まちがっても申す者はございません。

なぜかと申しますと、この入道相国《にゅうどうしょうこく》のはかりごとに、十四、五歳ばかりの少年を三百人揃《そろ》えまして、その髪をばみなおかっぱ頭のような妙ななりに切り揃え、そうして、真っ赤な直垂《ひたたれ》（庶民の通常服）を着せまして召使っている……これらのいかにも派手に目立つ姿をした少年たちが、京の町のあっちにもこっちにもうろうろとしているわけでございます。これでは、万一にも平家のことを悪しざまに言う者があったら、もしこの者共の耳にはいらなければもっけの幸いながら、そうは問屋がおろしません。ちらりとでも、平家への悪口《あっこう》などが聞こえたら最後、たちまちに仲間に触《ふ》れを回して、その家にどっと押しかけて乱入し、家財道具をことごとく没収し、張本人は捕《と》らえて六波羅へ引っ立ててゆく、と、こんなわけでありますから、いかに平家の横暴悪行を目に見、あるいは心中《しんちゆう》に知っていようとも、やわか言葉に出して申すものもありませぬ。

かくて、六波羅殿の禿《かぶろ》というと、道行く馬も車も、避けて通るという塩梅でございました。かの唐土《もろこし》の漢文《からぶみ》に「禁門《きんもん》に出入《しゆつにゆう》するときは名姓《めいせい》を問《と》はれず、京師《けいし》の長吏《ちやうり》之《これ》が為に目を側《そば》む」と楊貴妃一族の横暴僭越を刺《そし》ってございますが、まさにそれさながら、宮中に出入り致しますに際して、平氏一族は誰一人として誰何《すいか》せられるということがない、おお威張りで黙ってずいと通ってまいります。されば、都じゅうの役人という役人は、後難《こうなん》を恐れ、みな見て見ぬふりをしてそっぽを向いておったようでございました。

■吾身栄花《わがみのえいが》■

清盛入道の時代には、吾が身ひとり栄華を極めていただけではございません。一門の人々もろともに栄え誇り、嫡子の重盛《しげもり》は、内大臣にして左大将を兼ね、次男の宗盛《むねもり》は中納言の右大将、三男知盛《とももり》は三位中将《さんみのちゆうじよう》、嫡孫《ちやくそん》すなわち重盛の嫡男維盛《これもり》は四位少将《しいのしようしよう》などなど、総じて一門のなかで、公卿《くぎよう》と呼ばれます三位《さんみ》以上の貴族に叙《じよ》せられたもの十六人、殿上人に至っては三十幾人という数に上り、それ以下の者でも、諸国の国司に任ぜられる受領階級や、左近衛右近衛《さこんえうこんえ》など衛府《えふ》の要職に就く者やら、諸役所の高官に補《ふ》せられる者をあわせますと、都合六十幾人という数にのぼります。これでは、宮中も政府も平家一門の人ばかりにて、他にはよほど人材が払底《ふってい》しているやに見えるほどでありました。

昔、奈良の帝、すなわち聖武《しょうむ》天皇の御時《おおんとき》、年号で申せば神亀《じんき》五年（七二八年）という年に、朝廷に中衛《ちゅうえ》の大将《だいしょう》という官を創設され、それが大同四《だいどうし》年《ねん》（八〇九年）に至りまして、この中衛を近衛《こんえ》と改称されましてよりこのかた、一族の兄弟が左右の近衛の大将《だいしょう》に並び任ぜられた前例は、僅かに三、四度に過ぎませぬ。

文徳《もんどく》天皇の御時《おおんとき》には、左に藤原良房《よしふさ》が右大臣の左大将、右には良相《よしすけ》が大納言の右大将と相成りましたが、この人々は二条西洞院《にじようにしのとういん》にございました大邸宅閑院《かんいん》の主《あるじ》、左大臣藤原冬嗣《ふゆつぎ》公の子息がたであります。また朱雀《しゆしやく》院《いん》の帝《みかど》の御代《みよ》には、左に小野宮殿《おののみやどの》の藤原実頼《さねより》、右には九条殿《くじようどの》の藤原師資《もろすけ》と並び立ちましたが、これはまた貞信公《ていしんこう》藤原忠平《ただひら》の子息がた、あるいは後《ご》冷泉院《れんぜいのいん》の帝の御代には、左に大二条殿《おおにじようどの》の教道《のりみち》、右に堀河殿《ほりかわどの》の頼宗《よりむね》、これらはかの御堂関白《みどうかんぱく》藤原道長《みちなが》の子息がた、さらに二条院《にじようのいん》の帝の御代には、左に松殿《まつどの》の基房《もとふさ》、右に月輪殿《つきのわどの》の兼実《かねざね》、これらは法性寺殿《ほつしようじどの》の関白《かんぱく》藤原忠通《ただみち》の子息がたであります。

ただし、かかる前例は、みな摂政《せつしよう》関白の位に備わるべき藤原の名家の御曹司《おんぞうし》たちでありまして、清盛一族ごとき摂関家《せつかんけ》以外の凡人の家柄で、そのような前例はまったくございませぬ。しかるに、かつては殿上の交わりをするさえ忌避《きひ》されたような凡々《ぼんぼん》たる家柄の忠盛の子孫であるのに、本来皇族や上級貴族にしか許されない色の装束を身につけ、直衣《のうし》のごとき略装にて宮中に出入することを許され、あまつさえきらきらしい綾衣《あやぎぬ》、薄衣《うすぎぬ》、錦織《にしきおり》、刺繍《ぬいとり》の衣で飾り立てつつ、大臣の大将となって兄弟が左右に並び立つなどということは、いかに末の世のこととは申せ、まことに不思議なことどもであります。

そのほか、入道には御娘《むすめご》が八人ございましたが、それもみなとりどりに良縁を得て幸福に暮らしておりました。

一人は、桜町《さくらまち》の中納言藤原成範《しげのり》卿の北の方となるはずのところでございましたが、それは八歳の時に約束をしただけのこと、やがて平治の乱に際して成範卿が下野《しもつけ》の国に流罪となった結果破約となります。が、花山院《かざんのいん》の左大臣藤原兼雅《かねまさ》公の奥方に備わりまして、お子達もたくさんおいでありました。

そもそもこの成範卿を桜町の中納言と呼ぶいわれは、この君すぐれて風雅の道に心を寄せられたる人でありましたから、つねに吉野山を恋しがり、邸内の一町《ひとまち》にも桜を植え並べて、そのうちに邸を建ててすむ、それで毎年春の来るごとに、見事な桜を見た人たちが、いつしか桜の町の中納言と申し上げるようになったのであります。

この桜という木は花が咲いて七日というときには決まって散ります……

ところが中納言はこれを惜しんで、天照大神《てんしょうだいじん》に祈った由でございます。すると、その甲斐あって三七二十一日の間《あいだ》、花は散らずに残ったと申します。すなわち、帝も賢王《けんおう》でいらっしゃいましたがゆえに、神も神徳《しんとく》を明らかにし、また花にも風流の心があったればこそ、桜が二十日の寿《ことぶき》を保つという奇瑞《きずい》もあらわれたのでありましょう。

また別の一人は、高倉《たかくら》天皇のお妃《きさき》になられました。やがて王子ご誕生、この君が皇太子に立ち、のちに即位して帝（安徳《あんとく》天皇）とおなりになったので、その母君には院号《いんごう》を賜《たまわ》って建礼門院《けんれいもんいん》と申し上げます。かくて入道相国の御娘《おんむすめ》であるのみならず、国母《こくも》すなわち天子様の母君となったのでありますから、これは私どもがとやかく申すべきことではございませぬ。また一人は、六条の摂政殿藤原基実《もとざね》公の北の政所《まんどころ》（正室）となられました。そうして、高倉天皇がご在位の時に、帝のご養母さまということで太皇太后《たいこうたいごう》・皇太后《こうたいごう》・皇后に準ずる位として、准三后《じゅんさんごう》の位を賜る宣旨《せんじ》を頂き、白河殿《しらかわどの》をご本殿として天下に重んじられたお方でありました。

また一人は、普賢寺殿《ふげんじどの》藤原基通《もとみち》公の北の政所になりであります。

また一人は、冷泉《れんぜい》の大納言藤原隆房《たかふさ》卿の北の方、さらに一人は七条の修《しゅ》理大夫《りのだいぶ》藤原信隆《のぶたか》卿のつれあいになられてございます。また、安芸《あき》の国厳島《いつくしま》で内侍《ないし》と呼ばれておりました巫女《みこ》の腹にも姫が一人ありましたが、これは後白河法皇《ごしらかわほうおう》のもとへ差し上げまして、まるで女御《にょうご》かなにかのようなもてなしでございました。

その他、九条院にお住まいの皇太后藤原呈子のもとに仕えておりました下仕《しもづか》えの女にて、常葉《ときわ》と申すものの腹にも姫が一人あり、これは花山院殿に最上席の女房として出仕《しゆつし》致させまして、廊《ろう》の御方《おんかた》と申し上げました。

こうして、日本国秋津島《あきづしま》全体で、僅《わず》かに六十六箇国、そのうち平家一門の所領となった国が実に三十箇国あまりにもなったのでありますから、すでに国の半ばを越えるというありさまでございました。

その他、所領《しよりよう》の荘園《しようえん》、田畑《たはた》に至っては、いくらいくらと数えることもできぬ程でありましたから、漢文《からぶみ》に「車乗街衢《しやじようがいく》を塡《うづ》め、綺羅府寺《きらふじ》に盈《み》つ（往来する車や乗り物が街の通りをうずめ、きらびやかな財宝は官衙《かんが》寺院に満ちている）」とも、また「堂上華《たうしやうはな》の如《ごと》し、門前市《もんぜんいち》を成す（御殿のうちは華のごとく美しく、多くの人が参上するために門前に市ができる騒ぎであった）」ともございます通り、それこそ御殿にはきらびやかな財宝装飾が充ち満ちて、まるで花が咲いたよう、そこへ権門《けんもん》を慕《した》うて、牛車《ぎつしや》に騎馬《きば》に乗じた人々が群がり集まるほどに、まさに門前に市の立つ栄華ぶりでありました。

またその富貴《ふつき》ぶりは、唐土揚州《もろこしようしゆう》の黄金《こがね》、荊州《けいしゆう》の宝珠《ほうじゆ》、呉郡《ごぐん》の綾絹《あやぎぬ》、蜀《しよく》江《こう》の錦織《にしきおり》を始めとして、およそ世界の七珍万宝《しつちんまんぼう》ことごとく揃い、一つとして欠けることはございませせぬ。総じて、古き漢文に「歌堂舞閣《かだうぶかく》の基《もとゐ》」「魚龍爵馬《ぎよりようしやくば》の翫《もてあそび》」と申すごとき、歌舞遊楽《かぶゆうがく》のための堂舎を建てる贅沢といい、種々珍しい芸能などを翫ぶ物数寄《ものずき》といい、おそらくは宮中も上皇の御所も、これにはとても及ばぬのではないかと見えたほどでありました。

■祇王《ぎおう》■

入道相国清盛は、日本国中あまねく掌握してしまいましたるうえは、もはや世間がなにを批判しようと、いささかも気にかけず、人が嘲るのもいっこう顧慮するところなく、理解に苦しむようなことばかりするようになってまいります。

たとえば、その時分、都に名妓《めいぎ》の誉れ高かった遊女がありました。それは、白拍子《しらびょうし》と申しまして、今様《いまよう》などを拍子も巧みに歌いかつ舞うという芸能者でありますが、とくにその上手と謳われておりましたのが、祇王と祇女《ぎにょ》の姉妹、いずれもとぢという白拍子の娘であります。

この姉の祇王をば、清盛は深く寵愛いたしましたるゆえに、その妹の祇女もまた、世間では大評判になっておりました。清盛は、二人の母とぢにも立派な家を造ってやり、それればかりか、毎月米を百石に銭を百貫与えましたから、家中《かちゅう》たいそう豊かになり、裕福な暮らしをすること並々《なみなみ》でなかったと申します。米一石はすなわち百升でありますから、百石となりますと一ヶ月に一万升、一年に積もれば十二万升、そんな大量の米をやわか女所帯で食べるわけもありませぬから、剰余は売って金に替えたのでありましょう。そのうえにさらに、銭一貫文すなわち千枚ですから、百貫文となればざっと十万銭、一年で百二十万銭、いかに莫大なお手当であったかがわかります。

そもそも、わが国に白拍子という芸能者の始まった来歴は、昔、鳥羽院の御世に、島《しま》の千歳《せんざい》、和歌《わか》の前《まえ》と申します、二人の女芸能者が出まして、この二人が白拍子の始祖であります。はじめは、水干《すいかん》と申します狩衣《かりぎぬ》の一種をまとい、そこへ立烏帽子《たてえぼし》をかむり、白鞘《しらさや》の太刀を差すという男装をして舞ったので、これを男舞《おとこまい》と申しました。ところが、その後烏帽子や刀は身に付けることをやめ、ただ水干ばかりを着るようになる、そこで、これを白拍子と名づけたといういわれであります。

　京じゅうの白拍子どもは、祇王の栄達の喜ばしいありさまを聞き伝えて、羨《うらや》むものもあれば、嫉《ねた》む者もあった。羨む者どもは、

「やれやれ、なんと喜ばしい祇王御前の幸運であろうぞや、同じ遊女《あそびめ》となるならば、誰もみなあの祇王のような幸いを得たいものじゃ。きっとこれは、祇という文字を名前に付けたがゆえに、これほどの幸いを得たのであろう。さあさあ、自分もこれにあやかろう」

　と言って、あるいは祇一《ぎいち》と付け、祇二《ぎに》と付け、あるいは祇福《ぎふく》、または祇《ぎ》徳《とく》などなど、いろいろな遊女が出たことであった。また嫉む者どもは、

「ふん、どうして名前や、その文字によって幸運が得られるものであろうぞ。幸運というものは、ただ、前世からの因縁で生まれつくに決っておろうが……」

　と言って、敢て祇の字など付けぬ者も多かったことであった。

　かくて三年の月日が経った。その時分に、又都にその名が評判になった

白拍子の上手が、一人出現してまいります。加賀の国の者で、名を仏《ほとけ》と申しました。この仏御前、年は十六ということでありました。

「昔から多くの白拍子があったが、これほどの舞は、見たこともないぞ」

と京中の人々が、身分の貴賤上下にかかわらず等しく賞嘆《しようたん》するところ、それも並大抵の評判ではございません。そこで仏御前、

「わたくしは天下に名を知られるようになりましたが、ただ今、あのように素晴らしく栄華を極めておられます平家の太政入道清盛さまに呼ばれぬことは、ほんとうに不本意でございます。遊芸者の習わしとして、呼ばれなくともこちらから参上するということが許されてありますほどに、入道さまとて参っていけないということはないでしょう。ひとつ押して参ってみましょうぞ」

とこう言って、ある時、西八条《にしはちじよう》の清盛邸へやってまいりました。

応対に出た者が、

「ただいま都にその名の聞こえております仏御前と申すものが参っております」

と言上したところ、清盛は、

「なにを申すか、そのような遊女《あそびめ》ごときは、人に呼ばれてはじめて参上するのが筋というもの。そうそう易《やす》やすと勝手に押しかけてくるという法があるものか。しかも、こなたには祇王という者がおる。そこへ、そやつが神御前だろうと仏御前だろうと、目通りなどは叶わぬにきまっておろう

が。さっさと追い払ってしまえ」

と、えらい剣幕でございます。仏御前は、こうもすげなく言われてしまった以上は、しかたなく退出しよう……と思った、その時であります。祇王御前が清盛入道殿に、

「遊女《あそびめ》と申すものは、お呼びもないのに押して参上いたしますこと、これはごく当たり前のことでございます。しかも聞けばまだ幼い者と申すではございませぬか。そんな幼い者が、たまたま思い立って参上いたしましたものを、そうそうすげなく仰せになって追い払われるのは、あまりにもかわいそうでございます。しかも、もしさような仕打ちをなされましては、あの者がどんなに恥ずかしい思いをし、また気の毒なこととともなりましょう。この遊女《あそびめ》の道は、わたくし自身のなりわいを立てております道でもございますほどに、とても人ごととは思えませぬ。たとえ、舞まではご覧あそばされずとも、また歌をお聞きくださいませずとも、ただご対面だけはなさってやってくださいませ。その上で帰させるということでございましたら、それこそ滅多とないご温情と申すものでございます。ここはただ、曲げてお呼び返しなさって、ご対面くださいませ」

と、こう申したほどに、清盛入道も、

「やれやれ、そうかそうか、そなたがそこまで言うのだから、ま、ひとつ会うだけは会ってつかわそうかの」

とて、使者を遣わして呼び返した。

仏御前は、さようにすげなく言われてはしかたないと、車にのって今まさに邸を出ていこうとしたところを、呼び止められて帰参してまいります。入道は、このたびは出座し、対面して申し渡す。

「今日《きょう》の見参《げんざん》は、ほんらいあろうはずもないことであったが、この祇王が、なにをどう思うのか、あまりにも熱心に申し勧めるのでな、このように特別に目通りしたことじゃ。といって、こうして見参した以上は、なんとして声も聴かずに帰そうぞや。どうじゃ、そこで今様でも一曲歌うてみよ」

そこで仏御前は、

「承知いたしました」

と言って、今様を一曲歌います。

君をはじめてみるおりは　千代も経《へ》ぬべし姫小松《ひめこまつ》
御前《おまへ》の池なる亀岡《かめをか》に　鶴こそむれゐてあそぶめれ

御前様に初めてお目にかかる時には、千年も命が延びましょう、この姫小松も。
おん前の池のなかの蓬莱の島に、ああして鶴も群れいて遊ぶようでございます

こんなめでたい歌を、押し返し繰り返し、三度まで歌って歌って、みごとに歌いおさめたことでございました。これには、見物聴聞《ちょうもん》の人々も、みなその美声のめでたさにびっくり仰天したことであります。入道も、さ

すがに面白く思って、

「その方は、今様はなるほど上手じゃな。この分では、舞のほう《ほう》も定めて巧みであろう。一番見たいものじゃ。それ、鼓打《つづみう》ちをこれへ呼べ」

とわざわざ鼓打ちを召されまして、それに打たせ、仏は一番舞ってみせます。

この仏御前は、髪といい容姿といい、みめかたちまことに美しく、声も良く、また節遣《ふしづか》いも上手でありましたから、どうして舞を仕損じるというようなことがございましょうか。それはもう思いもかけぬほどの見事さで、舞いおさめる、その舞の見事さに感銘して、入道相国もついつい仏に心を移してしまう、ということにあいなります。

仏御前は、

「これは、そもいったい何事でございましょうぞ。もとよりわたくしは、勝手に押しかけて参りました者にて、追い出されようといたしましたところを、祇王御前さまのおとりなしがあったればこそ、こうしてお呼び返しに与《あずか》ったものでございますのに……、もしこのままこちらに召し置かれるというようなことがございましたら、それこそ祇王御前さまがどうお思いになるか、それを思うと、恥ずかしい限りでございます。どうか、いますぐにも、お暇《いとま》を頂戴いたしまして、帰らせていただけますように……」

と懇願いたしましたが、そうはまいりません。入道は、

「なんの、さようなことは決してならぬぞ。そう申すのは、もしや祇王が

こなたにいるのに遠慮してのことか。それならば、構わぬ、祇王のほうを追い出してしまうからな」

こう言い放つ。

「それこそめっそうもないこと、なんとしてさようなことがあってよいものでございましょうぞ。祇王さまとご一緒に召し置かれるだけでも、心苦しう思うてしかるべきところですのに、まして祇王御前さまを追い出しなされまして、わたくし一人を召し置かれるようなことがございましたなら、そのときの祇王御前さまのお心のうちを思いますと、わたくしは恥ずかしさにたえませぬ。もし万一、お殿様が後々までわたくしの芸を忘れぬというおん事でございますなら、どうぞまたお呼びくださいませ。いつでもお召しにしたがって参りましょう。でも、本日のところは、どうぞどうぞ、お暇《いとま》をくださいませ」

仏御前は、せいぜい心をこめてこうお願いをいたします。しかし、入道はいっかな聞き入れませぬ。

「なにがなんでも、そのようなことはまかりならぬ。祇王、今すぐに出てゆけ」

という旨の使者が三度まで立てられる。

祇王も、いずれはこういうこともあろうかと、最初から心用意をしていたことではありましたが、とは申せそれが昨日今日とは思いも寄らぬことでありました。かの古歌に、「つひに行く道とはかねて聞きしかどきのふけふとは思はざりしを（いずれはみな赴《おもむ》かなくてならぬ黄泉路《よみじ》だとは、かねて聞いておりましたが、それがこんな急に昨日今日のこととなるとは思ってもおりませんでしたものを）」とございます、その歌の心さながら、まさに哀れを極めたのでありました。

ともあれ、こうして早急に出て行くべき由を、しきりに使者を以て申し付けてまいりますからには、もはやどうにもなりませぬ。祇王はしかたなく、掃《は》き、拭《ぬぐ》い、塵《ちり》を拾わせ、また見苦しい物はみな取り片付けて、あとを濁すことなく退去することに定まったのでございます。

諺に、「一樹《いちじゅ》の陰《かげ》に宿り、一河《いちが》の流れを汲《く》むも、みな前世からの因縁」と申してございますが、さようの仮初《かりそ》めの出会いですら、別れは悲しいのが人心であります。ましてや、祇王は、この三年ほどは住み慣れた邸でございますゆえ、名残も惜しいし、悲しいしで、泣いたとてどうにもなりませぬが、しきりと涙が流れます。

とは申せ、そうぐずぐずはしてもおられませぬ。祇王は、覚悟を決めて、これが限りと思い切り、邸を出てまいります。が、その間際に、自分が去っての後の忘れ形見にもとでも思ったのでありましょうか、そこなるふすま障子に、泣きながらこんな歌を一首書付けたのでありました。

もえ出《いづ》るも枯るるもおなじ野辺の草
いづれか秋にあはではつべき

萌え出てくるものも、枯れていくものも、いずれ同じ野辺の草、どんな草がいったい、秋にあわずに永らえることができるものでしょう……そんなことはありえないこと。みんな秋に会って枯れていく……そのように人も飽きられて離（か）れていきます

　こうして、祇王は車に乗って、母とぢのもとに戻り、障子のうちに倒れ伏し、ただもう泣くよりほかのことはできませなんだ。

　母や妹の祇女は、これを見て、

「どうしたのじゃ、これどうしたのじゃ」

と尋ねてみますが、祇王はなんと返事をすることもできませぬ。そこで、連れていた女に尋ねて、かくかくのことがあったのだということを知ったようなわけでありました。

　こうなりましたる上からは、例の百石百貫のお手当も、今はもう支給停止となり、仏御前や、そのゆかりの者共が、祇王に代わって富貴栄華を極めたのであります。

　京じゅうの、貴賤上下ともどもに、

「あの祇王が、入道相国《にゅうどうしょうこく》殿からお暇《いとま》を頂戴して、お邸を出たということじゃ」

「さあさあ、出会うて遊ぼうぞや」

などと言うて、あるいは恋文をよこす、あるいは使者を立ててよこすな

どして、さかんに誘いますが、祇王は、こうして清盛に捨てられたからといって、それじゃ他の人に……というふうには今更思うべきことでもございませぬゆえ、文を取り入れることもなく、まして使者に応対するまでもなかったのであります。

こんな目に遭わなくてはならぬにつけても、我が身のほどが悲しくて、祇王はただただ涙にくれて沈みきっておりました。

かくて、その年も暮れました。

あくる春の頃、清盛は、祇王のもとへ使者を立てて、こんなことを申し付けてまいりました。

「どうじゃ、その後はなにをしておるかな。じつは仏御前が、あまりに所在なげに見えるほどに、そのほう参って、今様をも歌い、舞などをも舞って、仏を慰めよ」

いかになんでも、あまりのことに、祇王はとかくの返事にも及びませぬ。すると入道は、

「どうして祇王は返事をよこさぬか。それは参上せぬということか。もし参上せぬということならば、その旨を言上せよ。その時は、この浄海《じょうかい》（清盛の法名）も思うところがあるゆえ、覚悟せよ」

と脅迫じみたことを、また言ってまいります。

母とぢは、こんなことを聞くにつけても悲しくて、さてどうしたらよい

ものか、見当もつかずただおろおろとしております。そこで、泣く泣く教訓いたします旨は、

「どうかのう、祇王御前、まずはともかくもお返事を申し上げなされ。こんなふうにお叱りを頂戴しようよりは……のう」

とこう諭しますと、祇王は、

「参上しようと思うことであるなら、それは『すぐに参ります』とでもなんとでも申し上げましょう。けれども、参上すまいと思うがゆえに、さあなんとお返事を申し上げたものかと考えあぐねております。いまこうして、『召しに応じないならば、思うところがある』とやら仰せになるのは、都の外《ほか》へ追放されるか、それでもなければ命を取られるか、その二つに一つでございましょう。たとえ都から追放されましょうとも、もとより白拍子の身には嘆くべきことでもございませぬ。また、たとえ命を取られましょうとも、もともと命の惜しい我が身でございましょうか。ひとたびこうして清盛さまに、嫌なやつだと思われた以上、再び顔を合わせるなど、とてもとてもわたくしにはできませせぬ」

と、こんなことを申して、なおも頑固に返事をしない、そこで母とぢが、再び教訓を致します。

「よいか、この空の下に住まいしておる以上は、なにがどうあろうとも、入道殿のお申し付けに背《そむ》くべきではないのじゃ。男と女の縁《えにし》、そして前世からの因縁などの定めなきことは、なにも昨日今日始まったことではない

ぞよ。千年も万年もと約束したとて、すぐに離別となる仲などもある。また、ほんのかりそめの仲らいと思うていたものが、一生添い遂げるということもある。なにもかも定めのないのが、男と女の仲のならいというもの。それなのに、そなたは、この三年《みとせ》もの長いあいだ殿様のご寵愛を賜ったことを思えば、これは世にも珍しいほどのお情《なさけ》にちがいない。されば、お召しに応じなかったからとて、よもや命をお取りになる、なんてことまではなさいますまい。ただ、都から追放なさるというほどのことであろう。たとえ、都を追い出されたとしても、そなたたちはまだ年若いことゆえ、どんな岩や木の間《はざま》でも、かつがつ生きてゆくことは難《かた》からぬことであろう。ただ、年老いたこの母が、都の外へ追い出されて、慣れぬ田舎の住まいを余儀なくされることこそ、今から想像するだけでも悲しいぞよ。じゃからのう、どうか、都のうちで命を終わらせてほしいのじゃ。そのことこそが、この世のみならず、後《のち》の世までもの親孝行だと、そう思いますぞよ」

さすがに母にこうまでかき口説かれては、祇王も、辛い、嫌だと思ったことではありましたが、親の命令に背くまいと、泣く泣くまた清盛のもとへ出立していった、その心の内を思いまするに、なんとも痛ましい限りでございました。

とは申せ、一人で参りますのはあまりに辛いと思うて、妹の祇女をも連れ、その他白拍子を二人、総勢四人が一つの車に同乗して、西八条の清盛邸へ参上いたします。

ところが、以前住んでいたところへは入れてもらえませぬ。そうして、遥かに下座《しもざ》のあたりに座をしつらえて、そこに待たされる。祇王は、〈このあしらいは、さてさて、いったいなにごとでございましょう。わたくしの身になんの過《あやま》ちもないのに、こうして捨てられた、そのことだけでも耐え難いことなるに、いまこうして遥かに座を下げられたことの辛さ悲しさよ。さあ、これはどうしたものであろう〉と思うにつけても、人には悟られまいとして、せいぜい袖で押さえているその間《はざま》からも、押さえきれずに涙がこぼれてまいります。

仏御前はこれを見て、あまりに気の毒に思いますゆえ、

「あのお仕打ちはいったいどうしたことでございましょう。ここがかつて祇王さまをお呼びになったことのない座敷でございますならともかく……以前はここへお呼びになったのではございませぬか。どうか祇王さまを、こなたのお座敷にお呼びくださいませ。もしそれが叶いませぬなら、どうぞわたくしにお暇《いとま》をくださいませ。わたくしのほうから、ここを出て、あちらの下座敷で祇王様にお目にかかろうと存じますから」

と強く申し上げる。しかし、入道は、

「決して、そんなことは許さぬぞ」

と言って許しが出ない。かくてはどうにもならぬこと、仏は諦めてそこに控えております。

その後《のち》、清盛入道は、祇王の心の内などいっこうご存知なく、

「どうじゃ、その後《ご》はどうしておるかな。さてな、この仏御前が、あまりに所在なさげに見えるほどにの、そなた今様でもひとつ歌え、さあ」

と申し付ける。

祇王は、ひとたび覚悟してここへ参上したからには、ともかくも入道殿のご命令に背くまいと思っておりましたゆえ、はらはらと落ちる涙を押さえて、今様を一曲、歌ったのでございます。

仏もむかしは凡夫《ぼんぶ》なり　我等《われら》も終《つひ》には仏なり
いづれも仏性《ぶつしやう》具せる身を　へだつるのみこそかなしけれ

お釈迦様ももともとは普通の人であった。また私だってやがては仏になる、仏といい人間といい、いずれも仏になる力を具備しているのに、こうして別のものとしているのが悲しい……仏御前も私も同じ遊女《あそびめ》の身なのに、こうして分《わ》け隔てされているのが悲しい

こんな今様を、祇王は泣きながら二回繰り返して歌ったところ、その座におおぜい居並んでいた平家一門の人々、上《かみ》は大臣・大納言・中納言などの位に備わる公卿《くぎよう》がたも、また六位以上にて清涼殿《せいりようでん》に上がることを許されております、いわゆる殿上人《てんじようびと》や五位以上の大夫《だいぶ》たち、くだっては侍どもに至るまで、みな感涙に噎《むせ》んだことでありました。入道も、これには興《きよう》

を催して、

「当意即妙の芸としては、まことに神妙見事である。そこで、さらに舞も見たいところじゃが、あいにく今日は他に用事ができた。以後は、こちらが呼ばずとも常に参って、今様を歌うやら舞を舞うやらして、仏を慰めよ、いいな」

と申し渡した。祇王は、この無神経な言葉に、さすがに返事もできがたく、ただ涙を抑えて退出してまいります。


「親の言いつけに背くまいと思って、こんな辛いところへ行って、二度までも嫌な目にあったことの心の苦しさといったら……。こうして俗世に便々《べんべん》としていたならば、またかかる辛い目にあうかもしれない。今という今、もう身投げをしようと思います」

祇王がこんなことを言うのを聞いて、妹の祇女も、

「お姉さまが身を投げられるなら、わたくしも一緒に、身を投げましょう」

と言う。母とぢは、こんなことを聞くにつけても悲しいばかり、この先どうなっていくのか、考えることもできませぬ。そこで泣く泣く教訓いたしますことは、

「まことに、そなたたちの恨みに思うことも、それは道理じゃ。そんなことがあるとは思いもかけずして、この母が教訓して、そなたたちを殿様の

ところへ参上させたことは、ああ、なんと心の痛むことであろう。しかも、もしそなたが身を投げるなら、妹もともに身を投げると言う。そんなことになって、二人の娘どもに先立たれたりしたなら、その後この年老い衰えた母は、露命《ろめい》を保ったところでなににになろう。いっそこの母ももろともに身を投げようと思うことじゃ。もしそうなったら、まだ死ぬべき期《とき》も来ていない親に身を投げさせるということになる、それは親殺しの大罪にも当たることではないか。しょせんこの世は仮の宿りじゃ。恥をかこうとかくまいと、そんなことはなんでもない。しかし、さような大罪を犯しては、死後に地獄の闇を永劫《えいごう》に彷徨《さまよ》うことになろうほどに、今生《こんじょう》のことはともかくも、後生《ごしょう》でまでも、そなたが地獄への道に堕ちてゆこうことが、なによりも悲しいぞよ」

とこう言って、さめざめと泣きながらかき口説くのでありました。

祇王は涙を押さえつつ、

「まことにそのようなことになりましたら、親殺しなどの最も重い大罪に当たること疑いなしでございます。それでは、自害は思いとどまることにいたします。でも、このまま都にいたなら、またあんな辛い目を見ることにもなりましょう。されば、いまはただただ都の外へ出ましょうぞ」

と言って、祇王は二十一歳で尼となり、嵯峨の奥あたりの山里に、粗末な柴《しば》の庵《いおり》を結びまして、念仏に専念する生活に入ったのでございます。

妹の祇女も、

「お姉さまが身を投げるなら、わたくしも一緒にと約束しましたもの……、まして世を捨てて尼になることにどうして後れをとるものですか」

と言って、十九歳にて尼姿に様を変え、姉と一緒に庵に籠居《ろうきょ》して、ただただ後世《ごぜ》の安楽往生を願って過ごすところとなった……、まことにあわれなることであります。

母のとぢまたこれを見て、

「若い娘どもさえ、こうして尼に姿を変えるというのに、この年老い衰えた母が、頭に白髪をつけていてもなんの役に立つというのじゃ」

と言って、これは四十五歳で髪を剃り、二人の娘ともろともに、ただ念仏また念仏の、修行の日々を送りつつ、ひたすらに後世の往生を願うところとなったのでありました。


かくて春も過ぎ、夏も盛りを迎え、やがて秋の初風《はつかぜ》も吹き出したるころともなれば、牽牛織女《けんぎゅうしょくじょ》、ひととせに一度の逢瀬《おうせ》の夜、人々はその空を眺めつつ、彦星は天の川を渡ろうとして船の舵（かじ）を操っている時分に、地上では梶（かじ）の葉に願いを書いて、なにとぞ願いが叶うようにと祈る頃でもありましょうか。夕陽の光芒が西の山の端《は》に隠れてゆくのを見るにつけても、〈ああ、ああして日輪の没していかれるところは、西方《さいほう》浄土《じょうど》であろう……いつか自分もあそこに生まれて、なんの苦悩もなく過ごしたいもの……〉と、こんなことにも、祇王は過ぎてきた日々の辛い出来事などを思い出しては、ただ悲嘆にくれて、尽きせぬものは涙でございます。

やがてたそがれ時も過ぎたる頃、竹で編みました粗末な戸をひしと閉め、かすかな油火《あぶらび》の灯心《とうしん》を搔《か》き上げて、親子三人、ただ念仏三昧に過ごしておりましたところ、その竹の編み戸を、ほとほと、と叩く者がございます。これには尼どもみな肝《きも》をつぶし、

「ああ、これは取るにも足りぬ自分らが、生意気に念仏などしているのを妨げようとて、悪鬼外道《あっきげどう》の輩《やから》がやって来たのでもあろうか……、昼間ですら誰も訪ねてなど来ない山里の、しかも粗末な庵の内にいる私たちを、こんな夜更けていったい誰が訪ねてくるものぞや。よしよし、いずれ形ばかりの竹の編み戸じゃ、たとえ開けずとも鬼どもが押し破って入ってくることなど、いとも易かろう。それならば、なまじっか締め出したりするよりは、いっそ開けて入れてやろうと思うが、どうであろう。せっかくこうして素直に戸をあけてやったに、それに情《なさけ》をかけずして、命を取ろうというのであれば、よいか、ここ何年もお頼み申す阿弥陀さまは、衆生《しゆじよう》を極楽にお救いくださろうというご本願《ほんがん》をお立てになったとある、これを強く信じて、さあ皆々、ひたすら隙《ひま》もなくお念仏を唱えるのじゃ。その声をお聞きになって、ここへ阿弥陀様がお尋ねになり、やがて極楽にお迎えくださると聞く……それが仏様のご来迎《らいこう》ということでございましょうほどに、死

しての後に、どうして極楽へお導きくださらぬということがありましょうぞ。さあさ、心して念仏を怠りなさるなよ」

と、互いに心を戒めあって、竹の編み戸を開けてみまするると、悪鬼外道ではありませなんだ。

仏……仏御前がそこにおった。

「これはどうしたことじゃ、仏……、仏御前と拝見いたしますぞや。これは夢か、現実《うつつ》か……」

と祇王が言葉を掛けますと、仏御前は涙を抑えて、

「かようなことを申し上げるのは、今更なにを、とお思いになるかもしれませぬけれど、申さぬときには、道理を弁《わきま》えぬ者と成り果てましょうほどに、まずことの初めから申し上げます。もとよりわたくしは、押しかけて参上いたしましたる者にて、一度は清盛さまのもとより追い出されてしまいましたが、祇王御前さまのお口添えにて、かろうじて呼び戻されてお目にかかることを得ました……それなのに……女の身のたよりなさは、我と我が身を思うようには出来もせず、そのまま無理に、かしこのお邸に押しとどめられる始末となりましたこと、それこそ、まことに心苦しく辛いことでございました。それればかりか、また後《のち》に、祇王さまが再び召し寄せられて、今様を歌えとの命《めい》もだしがたく、お歌いになられました時にも、あれあこれはいずれは我が身も……とつくづく思い知られたことでございました。あんな仕打ちに遭われたこと、それも人ごとならず、やがて我が身の

上にもと思いましたるほどに、なんの、嬉しいなどとは、これっぽっちも思いませんでした。また、ご退去の折、障子に『もえ出《いづ》るも枯るるも同じ野辺の草いづれか秋にあはではつべき』と書き置きなさいました、あのご筆跡を見ては、まことにその通りじゃ、これが道理じゃと思い申したことでございました。そののちは、祇王さまがたが、いずこにお住まいとも知るすべもなく過ごしておりましたが、このようにご出家ご遁世《とんせい》の上、みなさま同じところにおいでと仄聞《そくぶん》いたしましてからというもの、ただもうそのご境涯《きようがい》が羨ましくて、それからは何度も何度もお暇《いとま》をいただきたいとお願いいたしておりましたが、清盛入道さまは、決してお聞き入れくださいませんでした。そこで、つくづく思い巡らしてみまするに、俗世間の栄《えい》耀栄華《ようえいが》などというものは、しょせん夢のなかでまた夢をみているようなもの、そこでの富貴や栄光などになんの意味がございましょうや。仏の教えに、六道輪廻《ろくどうりんね》のうち、かく人間の身に生まれつくことはむずかしく、さらにその上で仏法に遇《あ》うことは、ますます困難だとございます。そのありがたい人間の身を受けながら、悪行《あくぎよう》の報いで地獄に堕ちましたなら、それから永劫の時間のなかで、生まれ変わっても生まれ変わっても、再びここに浮かび上がってくることは難しいと存じます。わたくしはまだ年若でございますが、そんなことも、なんの頼りにもなりませぬ。この世は老少《ろうしよう》不定《ふじよう》、寿命がいつ尽きるか、それはまったく定めのないことでございますから……。もしかしたら、いまこうして吐《は》いた息を、次に吸うまでもなく死ぬるかもしれませぬ。かの命短きカゲロウよりも、一瞬に消える稲妻の光よりも、もっとはかないものは人の命でございます。いっときの栄華に浮かれて、後生《ごしよう》の有様をわきまえぬことの悲しさを悟って、今朝、ものの紛れにお邸を抜け出し、こんな姿になって……やってまいりました」

と言って、被《かぶ》っていた衣《きぬ》をば、さっと脱ぎ捨てた……。見れば、……尼姿になってやってきたのでありました。

「こんなふうに姿を変えてまいりましたほどに、どうぞ、今までのわたくしの罪科《つみとが》をお許しくださいませ。もし許す、とおっしゃって下さるならば、ご一緒にここに籠って念仏し、やがて極楽の同じ蓮《はちす》の葉の上に往生したいと存じます。もし……なおご得心がゆかぬと仰せであるならば、わたくしは、これからどこへでも流浪《るろう》してまいり、どこぞの道の辺《べ》の苔の上にも眠り、または松の根方《ねかた》にも倒れ臥して、命の続く限りは念仏を申し、きっと往生の願いを遂げたいと思うております」

と、仏御前は、かき口説きかき口説き、さめざめと泣いております。祇王は、涙を抑えて、

「まことにまことに、そなたが、これほどにお思いになっておられたとは、夢にも知りませなんだ。とかくこの世は辛いことばかりでございますほどに、これも我が身の憂き辛き運命なのだと観念すべきところでございましょうに、わたくしは、ともすればそなたの事をばかり恨めしく思い、それが妄執《もうしゆう》になりまして、これではとうてい往生の願いを遂げることな

どできぬように思っておりました。今のこの生《しょう》も、また生まれ変わっての後《のち》の生《しょう》も、これではなにもかもが中途半端、すべては仕損じたと……そんな思いに屈《くっ》しておりましたが、いまこうしてお目にかかってみれば、尼の姿になっておいでになりましたるうえは、これまでの罪科《つみとが》など、露塵《つゆちり》ほども残っておりませぬ。今は、みなみな往生疑いなし……此のたび往生の願いを遂げましょうことこそ、何よりも何よりもうれしゅうございます。こうして尼になったことをば、世間では、前例のないことのように褒めそやし、わたくしどもも、そのように思いなどいたしておりましたが、なんの、わたくしは世を恨み身を恨んでの出家……さればこうして尼になることも当たり前でございます。さりながら、そなたのご出家に比べたならば、わたくしどもなどはなんの物数にもならぬほどのことでございました。そなたは、恨みもなし、嘆きもなし、しかも今年わずかに十七歳《じゅうしち》の花の盛りでありながら、こうして汚れた俗世を厭《いと》い、清らかな浄土を願おうと深く心に決めなさったことこそ、まことの大道心《だいどうしん》という思いがいたしますます。ああ、こうしてここでお目にかかったのが、わたくしどもにとっては、なにより嬉しいお導きの師でございます。さあ、ご一緒に浄土を願うことにいたしましょう」

と、こう申して、祇王、祇女、母とぢ、そして仏御前と、四人《しにん》一緒に籠りいて、朝に夕に仏前に花を供え香を焚き、余念なく往生を願いましたるゆえ、早い遅いの違いこそあれ、この四人の尼どもは、ひとしく往生の願いを遂げたと、さように聞こえております。

されば、後白河法皇の六条の内裏に設けられましたる持仏堂《じぶつどう》、長講堂《ちょうこうどう》の過去帳にも「祇王・祇女・仏・とぢらが尊霊」と四人一緒に書き入れられてございます。まことに感銘深いことどもであります。

■二代后《にだいのきさき》■

昔から今に至るまで、源氏と平氏、この両家が朝廷のご用を承ってまいりましたが、さるなかにも、時として帝のお指図《さしず》に従わぬ不心得者が、なにかの拍子に出現することがございます。そのように朝廷の権威を軽んずる者が出ましたる場合は、源氏であれ平家であれ、互いにこれを戒め罰するということがあったがゆえに、世の中の乱れもなく、平穏に治まっておりましたものを、かの保元《ほうげん》の乱には源為義《ためよし》が斬られ、平治《へいじ》の乱には源義朝《よしとも》が討ち果たされまして、その後《のち》はこれら源氏一統の者どもみな、あるいは流罪となり、あるいは死罪におこなわれまして、その結果、今はただ平家に連なる者ばかりが栄華を極めることとなっております。されば、もはやその威勢を押しのけて頭角を露わそうとする者もありませぬ。

そうして、これほど平家一統が権力をことごとく掌握しているからには、今後とも、この平家の天下はピリッとも揺るがぬ、とそのように見えたことであります。

さりながら、鳥羽院が崩御されましたる後は、世たちまちに乱れて戦火がうちつづき、死罪、流刑、お役御免、また出仕《しゅっし》の停止《ちょうじ》など、とかくごたごたいたしまして、国中が平穏ならず、世間もおのずから落ち着かぬ、とそういう時世となったのであります。

就中《なかんずく》に、永暦《えいりゃく》（一一六〇～一一六一年）から応保《おうほう》（一一六一～一一六三年）の頃ともなりますと、後白河院の近習《きんじゅ》の臣をば二条天皇がたでは疑い警戒し、反対に天皇の近習の臣は院がたが疑い怪しむというありさまで、身分の上下にかかわりなく誰も誰も互いに疑心暗鬼となりまして、まるでおちおちとしていられないことになっております。これまさに、かの『論語』に「詩に云はく、戦戦兢兢《せんせんきようきよう》として深淵《しんえん》に臨《のぞ》みたるが如く、薄氷《はくひよう》を履《ふ》みたるが如し（『詩経』に言ってあるとおり、大切な我が身を毀損《きそん》せぬよう、恐る恐るまた慎《つつし》み慎みして生きること、恰《あたか》も川の深淵《しんえん》に臨んでびくびくしているようであり、あるいは薄い氷をそろりと踏んだときのようであった）」と、こう言うてある、さながらそのとおりでありました。二条天皇と後白河院父子の間には、本来どんな隔て心もあってはならぬはずのところながら、おのずから思いもかけない行き違いなどもございました。それもこれも、すべて世も末に及びました結果、人がとかく悪いことばかり考えるようになったがゆえでございます。

かくて二条天皇は、後白河院の仰せに、つねに反論してこれに従わぬというなかにも、とりわけて世間の耳目《じもく》を驚かせ、結果的に世人《よひと》こぞって非難を申したという事件がございます。

今は亡き近衛院《こんえのいん》の后に、太皇太后宮《たいこうたいこうくう》と申し上げた方は、大炊御門《おおいのみかど》の右大臣藤原公能《ふじわらのきんよし》公の御娘《おんむすめ》であります。この方が、近衛院崩御の後は、宮中から退《さが》りまして、近衛河原《こんえがわら》の御所に移り住んでおりました。しかるに、先の帝のお后ながらあまり人目に立たぬようにひっそりと暮らしておいででありましたが、永暦の頃と申しますと、ちょうど御年二十二、三にもおなりでありましたろうか、女の盛りはいくらか過ぎた……とは申しながら、なにぶん天下《てんが》第一の美人の評判のところへ、二条天皇という方はもとより色好みなる御心とあって、かの玄宗皇帝が楊貴妃を探索させた宦官《かんがん》の高力士《こうりょく し》の故知《こち》にならったのでありましょうか、しかるべき家来に命じて宮中の外《ほか》にこれを探索せしめまするに及んで、この大宮に密かに恋文を送られたということがある。大宮は、もちろん決してこれをお聞き入れになろうはずもございません。そこで帝は、ひたすらの恋心を燃やしては、すぐにそれを表面に顕《あらわ》して、この后が入内《じゅだい》するようにと、父親の右大臣宛てに宣旨を下されたのであります。

かかることは、世間の一椿事《いちちんじ》なれば、早速公卿どもがこれを寄り寄り相談いたします。公卿どもはおのおのさまざまの意見を申し述べ、

「まずは唐土《もろこし》の先例を検討いたさねばなりますまい。彼の地の則天武后《そくてんぶこう》は唐の太宗《たいそう》の后であり、高宗にとっては継母《けいぼ》に当たります。しかるに、太宗

崩御の後に、高宗の后に立ったという前例がございますな」

「いや、それはしかし、もとより異国の前例ですから、これとは話が違いましょう」

「さよう、わが国には、神武天皇このかた、七十幾代かの帝がおわしますが、いまだかつて二代の帝に立后《りつこう》したなどという前例は、聞いたことがござりませぬぞ」

など、みな口々にその異例なることを申し述べる。その上、後白河院も、かかることは有ってはならないことだと、せいぜい宥《なだ》めすかしなさったところ、帝の仰せになるには、

「物の本には『天子に父母《ぶも》なし』とある。私が帝位についたのは前世において、殺生《せつしよう》・偸盗《ちゆうとう》・邪淫《じやいん》などなど十悪《じゆうあく》を一切行わず、その功徳《くどく》によって、いまこのように天下万民の上に立って国を治めることになったのだ。されば、たかがこれくらいのことを、なぜ我が考えのとおりにしてはいけないのであるか」

と、こういう塩梅で、ただちに入内のことが決まり、その日に后となるべき由を仰せ出《いだ》されたのでありました。こうなっては、もはや誰もどうすることもできませせぬ。

大宮は、こういうことになったということを聞いて、ただ涙に沈んでおります。

そうして、〈ああ、近衛院に先立たれた久寿《きゅうじゅ》（二年＝一一五五年）の秋のはじめに、いっそ私も死んで同じ野辺《のべ》の露となってしまえばよかった……、もしそれが叶わないならば、出家して俗世を遁《のが》れてしまっていたならば、こんな嫌なことを耳にすることもなかったに……〉と嘆いたことでありました。

この大宮の父、大炊御門《おおいのみかど》の右大臣公能《きんよし》公は、この様子を見て、せいぜい娘を宥《なだ》めます。

「よいか、『世に従わざるをもって狂人《きょうじん》とす（世の趨勢に従わない者はこれを狂人とする）』という諺もあるぞ。既にその御命令が下されたのじゃ。されば、もはやとやかく申す余地とても無い。ただ、遅滞なく入内なさるべきであろうぞ。もしこれで皇子のご誕生でもあってごらん、そなたも国母《こくも》と言われ、この老人も外戚として人から仰がれることになる、いわば此の度の一件は、そういうめでたいことのあらわれではあるまいかな。……となればこれこそ、この愚かな老人をお助けになるべき親孝行の至れるものと申さねばなるまいぞ」

こんなことをかき口説きますが、とかくのお返事もなかったのであります。

大宮はその頃、なにげない手習《てならい》の傍らに、

うきふしにしづみもやらでかは竹の
世にためしなき名をやながさむ

浮き節のために沈むこともできないで……帝に先立たれた心憂き節に世を捨てて沈んでしまうこともできないで……河竹の節（よ）さながらに、世に例のないような悪名《あくみょう》を流すことになってしまうのでしょうか

と、こんな歌を書き付けた……いや、かかる歌がどのようにして世間に漏れたのでありましょうか、それは分かりませぬが、哀れにして嗜《たしな》み深いことの好例として、人々は褒め称《たた》えたことでありました。

かくて既に入内《じゅだい》の当日になりましたので、父大臣《おとど》は、お車に随従する上《かん》達部《だちめ》のかれこれや、その他、入内の折のさまざまな儀式など、特別の心を込めて用意し、送り出したのでございました。けれども肝心の大宮は、なんとしても気の進まぬ出立でありますから、なかなかことがはかどりませぬ。そうこうするうちに、もはやとっぷりと夜も更け、真夜中になってから、お供の者に助けられて、やっとのことにお車に乗せられたという次第でありました。

入内の後は、宮中の麗景殿《れいけいでん》の后《きさき》に備わります。ただし、楊貴妃などとは事変わり、せいぜい帝が早朝からのご政務に精勤されるようにお勧めす

る、とそういうありさまでございました。

ところで、かの紫宸殿の皇居には、「賢聖《げんじよう》の障子」、すなわち唐土《もろこし》の賢臣三十二人の絵を描かせた障子が立ててございます。すなわち、伊尹《いいん》、第《てい》伍倫《ごりん》、虞世南《ぐせいなん》、太公望、甪里先生《ろくりせんせい》、李勣《りせき》、司馬《しば》等を描いたのが、くだんの賢聖の障子であります。また、手長足長《てながあしなが》なんぞの異族を描いた障子、馬形《うまがた》の障子と申しまして表に馬の姿、裏に騎馬の球技を描いた障子、さらに鬼の間《ま》には白沢王《はくたくおう》が鬼を斬るところの絵を描かせ、また陣《じん》の座には李将軍《りしようぐん》の姿をありありと写しましたる障子が立ててございます。こういう次第で、かの尾張守小野道風《おののみちかぜ》が「七廻《しちかい》賢聖の障子を書く（七度賢人聖人の障子に銘を書いた）」と『本朝文粋《ほんちようもんずい》』に出ておりますのも道理と見えます。またかの清涼殿の画図《がと》の御障子《みしようじ》には、昔巨勢金岡《こせのかなおか》が描いた遠山《とおやま》に有明《ありあけ》の月の絵もあるとか申し伝えております。

故近衛院が、いまだ幼い帝でおわしました当時、なんとなく手すさびを書かれたついでに、その月に雲を書き加えられた……その絵が、帝ご生前の時分にすこしも違わぬ有様で残っていたのを后はご覧になって、先帝の昔を恋しく思われたのでありましょうか、

おもひきやうき身ながらにめぐりきて
おなじ雲井の月をみむとは

ああこんなことは思いもかけぬことだった……こうして出家もせず世俗の辛い身の上のままに、またもここに帰り巡り来て、ところも同じ内裏《くもい》の、その雲のかかった月の絵を見ようとは

と、こんな歌を詠まれたのでございました。思えば、先帝と大宮と、このお二方のおん仲の睦まじさは、言語に絶して哀れに嗜み深いことでございました。

■額打論《がくうちろん》■

とかくしておりますうちに、永万《えいまん》元年（一一六五年）の春の頃から、二条天皇はご病気だという事が囁かれ、夏の初めともなると、それがことのほか重篤な症状になられました。このため、帝の一の宮で二歳になる皇子がおわしました……これは大蔵大輔伊吉兼盛《おおくらのたゆういきのかねもり》の娘が産みまいらせた御子でございますが……その皇子を皇太子に立たせようという儀が持ち上がってまいります。かくて同じ年の六月二十五日、にわかに親王と名乗るべきことを定めた宣旨が下され、さらにその同じ夜《よ》に帝の位を譲るという慌ただしさ、これには国中ことごとく、なにがなし落ち着かぬ空気でありました。

その時、宮中の故実《こじつ》などに通じた人々は、かかる前例について、あれこ

れと話し合ったことであります。すなわち、わが国の歴史に、幼い帝の前例を尋ねるならば、清和天皇は九歳にして文徳《もんどく》天皇から帝位を受け継いだということがある。これは唐土の周王朝の成王《せいおう》が幼少のため、その叔父周《しゅう》公旦《こうたん》という方が、代理として王宮南面に於いて、日々何もかも国事政務を司られたという前例があるのになぞらえて、清和帝の外祖父に当たる忠《ちゅう》仁公《じんこう》すなわち藤原良房《ふじわらのよしふさ》が後見役を果たされたという史実がございます。これがわが国の摂政というものの始まりであります。

この後、鳥羽院は五歳にて、また近衛院は三歳にて、それぞれ帝位を践《ふ》まれましたが、その時でさえ、いかにもまだ幼すぎると、とかくの批判があったのであります。ところが、この度の六条天皇の践祚《せんそ》はわずか二歳という幼さであった、さあ、こうなると前例は無し、まことに気ぜわしいなどと言う言葉ではとても言い尽くせぬような異常事でありました。

かくして、同じ年の七月二十七日、二条上皇はついに崩御されます。御歳二十三歳という若さでございます。まさに、まだ花なら蕾のまま散ってしまったというようなことでありました。

これがために、宮中の御簾《みす》のうちは、誰もみなことごとく涙に噎《むせ》んでおります。

すぐに、その夜、香隆寺《こうりゅうじ》の東北がたの、蓮台野《れんだいの》の奥なる船岡山《ふなおかやま》の御墓《おんはか》に亡骸をお納め申したのであります。

しかるに、その御葬送の折、延暦寺《えんりゃくじ》、興福寺《こうふくじ》、この両寺の僧侶たちが、「額打論」という騒ぎを引き起こしまして、ついには互いに乱暴狼藉《らんぼうろうぜき》に及ぶという椿事が出来《しゅったい》いたします。

これは天下御一人《てんかごいちにん》の帝が崩御になられて後、その御亡骸《おんなきがら》をご墓所《むしょ》へお渡しするという時の作法は、本来京都奈良二つの都の僧侶らが挙《こぞ》ってその棺《ひつぎ》のお供をいたしまして、お墓の巡《めぐ》りにそれぞれの寺の額を打ち立てるという伝統がございました。

その次第を申せば、聖武天皇《しょうむてんのう》の勅願《ちょくがん》によって東大寺が造られたという経緯から、まずは東大寺の額を打ち立てる。次に淡海公《たんかいこう》藤原不比等《ふひと》の願によって造立《ぞうりゅう》されたお寺として、興福寺《こうぶくじ》がその額を打ち立てます。続いて平安京のほうでは、興福寺に対抗して延暦寺が額を打ち立てます。さらに、天武天皇の勅願寺《ちょくがんじ》として、教待和尚《きょうだいかしょう》と智証大師《ちしょうだいし》の草創にかかる名刹《めいさつ》園城《おんじょう》寺《じ》が額を打ち立てる。

これが代々の故実《こじつ》であったにもかかわらず、こたびは、比叡山の衆徒《しゅと》どもが、なにをどう思ったのでありましょうか、先例に背いて、東大寺の次にしゃしゃり出てきて、興福寺に先んじて延暦寺の額を打つという掟破《おきてやぶ》りを働きます。これには南都興福寺の僧侶らが黙っておりません。さあ、これをどうしてやろうか、いやこうもしようかなどと、急遽詮議をいたしております。

そこへ、興福寺の西金堂《さいこんどう》に仕えております僧侶で、観音房《かんのんぼう》、勢至房《せいしぼう》と申しまして、これが名うての乱暴者ども、この二人が出てまいります。観音房は、黒糸縅《くろいとおどし》とて黒い組紐を以て札板《さねいた》を綴じ合わせた腹巻を着し、白木《しらき》の柄《え》の薙刀《なぎなた》を手元短かに取り持ち、また勢至房は、萌黄《もえぎ》縅すなわち淡い青色の縅の腹巻に、黒漆塗りの大太刀《おおだち》を持って、二人《ににん》ずいっと走り出てまいります。そうして、延暦寺の額をざっと切って落とし、あろうことか散々に之を打ち割り、

うれしや水、鳴るは滝の水
日は照るとも、絶えずとうたへ

嬉しいぞこの水、滔々《とうとう》と鳴るは滝の水、日は照るとも、絶えることなく滔々と……

と延年舞《えんねんまい》の歌を歌い囃しつつ、そのまま南都の衆徒のなかに帰ってゆきます。

■清水寺炎上《きよみずでらえんじょう》■

これに対して比叡山の衆徒どもは、本来こういう狼藉がございますれば、ただちに反撃を加える……はずのところでございますが、なにやら深い考えがあるのでもございましょうか、ただ一言《いちごん》の反駁もいたしませぬ。

帝がお隠れになりましてからというもの、心なき草木までも悲しみ愁《うれ》えて過ごすべきでありましょうに、この騒動の呆れ返った有様には、身分の高きも賤しきも、びっくり仰天すっかり魂消《たまげ》まして、四方へ散り散りに去ってまいります。

同じ月の二十九日、午《うま》の刻ばかり（正午前後）に、比叡山の衆徒どもが夥《おびただ》しく京へ下《くだ》ってくるという評判が聞こえてまいりますので、ここに朝廷の検非違使《けんびいし》の武者どもが、比叡の麓なる西坂本まで急行して防戦に努めましたが、さようなものは物ともせず、僧兵どもは楽々と押し破って乱入してまいります。

このとき、いったいどんな者が言い出したのでありましょうか、

「あれは後白河院さまが、比叡山の僧兵どもにご密命あって、平家を追討されるのにちがいないぞ」

などという噂が流れます。そこで、軍兵《ぐんぴよう》が夥《おびただ》しく内裏に馳せ参じまして、四方の御門衛府《ごもんのえふ》の陣《じん》を警護する、平家の一門はこぞって六波羅へ馳せ参じる、後白河院は急ぎ六波羅へお出ましになる、とそういう騒ぎになってまいります。清盛公は、その頃、まだ大納言でありましたが、このことをたいそう恐れ騒がれたのであります。小松殿《こまつどの》平重盛《しげもり》卿は、

「どうして今の今、そのようなことがございましょうか」

と、事を穏便に収めようといたしますが、なにさま上下ことごとくやんやと騒ぎたてること、夥しいものがありました。

比叡山の僧兵どもは、六波羅へは攻め寄せずして、どういうわけかお門違いの清水寺に押し寄せ、仏閣・僧坊、ただの一棟《いつとう》も残さず焼き払った。これは、あの二条院のご葬送の時に掻かされた恥を雪《そそ》ぐための焼き討ちであったという評判でありました。なぜと言って、清水寺は興福寺の末寺だったからであります。

清水寺が焼け落ちたその翌朝、

「観音火坑変成池《くわんおんくわきやうへんじやうち》はいかに」

と、こう大書した札をば、総門の前に立てた……これは、かの『法華経』普門品《ふもんぼん》にございます文言《もんごん》にて、この経を念ずるときには、猛火《みようか》の燃え盛る穴も変じて水満々たる池となる、とそのように教えてあるところを以て、清水寺の観音様にご利益のないことをあてこすったというわけでございます。すると、その翌日には、また、

「歴劫不思議《りやくこうふしぎ》力及ばず」

という弁駁《べんばく》の札……これまた同じき普門品にございます偈《げ》の文言にて、観音様のご利生《りしよう》は人智の及ばぬほど永劫にして広大無辺のものゆえ、この焼亡《じようもう》のことも真意は測りがたし、というか心でございましょうか……が立てられたことでありました。

かくて比叡山の衆徒どもは山へ引き上げてゆきましたので、後白河院は、六波羅からお帰りになります。その時、院のお供には、重盛卿ばかりがついて行かれたのであります。そうして、父の清盛公は随従してゆくこ

とはなかった。これはなお万一のことを用心してのことだったと評判でありました。やがて重盛卿が、院をお送りして戻りましたので、父清盛の大納言がこういうことを申します。

「後白河院がこなたへお出ましになったということは、まことに恐れ多いことと思うぞ。そもそも院が平家追討をなさろうというようなことを思いつかれて、だれかに仰せつけられたということがあったればこそ、こんな噂が流れるのじゃ。だから、そなたも決して心を許してはなるまいぞ」

これを聞いて、重盛卿が申されたことはこうであった。

「このことは、決して決して御そぶりにも、お言葉にもお出しになってはいけませぬ。さようなことは、耳にした人の心に不審の念を抱かせますほどに、生半可《なまはんか》に口に出されるのはまことによろしからぬこと。それにつけても、どうか院の御意《ぎょい》に背かれることなく、また人のために御情《おんなさけ》を施されるようになさいましたなら、かならずや神仏《しんぶつ》のご加護がございましょう。さすれば父上様の御身に恐れるべきことは起こりますすまい」

とこう言って席を立たれましたゆえ、さすがの清盛公も、

「重盛の卿は、なにやら恐ろしいほどにおっとりとしておるな」

と、父ながら言ったことでございました。

さて、後白河院が還御《かんぎょ》になっての後、その御前《ごぜん》にごく気心の知れた近習《きんじゅ》の臣下どもがたくさん伺候《しこう》しておりました、その者たちに向かって、

「さてさて、なんと不思議なことを言い出したものじゃな。平家追討など、これっぽっちも思っておらぬものをなあ」

と院が仰せある。ところがここに、院のうちを切り回しております西光《さいこう》法師という者がございます。この者が、たまたま、御前近くに侍っておりまして、

「『天に口なし、人《にん》を以て言わせよ』と諺にもございますとおり、それは天が誰かの口を借りて言わせたものでもございましょう。なにぶんあの平家の者共は、あのようにもってのほかの奢り高ぶり、まことに身分不相応と申すものでございますゆえ、滅ぼせという天のお計らいではございませぬかな」

と申し上げる。これを聞いて、そこなる人々は口々に、

「さようなことは、まことにいわれもないことじゃ」

「壁に耳あり……と諺にもある、恐ろしや、恐ろしや」

と、そのように言い合ったことでございました。

■東宮立《とうぐうだち》■

しかるに、その年は帝崩御の服喪中でありましたゆえ、新帝即位に先立っての禊《みそ》ぎの儀礼も、大嘗会《だいじょうえ》も行われませぬ。同じ永万《えいまん》元年（一一六五年）十二月《じゅうにがつ》二十四日《にじゅうしにち》、建春門院《けんしゅんもんいん》、その時分はまだ東《ひんがし》の御方《おんかた》と申しておりまし

たが、この方の産みまいらせました、後白河院の御子がおいでてありました、その御子を親王とせよという勅命が下ります。

明けて翌年は改元があって、仁安《にんあん》元年（一一六六年）となります。

同年の十月八日に、すでに前年親王たるべき勅命を被った皇子が、東三《とうさん》条《じょう》の御殿にて東宮にお立ちになる。東宮は帝の叔父に当たりますが、わずか六歳、帝はこの親王の甥にて三歳、これではとても父子相続の順序もなにもあったものではございません。ただし、寛和《かんわ》二年（九八六年）に、一条院の帝が七《しち》歳にてご即位、その時三条院は十一歳で東宮にお立ちになったという、まず前例が皆無というわけでもございませぬ。

さて六条帝は、二歳にて帝位の譲りを受けられ、わずかに五歳という年の二月十九日に、くだんの東宮が践祚《せんそ》なさいましたがゆえに、帝の位を降りられて新院と申し上げることになります。いまだご元服もないうちに、太上天皇《だいじょうてんのう》の尊号を受けるとは、唐土《もろこし》にも日本にも、これが最初の例ではございますまいか。

仁安三年（一一六八年）三月二十日、新帝高倉天皇は、大極殿《だいこくでん》にてご即位なさる。

この君が即位されたということは、平家がますます栄耀栄華《えいようえいが》を極めることであろうと見えました。というのは、この君の母君建春門院と申す御方は、平家一門の出にて、しかも入道相国清盛公の北の方二位殿（平時子《たいらのときこ》）の御妹でございました。また平大納言《へいだいなごん》時忠という方も建春門院の兄君であります。この兄弟《はらから》は平時信《ときのぶ》という人の子どもにて、同じ平家とは言いながら、清盛一族とはまた別の一統であります。しかしいずれにしても、この平氏一族が新帝の外戚となります。

こうなりますと、一つには帝の外戚として、またもう一つには清盛公の姻戚として、内裏の内外で権勢を握ったものと見えました。されば、諸官の任免等もみなこの時忠卿の意のままでございました。さながら、かの楊貴妃が玄宗皇帝の寵《ちょう》を以て時めいておりました折に、その一族楊国忠《ようこくちゅう》が権勢を誇ったというようなことでございましたろう。世間の声望《せいぼう》といい、その時分の弥栄《いやさか》といい、まことに賞嘆すべきことでありました。

そこで、清盛公も天下の政治向きのことは、大小を問わず、この時忠卿に相談されたというわけで、時の人は時忠をば平関白《へいかんぱく》などと渾名《あだな》したのでございます。

■殿下乗合《てんがののりあい》■

かくて、嘉応《かおう》元年（一一六九年）七月十六日、後白河院は出家されます。しかし、ご出家の後もよろずのご政務を掌握されておりましたから、院というも内裏というもさらに区別がつかないのでありました。

院中に近くお仕えしております公卿殿上人から、北面《ほくめん》の武士、これにも上下の階級がございましたが、いずれもみな官位といい俸禄《ほうろく》といい、身に

余るばかりの待遇を恣《ほしいま》まにしております。が、人の欲望には限りがございませぬほどに、それでもなお飽き足らず、

「やあやあ、あの誰それが死んだらば、その国は空くであろう」

「それあの人が亡くなったら、かれこれの官位にしていただけるだろう」

などと、親しい者同士、寄り合い寄り合いささやき合っております。

後白河法皇も、内々《ないない》に、

「昔から代々の朝敵を平定して功績を上げた者はたくさんあるが、いまだかつて今日《こんにち》のようなことはないぞ。平貞盛《さだもり》・藤原秀郷《ひでさと》が、平将門《まさかど》を討伐し、源頼義《よりよし》が安倍貞任《あべのさだとう》・宗任《むねとう》を滅ぼし、源義家《よしいえ》が清原武衡《きよはらのたけひら》・家衡《いえひら》を攻め落としたと申しても、その褒美としてはせいぜい受領《ずりよう》に任じたという程度にとどまっておる。しかるを、清盛めが、このように我が意のままにふるまうこと、まことにあってはならぬことぞ。それもこれも、世も末になって天下の御政道が衰え尽きたが故じゃぞ」

とまあ、こんなことを仰せられはしたものの、しかるべき機会を得ずして、ついぞ清盛に訓戒されるということもおできにならぬ。平家のほうでも、また別に皇族がたをお恨み申すということもなかったのでありますが、さて、そもそも世の乱れ始めた、その根本のところを申せば、こういうことがございました。

去る嘉応二年（一一七〇年）十月十六日のことであります。小松殿重盛卿の次男、新三位中将資盛《しんざんみのちゆうじようすけもり》卿、その頃はまだ越前守とてわずか十三歳に

なったところでございましたが、折しも雪がまだらに降り積もって、枯野の景色もまことに美しく見えましたるほどに、若い侍どもを三十騎ばかり引き連れまして、蓮台野《れんだいの》や紫野《むらさきの》、さらには右近《うこん》の馬場に乗り出して、鷹狩の鷹を数多く用意させ、鶉《うずら》や雲雀《ひばり》を追い立て追い立て、面白く終日狩りをして暮らし、やがて薄暮《はくぼ》に及ぶ頃、六波羅へ帰ってまいります。

その頃、摂政には松殿《まつどの》藤原基房《もとふさ》公が任じられておりましたが、ちょうど中御門《なかのみかど》東洞院《ひがしのとういん》のお邸から参内するところでありました。郁芳門《ゆうほうもん》から内裏へお入りになる手はずにて、東洞院の通りを南へ、さらに大炊御門《おおいのみかど》の通りを西へと通って行かれた。ところへ、その資盛朝臣が、大炊御門猪熊《いのくま》の辻において、基房公の御一行に鼻突き合わせるということが出来《しゅったい》いたします。殿下《てんが》のお供の人々は、

「何者じゃ、狼藉《ろうぜき》であろう」

「殿下のお出ましであるぞ、馬から降りませい」

「これ、乗っている馬から降りよ」

と口々に急き立《せ》てましたが、なに、もとより資盛のほうは、あまりに平家の権勢に奢り勇み立ち、大臣だろうが殿下だろうが、ものともせぬ心がけでありますうえに、連れております侍どももまた、みな二十歳にもならぬ若者ばかり、礼儀作法などわきまえたものは一人もおりませぬ。殿下のお通りなど知ったことかとて、まったく馬から降りるという礼儀にも及ばずして、ただ駆け破って通ろうといたします……ところが、暗さは暗し、

殿下のほうでも、やわか清盛入道の孫と知るよしもなく……いや、いくらかは見知っている者もございましたが、そこは見てみぬふりをいたします……資盛朝臣を始めとして、供の侍どももみな馬から引きずり下ろし、さんざんの恥辱を与えるということにあいなります。資盛朝臣は、這々《ほうほう》の体《てい》で六波羅へ戻ってまいりまして、祖父の清盛入道にこの一件を訴えたところ、もちろん清盛は大いに怒《いか》り、

「たとえ摂政殿下《せっしょうてんが》であろうとも、この浄海の縁につながるものには遠慮あってしかるべきものを、かかる幼い者に問答無用で恥辱を与えられたとは、それこそ恨み骨髄というものじゃ。こんなことからして、人の侮《あなど》りを受けるようになる。おのれ、このことを思い知らせてやらねば、なんとしても堪忍ならぬわ。あの殿下に痛い目を見せてやらねばな」

と、かんかんになって罵ります。しかし、重盛卿はこれに対して、

「いや、このこと少しも差し支えございますまい。頼政《よりまさ》や、光基《みつもと》などと申す源氏の者どもに侮られたとあっては、まことに一門の恥辱と申さねばなりますまい。しかし、たかが重盛の子ごときの者が、摂政殿下のお出ましに遭遇して、馬より降りぬなどということこそ、無礼なることでございます」

とこう諫めて、その時この一件に連座した侍どもを呼びつけ、

「これより後も、汝らよくよく心得よ。間違って、かかる無礼を殿下に対して働いたことを、私のほうからよくお詫びせねばなるまいと思うぞ」

とこう諭して、帰っていかれたのでありました。

その後、清盛入道は、重盛卿には一切の相談なく、ただ片田舎の武骨者で、入道殿の命令以外にはなにも恐れるものはないと思っている者ども、たとえば難波次郎経遠《なんばのじろうつねとお》、瀬尾太郎兼康《せのおのたろうかねやす》のごときをはじめとして、都合六十人あまりを呼びつけると、

「来る二十一日に、主上《しゆしよう》ご元服に関する打ち合わせのために、かの殿下がまた出かけられるはずじゃ。それをどこでもよいから待ちぶせして、前駆《さきがけ》の者でも随身《ずいじん》どもでも、ともかくみな髻《もとどり》を切ってしまえ、そうやって資盛の恥を雪《すす》いでまいれ」

とこんなことを命じたのでありました。

殿下のほうでは、まさか、かかる謀《はかりごと》があろうとは夢にも知らず、帝は来年ご元服、そして御加冠《かかん》の儀、また官位を授けられることなどについての打ち合わせのため、宮中の御宿所《しゆくしよ》にしばらく逗留あるとあって、いつもよりは正装もしかるべく作り、こんどは待賢門《たいけんもん》からお入りになる手はずゆえ、中御門《なかのみかど》の通りを西に向かって出御《しゆつぎよ》あった。すると、猪熊堀河《いのくまほりかわ》あたりに、六波羅の兵《つわもの》ども、いずれも甲冑《かつちゆう》に身を固めて三百余騎が待ち伏せしておりました。やれ殿下の車だというので、殿下をなかに取りこめて、前後から一斉にどっと鬨《とき》の声を上げました。かくて前駆《さきがけ》や随身の者どもが、今日《きよう》を晴れの日とばかり美々しく装束を着飾ってまいりましたもの

を、あそこに追いかけ、こなたへ追い詰めて、ついには馬から引きずり下ろし、さんざんに殴ったり踏んづけたりした挙句、みな髻《もとどり》を切り落としてしまいます。随身が十人お供をしておりましたうちに、右近衛《うこんえ》の府生《ふしょう》武基《たけもと》も髻を切られてしまいました。

さるなかにも、藤蔵人大夫隆教《とうくらんどのたゆうたかのり》の髻を切るに際しては、

「これは、おまえの髻と思うなよ。おまえの主人の髻を切るのだと、そう思え」

と言い含めて切って捨ててしまいます。

その後《のち》は、殿下の牛車《ぎっしゃ》の中へめがけて弓の端《はし》を突き入れては簾《すだれ》を殴り落とすやら、牛の鞦《しりがい》や胸懸《むながい》を切り捨てるやら、ともかく散々に乱暴の限りを尽くして、喜びの鬨の声を上げ、六波羅へ意気揚々と引き上げてまいります。

入道は、

「よくぞ果たした」

と上機嫌であります。

さて、殿下のお車の側仕《そばづか》えに因幡《いなば》の国守の伝令役で、鳥羽の国久丸《くにひさまる》という男、これが下仕《しもづか》えの者ではございますが、まことに情《じょう》に厚い者で、泣く泣くお車のお供をして中御門《なかのみかど》のお邸まで殿下をお送りいたしました。衣冠《いかん》束帯《そくたい》の正装の袖で、殿下は涙を押さえつつ、ご帰邸になったその還御の儀式の呆れるようなありさまは、どう申しても語り尽くせぬことでございま

した。かかることは、大織冠《たいしょっかん》藤原鎌足《かまたり》、また淡海公不比等《たんかいこうふひと》のことは申すまでもなく、忠仁公良房《ちゅうじんこうよしふさ》や昭宣公基経《しょうぜんこうもとつね》よりこのかた、摂政関白がこれほどの目に遭われるということは、いまだ見たことも聞いたこともございません。これこそ平家の悪行《あくぎょう》の始めでありました。

重盛卿は、これを聞いては到底平静ではいられませぬ。この一件に一味した侍どもをみな処罰されたのでありました。

「たとえ、入道がいかように理不尽な命令をなさろうとも、どうして夢にでもそのことを知らせなかったのか。だいたい、資盛の考えがもっての外じゃ。梅檀《せんだん》は双葉より芳《かんば》しというではないか、それなのに、すでに十二、三歳にもなろうという者として、もうとっくに礼儀を弁《わきま》えていてしかるべきであろうに、このように愚劣な振る舞いをして、入道の悪名《あくみょう》を立てる……これこそ親不孝も極まったものじゃ。それはおまえ一人の責任というものであろう」

と、こう叱りつけて、しばらくは伊勢の国に追放されたのであります。

されば、この大将重盛卿のお人柄に、帝も臣下もひとしく感じ入ったと、そのように聞こえてございます。

■鹿谷《ししのたに》■

かような事件が出来《しゆつたい》いたしましたことにより、高倉天皇ご元服についての打ち合わせは、当初の予定より延期されることになりました。そこで同じ年の十月二十五日、後白河院の御殿に集まって、ご元服の打ち合わせが持たれます。摂政藤原基房公は、当時左大臣でございましたが、元服加冠の役に任ずる以上、そのままなんの褒賞もないというわけにはいかぬというのが、この時分の常識でございましたがゆえに、十一月九日に、前もってのご内命を頂戴いたしまして、やがて十四日に太政大臣に昇格せられます。そこで、同月十七日に、基房公は後白河院の御所へお礼言上のために参上いたしましたが、こんなことも世間はみな苦々しいことと見ておるやに見えたのでありました。

そうこうしておりますうちに、その年も暮れました。

明けて嘉応三年（一一七一年）正月五日、高倉天皇ご元服の儀が挙行され、同じき十三日、朝覲《ちようきん》の儀ということにあいなりました。これは新帝が後白河院の御所へ挨拶のため行幸されるのであります。後白河院も建春門院も、喜んでお待ち受けになり、幼帝が初めて冠を着けられたそのお姿を、どれほど愛らしく思われたことでありましょうや。

この時、入道相国の御娘《おんむすめ》を、新帝の女御《にようご》として参内《さんだい》させませしたが、御《おん》歳《とし》十五歳、法皇の御養子格を以てのことでありました。

その頃、妙音院殿《みょうおんいんどの》藤原師長《もろなが》太政大臣は、いまだ内大臣で左大将を兼務しておりましたが、大将を辞するということがございました。時に、大納言徳大寺実定《とくだいじしってい》卿は、おそらくこの左大将の後任に任ぜられるであろうというもっぱらの噂でありました。また花山院《かざんのいん》の中納言兼雅《かねまさ》卿も、この位を所望しております。その他、故中御門《なかのみかど》の中納言藤原家成《かせい》卿の三男、新大納言成親《なりちか》卿もまた、なんとかその位につきたいと望んでおりました。

この成親卿は、後白河院のお覚えもめでたい人であったゆえ、この際、さまざまの祈禱を始めたのでありました。すなわち、男山《おとこやま》の石清水《いわしみず》八幡宮に百人の僧を籠《こも》らせ、『大般若経《だいはんにゃきょう》』六百巻をば、頭から丁寧にずいっと読経してゆく、その最中、七日目にさしかかったところで、高良《かわら》の大明神の御前《おまえ》にございました橘《たちばな》の木に、男山の方角より山鳩が三羽飛来いたしまして、なんたることかこれが互いに食い合って死んだという、奇っ怪なことが出来いたしました。これを見て、

「鳩は八幡大菩薩の第一のお使者としてございます。されば、八幡宮寺《はちまんぐうじ》においてかかる不思議なことはあるべくもござりませぬ」

と、このように内裏へ奏上《そうじょう》いたしましたのは、時の検校匡清《けんぎょうきょうせい》法印という方であります。ここを以て、宮中の神祇官《じんぎかん》におきまして、この変事を亀《き》ト《ぼく》、すなわち亀の甲羅を焼き、その割れ方を見て占った。すると、これこそ「天下の騒乱の予兆」だという占《うら》が出たのであります。

「ただし、これは天子の謹慎すべき事柄にあらずして、臣下の謹慎すべき

ことに相違ない」

と、神祇官ではそのように判定を奏上いたします。

こういうことがあったにもかかわらず、新大納言成親卿は、なおもこれに恐れ畏《かしこ》むことなく、昼は人目がうるさいゆえ、夜な夜な歩いて出でては、中御門烏丸《からすまる》の邸から賀茂の上社《かみしや》へ、七夜《ななよ》続けて参詣いたしたのであります。その七夜目の満願の夜、邸へ帰ってまいりましてより、俄《にわか》に苦しみ出して横になり、すこしばかり微睡《まどろ》みましたるところ、なにやら不思議な夢を見たのでありました。

どうやら夢のなかで、卿は賀茂の上社へ詣でているらしゅうございました。すると、神殿の扉を押し開いて、なかから恐ろしげな、しかしあらたかなるお声を以て、

さくら花かもの河風うらむなよ
ちるをばえこそとどめざりけれ

桜花よ、散ったからとて賀茂の河風を恨むなよ、
咲いた花の散ることは神力《しんりき》を以てしても留《とど》めることはできぬのだ

と、こんなご神託が聞こえてきたのでありました。

しかしそれでも、成親卿は恐れ入らぬばかりか、その賀茂の上社に霊力のある修行僧を籠らせて、また神殿の真後ろにある杉の木の虚《うろ》に護摩壇《ごまだん》を

立て、拏吉尼天《だぎにてん》と申します夜叉鬼《やしやおに》に百か日の修法《しゆほう》を以て所願成就を願うという、もってのほかなる祈禱をさせたのでございました。すると果たして、その大杉に雷《いかずち》が落ちかかり、雷火がおびただしく燃え上がりまして、あわや賀茂社までも焼亡《じようもう》に及ぼうかと見えたのであります。かくてはならじと、社人《しやにん》どもが大勢走り集まってまいりまして、やっとのことでこれを消火したようなわけでございました。そうして、かの外道《げどう》の修法を行《ぎよう》じた修行僧をば追い出そうとしたところ、

「私には、百日の間籠《あいだこも》りの行を果たしたいという大願《たいがん》がある。今日はその七十五日《しちじゆうごにち》に当っておるほどに、どうでも立ち退《の》きはせぬ」

と申し立てて、いっかな動く気配もございませぬ。

そこで、この由を、賀茂の社家《しやけ》から内裏へ申し上げると、

「ただ、神社の掟に従って追い出すべし」

との宣旨が下る。そこで、賀茂社の神官が警護用の杖を以て、くだんの修行僧のうなじを打擲《ちようちやく》し、一条大路から南へ放逐《ほうちく》してしまいました。これすなわち、諺にも「神は非礼を受け給わず」と申してございますほどに、おそらくは大納言成親卿があまりにも分《ぶん》を弁《わきま》えぬ大将の位を望み祈られたことを神はご納受《のうじゆ》なくして、かかる不思議が出来《しゆつたい》したということでありましょうか。

その時分の諸官任免のありようは、本来権限を持っているはずの帝や法皇のお指図でもなく、まして摂政関白がたのご裁量でもございませなん

だ。ただただ平家一門が思いのままに壟断《ろうだん》しておったというわけでございますから、いかに徳大寺・花山院が望んだとて叶うものではありませぬ。そうして、清盛入道の嫡男小松殿重盛卿が大納言の右大将であったものを左大将に移して、次男宗盛が中納言に過ぎなかったものを、何人もの上位者の頭越しに右大将に任じられるということになったのは、本来の摂関家の家柄の人々にとっては、言いようもない恥辱でございましたろう。

なかにも、徳大寺殿実定《しってい》卿は、大納言のなかでも最上位の人にて、その一族はみな大臣もしくは大将、ひいては太政大臣というような位にまで昇るほどの名家でございましたるうえに、実定卿自身は、ことに才学雄長《さいがくゆうちょう》にして正統の嫡子《ちゃくし》であったにもかかわらず、たかが平家の次男ふぜいに追い越されてしまったこと、それはもう許しがたい遺恨でございました。それゆえ、「徳大寺殿は、おそらくご出家でもなさるであろう」と人々は密かに噂をしあったことでありましたが、実定卿は、今しばらく世の趨勢《すうせい》を見ておこうと思い、ただ大納言職を辞し、隠居するということでありました。

新大納言成親卿も、

「徳大寺や花山院に先を越されたのであれば、それはやむを得ぬこと、しかし、たかが田舎侍の平家の、しかも次男に過ぎぬ奴に上越《うわこ》されたとあっては、なんとしても我慢がならぬ。それもこれも、世の中なにもかも、平家の思うままという現状のしからしむるところじゃ。かくなるうえは、なんとしても平家を滅ぼし、本望を遂げようぞ」
とまで言挙《ことあ》げされましたが、考えてみれば恐ろしいことでございます。父の家成卿は、中納言にまでなられたのでありましたろうか、その末っ子に過ぎぬ成親が、位を申せば正二位《じょうにい》、司《つかさ》を申せば大納言に上がり、しかも領地として大国をたくさんに頂戴して、子息から家来どもに至るまで朝恩《ちょうおん》をこうむって栄華を極めていたのでございますから、このうえ何の不足があって、かかる悪心《あくしん》を起こされたのでございましょうか。これ、まったく天魔《てんま》のしわざに違いないと見えたのであります。しかも、かつて平治の乱に際しては、越後の中将として藤原信頼《のぶより》卿に一味同心したのでございましたから、じつはその時に処刑されていても仕方のないところでありました。そこを小松殿重盛卿が、なんとかかんとかとりなしてくれたおかげで、かろうじて首がつながったという経緯《いきさつ》もあったのであります。しかるに、その時の恩義も忘れて、めったと人が近づかぬようなところに武器兵具《ひょうぐ》を調達して隠しおき、軍兵《ぐんぴょう》を誘って集めるなど、ただもうこの平家討伐のことばかりに専念して他事を顧みないというありさまでございました。

東山の麓の鹿《しし》の谷というところは、後ろは三井寺に続く山にて、難攻不落の城郭という地勢でありました。ここに俊寛《しゅんかん》僧都の山荘がございます。そこで、この山荘に常々一味集合いたしましては、平家を滅ぼそうと謀議をめぐらしております。

　そこに、ある時、後白河法皇もお出ましになる。故少納言入道信西《しんぜい》（俗名藤原通憲《みちのり》、後白河院の側近であったが、平治の乱に際して藤原信頼に殺された）の子息静憲法印《じょうけんほういん》も、この時、院のお供をしてやってまいります。

　その夜の酒宴に、院はこの謀議のことをば静憲法印に相談されましたところ、

「ああ、なんと呆れたことでございましょうか。このように人が大勢聞いておりますところで、さような大事を……。この密計が即座に漏れるようなことになって、天下の一大事に及ぶことにもなりましょうに」

　と、大いに慌てふためいて、諫《いさ》め申しましたるところ、新大納言成親卿の顔色《かおいろ》が変わりまして、さっと席を立つと、御前《ごぜん》にございました瓶子（へいじ）をば狩衣《かりぎぬ》の袖にひっかけてわざと引き倒した。そこで、法皇は、

「これはなんとしたことじゃ」

　と仰せになる。そのとき、大納言は御前に戻り、

「平氏（へいじ）が倒れてございます」

　と見えを切ってみせた。これには法皇も上機嫌に、にっこと微笑まれて、

「皆の者、これへ参って猿楽をいたすがよい」

　と仰せがございます、そこで、平判官康頼《へいはんがんやすより》が御前にまかり出でまして、

「ああ、あまりに瓶子（平氏）が多すぎますほどに、酔って気分が悪くな

りました」

などと戯れる。これには俊寛僧都、

「さて、それをどのようにしたらよろしゅうございましょうぞ」

と応じます。すると西光法師、

「頸《くび》を取るのがよろしゅうございましょう」

といって、その瓶子の頸を取って御前を下がってまいります。

静憲法印は、このあまりに呆れ返ったありさまに、まったく口をきくこともできませぬ。

これは、返すがえすも恐ろしい事でございました。その時一味した者どもは、近江中将《おうみのちゅうじょう》入道蓮浄《れんじょう》俗名成正《なりまさ》、法勝寺《ほっしょうじ》の執行《しゅぎょう》俊寛僧都、山城守《やましろのかみ》基《もと》兼《かね》、式部大輔《しきぶのたゆう》正綱《まさつな》、平判官康頼、宗判官信房《むねはんがんのぶふさ》、新平判官資行《しんぺいはんがんすけゆき》、摂津国《つのくに》の源氏多田の蔵人行綱《くらんどゆきつな》をはじめとして、院の警護にあたっております北面の武士の多くの者がこれに与したのでございます。

■俊寛沙汰《しゅんかんのさた》　鵜川軍《うかわいくさ》■

この法勝寺の執行俊寛と申す者は、京極の源大納言雅俊《げんだいなごんがしゅん》卿の孫、木寺《こでら》の法印寛雅《かんが》の息子であります。この祖父大納言は、とりたてて弓矢を以て聞こえる武張《ぶば》った家というわけでもありませぬが、すこぶる癇癪《かんしゃく》持ちの人で、三条坊門京極《さんじょうぼうもんきょうごく》にございました邸の前を、人が通るのさえ許さないという奇人、つねづね中門《ちゅうもん》のあたりに立ちはだかって、歯を食いしばり、恐ろしい表情であたりを睨みつけているという塩梅でありました。まず、さようの奇人の血筋だからでありましょうか、この俊寛も僧侶でありながら、その心は猛々《たけだけ》しく、しかも驕り高ぶった人柄であったればこそ、かかる道理の通らぬ謀反にも一味したのでございましょう。

新大納言成親卿は、多田蔵人行綱を呼びつけて、

「その方《ほう》をば、一方《いっぽう》の大将に頼んだぞ。この挙兵が、もし成功した暁には、褒美として国でも荘園でも、望み次第に与えようぞ。まずはこれで弓《ゆ》袋《ぶくろ》でも作るがよい」

と、こう言って、白布《しろぬの》を五十反《たん》贈られたのでありました。

安元《あんげん》三年（一一七七年）三月五日、妙音院殿師長公が、内大臣から太政大臣に転じるということがあり、この後任に補《ふ》せられたのが、またもや首座の大納言源定房《さだふさ》卿を飛び越えて、小松殿重盛卿でございました。かくて重盛は内大臣で左大将といういたいそう映えばえしいことになります。

まもなく大臣になったことを祝う饗宴が盛大に挙行される、その饗宴の主客には大炊御門の右大臣藤原経宗《つねむね》公が招かれたと伝えてございます。師長公が内大臣から左大臣を飛び越えて太政大臣に昇格したというのには、いささかわけがございます。このお家の昇任の限度は本来左大臣と定まっておりましたが、師長公の父にて悪左府と渾名《あだな》されておりました左大臣頼《より》

長《なが》が、かの保元の乱を起こしたということがございましたので、そのことを憚り、敢て左大臣は飛び越えて太政大臣ということになったのでありま す。

また北面《ほくめん》の武者所《むしやどころ》という役官は、上代にはございませんでした。ところが白河院の御時に初めてこの司《つかさ》が創設されましてよりこのかた、かれこれ時代とともに変遷しつつ、後に左右の衛門《えもん》、左右の衛府《えふ》、そして左右兵衛《ひようえ》の六ところに定まっておりました。これらの衛府の役人どもが、数多くこの北面の武士として出仕しておりましたが、なかにも藤原為俊《ためとし》、盛重《もりしげ》の両名は、白河院の寵愛された稚児にて、幼名は千手丸《せんじゆまる》・今犬丸《いまいぬまる》と申し、これらはならびなき能吏《のうり》でございました。また鳥羽院の御時にも、源季教《すえのり》・季頼《すえより》の父子が、ともに朝廷に出仕いたしまして、時には上皇へのお取次ぎ役に任ぜられていたこともあったと、さように伝えております。

とは申しながら、ほんらいこれらの者どもは、みなおのれの分際というものを弁えて勤めるべきところ、下《くだ》りまして、この後白河院の時代ともなりますと、北面の武士たちは分際を越えて我が物顔に振るまい、公卿や殿上人などもものともせず、礼儀礼節も弁えぬ状態でございました。また下級の北面から、上級の北面に上がり、やがてさらにその上の殿上《てんじよう》の交わりを許される者までございました。万事がそうした調子でありましたがゆえに、次第に奢り高ぶった心が出てまいりまして、ついには、かかるわけもない謀反にまで加担するようなことになったという次第であります。

さるなかにも、故少納言信西のところで召使っておりました、藤原師《もろ》光《みつ》・成景《なりかげ》という者どもがございました。この師光は、阿波国の国司の役所に仕えておりました者、また成景は京の者で、もとより素性の卑しい下郎《げろう》連中であります。

この者どもは、健児童《こんでいわらわ》とか格勤者《かくごしゃ》などと申しまして、いわば中間《ちゅうげん》のような下働きを致しておりましたところ、いかにも気の利く男だというわけで、師光は左衛門尉《さえもんのじょう》、成景は右衛門尉《うえもんのじょう》と、二人一緒に靫負尉《ゆぎえのじょう》と申します衛門府の警護官に取り立てられたのでありました。しかるに、主《あるじ》の信西が平治の乱において殺されました後は、二人ともに出家いたしまして、左衛《さえ》門入道西光《もんにゅうどうさいこう》、右衛門入道西敬《うえもんにゅうどうさいけい》とあいなりまして、これらは、出家の後も、院のお蔵番《くらばん》のようなことをいたしておりました。

この西光の子に、師高《もろたか》というものがございます。これもまたなかなかの利口者にて、検非違使五位尉《けんびいしごいのじょう》に成り上がりまして、安元《あんげん》元年（一一七五年）十二月二十九日、すなわちこの年の大晦日、鬼やらいの行事の後《のち》の追加の人事において、加賀守《かがのかみ》に任ぜられたのであります。そうして、国司としての政務を行う間に、法規に外れた悪政をほしいままにいたしまして、神社仏閣をはじめ、同地の豪族や権勢家の荘園領地を没収してのけるなど、それはもうやりたい放題のありさまでありました。唐土《もろこし》の周の世に武王の子召公《しょうこう》という方が出まして、兄周公とともに遍《あまね》く善政を布《し》いたと物の本にございますが、さようの古代からはずいぶん時代を隔てておりましようとも、本来政《まつりごと》は穏便に行うべきところであります。しかし、この師高、我欲のままに振るまいましたるがゆえに、とんだ騒動がもちあがります。すなわち、安元二年の夏の頃、国司師高の弟に、近藤判官師経《こんどうのはんがんもろつね》という者がございましたが、これがまた加賀の国の目代（国司の代官）に任ぜられました。

この師経が目代として下向《げこう》し、任国《にんごく》に着任いたしました当初のこと……国府《こくふ》のあたりに鵜河《うかわ》と申します山寺がございます。この寺の僧どもが、折から湯を沸かして湯浴《ゆあ》みをしておりますと、そこへ師経が乱入いたしまして、僧どもを蹴散らかし追い払い、その湯を奪って自らが浴びるやら、おのれの召使どもにまで湯浴みをさせるやら、果ては馬まで洗わせるというような狼藉を働きます。

さあ、寺の僧侶たちは激怒いたしまして、

「昔から、この寺には、おのれらのような国府の者が押し入ることなど無かったぞ。すみやかに乱入狼藉をやめよ」

と抗議をいたします。しかし、師経はそんなことに耳を貸すような男ではございませぬ。

「いままでの目代どもは、よほどの腰抜けだったのであろうな。だから、おのれらのような田舎坊主どもにバカにされて境内に入らせてもらえなかったのでもあろうぞ。しかしな、今度の目代はそうはいかぬ。だまって国司のお指図に従え」

と言うその言葉が終わらぬうちに、寺僧どもは、この目代一行を追い出そうといたします。しかし、目代がたは、また隙を狙って乱入してくる、かくて打ちあい張りあいしておりますうちに、師経の大切にしておりました馬の足をへし折ってしまうということが出来《しゅったい》する。さてもさても、そうなりますと、もう収まりません。互いに武器を持ちだしてまいりまして、矢を射るやら太刀薙刀で斬り合うやら、数時間にも及んで闘います。目代は、これは敵《かな》わぬと思ったのでありましょうか、夜《よ》に入《い》ってから退却をしてまいります。

その後《のち》、この国の家来筋の者どもを呼び集めまして、ついに総勢一千余騎という大勢力を以てまた鵜河に押し寄せ、ついには堂宇坊舎《どううぼうしゃ》を一つ残らず焼き払うという乱暴をいたします。

しかるに、この鵜河寺と申しますものは、もともと白山《しらやま》神社の末寺《まつじ》でございました。そこで、この非道を訴えようとして、進み出た老僧の名を申しますならば、智釈《ちしゃく》・学明《がくめい》・宝台坊《ほうだいぼう》、また正智《しょうち》・学音《がくおん》・土佐阿闍梨《とさのあじゃり》と、こう進み出てまいります。

かくて白山神社の三社八院、ことごとく蜂起いたしまして、都合その勢二千余人という大勢力を以て、七月九日の暮れ方に、目代師経の館《たち》近くまで押し寄せてまいりました。

折しも日が暮れた、戦は明日と決定いたしまして、その日は寄せることを控え、そこに留まっておりました。

吹いて露を結ばせる秋風は、射向《いむ》け、すなわち鎧《よろい》の左袖を翻し、空の雲を照らす稲妻は、ピカリピカリと甲《かぶと》の星、すなわち頭頂部の鋲《びょう》を光らせております。

これを見て目代師経は、とても敵わぬと覚悟したのでありましょうか、そのまま夜逃げをして京へ上《のぼ》ってしまいます。

翌朝、卯の刻（午前六時頃）、白山軍は、国司の館《たち》へ押し寄せ、鬨《とき》の声をドッとつくる、けれども城内はシーンと静まり返ってなんの物音もいたしませぬ。それもそのはず、偵察の者を送ってみれば、

「皆、逃げてしまいました」

と報告が入る。白山の者どもは、いかんともするなく、そのまま引き上げてまいります。

かくなる上は、比叡山に訴えようということになりまして、白山中宮《しらやまちゅうぐう》の神輿《みこし》を押し立て、比叡山めがけてエイヤエイヤと振り上げてまいります。

同じき八月十二日の午の刻（正午）の頃、白山の神輿がすでに比叡山の東の坂本に到着いたしました、ちょうどその時分であります。北国《ほっこく》の方角から、雷鳴がおびただしく鳴りわたり、都をさして鳴り上ってくる様相となった。加えて、真っ白の雪までも降りだしてきてやがて深く積もってしまう、これがために、比叡山中も京のうちも、おしなべて雪に降り込めら

れ、常盤木《ときわぎ》に覆われた山の梢までも、みな白妙に成ったのでございました。

■願立《がんだて》■

この神輿をば、客人《まろうと》の宮と申します比叡の山王七社《さんのうしちしゃ》の一つに、しばらく安置いたします。この宮は白山神社本宮の祭神に同じく、白山妙利権現《しらやまみょうりごんげん》を祀ったお社《やしろ》であります。そうしてこの神輿の白山中宮《しらやまちゅうぐう》は妙利権現の御《おん》子《こ》という関係でありますから、この客人の宮も、いわば父神に当たるのでありました。それゆえ、訴訟の成否はひとまず置くと致しまして、生前父子《おやこ》であった神々はここに再会を果たしたことを、殊の外に喜ばれます。たとえて申せば、浦島太郎が竜宮城から戻って七代の子孫に会った喜びにもまさり、母の胎内におりますうちに父仏陀《ぶっだ》が出家してしまったゆえ、父の顔を知らずに育った羅睺羅尊者《らごらそんじゃ》が、霊鷲山《りょうじゅせん》において説法をする父に見《まみ》えたときの喜びをも超えるというほどのものでございました。

かくて三千人の鵜河寺の僧どもが踵《きびす》を接して詰めかけ、また比叡山王七社の神官どもも袖を連ねて蝟集《いしゅう》いたしております。この者どもが、時々《じじ》刻々《こっこく》に誦経《ずきょう》するやら祈禱《きとう》するやら、まことに言語に絶する騒動とあいなります。

比叡山の衆徒どもは、国司加賀守師高《もろたか》を流罪に処し、また目代の近藤判官師経を禁獄にすべきことを後白河院へ奏上いたします。しかしながら、ご裁断は直ちには下《くだ》りませせぬ。これについて、心ある公卿殿上人は、

「やれやれ、早急にご裁許あってしかるべきものじゃが……」

「さよう、昔から、比叡山からの訴えごとは、他のこととは格別というものぞ」

「前例を申せば、あの大蔵卿為房《おおくらのきようためふさ》と太宰権帥季仲《だざいのごんのそつすえなか》など、あれほどの重臣であったが、叡山からの訴えで流罪に処せられたということがある。いわんや、師高ごとき、物の数でもなかろうに、いちいち細かな詮議にも及ぶまいが」

などなど、内々《ないない》には言い合うものの、かの『本朝文粋』にも「大臣《たいしん》は禄《ろく》を重んじて諫《いさ》めず、小臣《せうしん》は罪に恐れて申《まう》さず（高位の臣は俸禄《ほうろく》が大切ゆえ君を諫めることがなく、低位の臣は処罰されることを恐れて口をつぐんでいる）」とございますとおりで、みな自分かわいさに敢て口を閉じております。

為房一件に際しては、「賀茂川の水と、双六《すごろく》の賽《さい》の目、比叡山の僧兵ども、この三つは、どうしても我が心のままにはならぬものじゃ」と、白河院が嘆かれたと伝えております。

また鳥羽院の御時《おおんとき》に、越前の平泉寺《へいせんじ》が延暦寺の末寺に編入されたことがございます。この時は、院の延暦寺へのご信仰が浅からぬものでございましたがゆえに、

「本来筋の通らぬことながら、こたびはよしとする」

という院の仰せにて、その旨の院宣が下ったと、そういう前例もございます。

そうして、件の大蔵卿為房の一件に際し、後に太宰権帥《だざいのごんのそつ》となった大江《おおえの》匡房《まさふさ》卿が、

「この神輿を宮中の衛府の陣まで振り上げて訴えております上は、法皇さま、どのようにご裁定あそばされましょうや」

と、こう白河院に申し上げたところ、さすがに院も、

「なるほど、叡山からの訴訟とあっては、そのままにも捨て置かれまいな」

と仰せになったのであります。

また、去る嘉保《かほう》二年（一〇九五年）三月二日、美濃守 源 義綱《みなもとのよしつな》朝臣が引き起こした事件がございます。これは、同国に新しく設けられましたる荘園を廃止せしめようという過程で、義綱が円応《えんおう》という僧を殺害するということが出来いたしました。円応は比叡山で長らく修行をした者でありますから、叡山ゆかりの日吉社の宮司、また延暦寺の寺役人、合わせて三十人あまりにて、この非道を行った義綱の処罰を求める上申書を捧げつつ、宮中の衛府詰所まで押しかけてまいります。これを、内裏方では、後二条《ごにじょうの》関白《かんぱく》藤原師通《もろみち》公が、大和源氏にして中務権少輔頼春《なかつかさごんのしょうよりはる》に命じて防がせたのであります。この時、頼春の郎等《ろうどう》が矢を放ちまして、たちどころに射殺《いころ》さ

れる者八人、さらに傷を被る者十人あまりと、たいへんなことになる、押しかけてまいりました宮司・寺役人連中は、みな散り散りに逃げてしまいます。

これを知った叡山の上座の僧どもが、事の詳細を院に申し上げるため、都へ下ってくるということが聞こえてまいりますので、こんどは武士検非違使が、叡山の麓、西坂本まで急行いたしまして、これらの者どもを皆追い返したのであります。

叡山がわでは、院のご裁断があまりにも遅々として進まないので、業《ごう》を煮やしまして、比叡山七社の神輿を根本中堂まで振りあげまして、その堂の前にて首尾省くことなく『大般若経』をば読みあげること前後七日に及び、以て関白師通公を呪詛《じゅそ》するという大騒ぎ。その法会《ほうえ》を締め括《くく》る最終日の導師には仲胤《ちゅういん》法印、その頃はまだ仲胤供奉《ぐぶ》と、こう申しておりましたが、この仲胤が高座《こうざ》にのぼり、鉦《かね》を打ち鳴らし、読み上げましたる表白《ひょうびゃく》の文《もん》（祈禱の趣旨を表明する祈願文）に曰く、

「我等をば微細な種《たね》の二葉の頃からお育てくださいました神々たち、後二条関白殿に鏑矢《かぶらや》（放つとブーンと音の出る矢）を一つ放《はな》って罰をお与えください、大八王子権現様」

と、こう声もたからかに祈願を込めたのでありました。

すると、その夜、不思議の事がございました。

八王子の社殿から鏑矢の音が聞こえまして、王城の方角へブーンと鳴り

ながら飛んでいったと、そのような夢を見た人があったのであります。

はたしてその翌朝、後二条関白の御殿の格子戸を引き上げてみますと、そこに、今の今、山から採ってきたように露に濡れたる樒《しきみ》の枝が一枝、突き刺さっていたというのですから、まことに恐ろしいことでございます。

それは、すぐに山王権現の御咎めであろうというわけで、後二条関白師通公はにわかに重病を身に受けたのであります。母上、すなわち師通公の父師実《もろざね》公の北の政所は、たいそうお嘆きになりまして、微服《びふく》に身を窶《やつ》し、卑しい下女の格好をして、ひそかに日吉社《ひよしのやしろ》にお籠もり詣でをいたします。そうして七日七夜に亘ってひたすら病気の平癒を祈ったのでございました。

まず歴々と形に表してのお祈りには、境内の芝生の上にて百番の田楽を、また稚児《ちご》どもが美しく着飾って馬にて練り歩く「一つ物」という芸能を百番、さらには、競馬《けいば》、流鏑馬《やぶさめ》、相撲《すもう》を、おのおの百番ずつ、『仁王《にんのう》経《きょう》』の講説を百座、『薬師経《やくしきょう》』の講説を百座、一尺二寸ほどの薬師仏を百体、等身大の薬師仏を一体、ならびにまた釈迦像、阿弥陀仏像をそれぞれ一体、みな新たに造らせまして、その開眼供養を行《ぎょう》じられる、とまことに至らぬ隈《くま》のないお祈りでありました。またその御心中には三つの願を立てておられた……が、それはもとより御心の中《うち》の事でありますから、余人が何として知ることが出来ましょうや。

すると、ここに不思議なことが起こります。すなわち、七日満願の夜のこと、八王子の御社《おやしろ》におおぜい詰めかけております参詣人どものなかに、陸奥《みちのく》からはるばるとのぼってきたという少女の巫《みこ》が、夜半ばかりの頃に、にわかに意識を失うということが出来いたします。そこで、人々が社殿の外へ運び出して祈りましたところ、まもなく息を吹き返し、そのままスッと立って一さし舞を舞ったのでありました。これを見た参詣の人々は、まことに不思議なことがあるものだと思って見物しております。半時（約一時間）ばかり舞って後、この少女に山王権現が降りて憑依《ひょうい》なさる、そうして、さまざまの御託宣《ごたくせん》を述べられたのは、まことに恐ろしい次第でありました。

「みなみな、たしかに承《うけたまわ》れ。大殿《おおいどの》（師実）の北の政所は、今日七日、わが御前《おんまえ》に籠り祈られた。その願立てなさる趣は三つある。一つにはこのたびの関白殿の寿命を助けて欲しいということじゃ。もし願いを叶えてくれたときには、この下に籠っておる病人どもに混じって、一千日があいだ、朝に夕に神に仕えようと仰せられることじゃ。いやしくも大殿の北の政所というほどの身にて、本来ならば世の中のことなど、なにほどにも思わずにお過ごしになるところ、古歌にも『人の親の心は闇にあらねども子を思ふ道にまどひぬるかな（人の親の心は本来闇ではないのだけれど、ただ子供を思うばかりに、理性を失って道に迷ってしまったことであります）』とあるがごとく、ただただ子を思う親心のしからしむるところ、気味悪く汚れたところであることも忘れて、人も嫌がる病人どもに混じって、一千日もの間、朝夕神前に奉仕しようということを仰せになる、これこそまことに感銘深く思うことぞ。また二つには、七社の内もっとも麓にある大宮の橋のたもとから、もっとも奥の高みにある八王子の御社《おんやしろ》まで一つの回廊を作って奉納したいとある。三千人の衆徒が、雨が降るにも、炎天下にも、各社参詣のたびに辛い思いをするのが気の毒だと思うておったに、さようの回廊を造られたならば、どれほど賞賛すべきことであろうか。また三つ目には、今度の関白殿の寿命をお助けくださったならば、八王子の御社にて、『法華経』の講説ならびに問答をば、連日怠りなく執行《しゅぎょう》させましょうと、仰せじゃ。いずれもいずれも疎略ならぬことながら、前の二つはなくとも大事あるまい。けれども、毎日法華の講説と問答をさせるということばかりは、まことにそうあってほしいものと思うことぞ。とはいえ、この度の訴訟については、もともとはどうということもない容易なことであったに、院のご裁可が下りなかったために、神官や宮役人の者どもが射殺《いころ》され、または傷を受けるなどして、泣く泣く参って訴え申したことが、あまりに気の毒に思うて、後々《のちのち》いつまでも忘れられぬような思いがしたことであった。そのうえ、あの者たちが当たったところの矢は、そのまま衆生のために仮に姿を現した、この山王権現自身の肌に突き立ったものなるぞ。それがまことか嘘かは、これを見よ、このとおりじゃ」

と仰せになって、肩を脱いだのをみれば、左の脇の下に大きな土器《かわらけ》の口ほどの傷があき、それがちぎれるようになっているのが見えた。

「こんなことは、あまりにも無情な仕打ちであろうから、母君がどんなに懇願しようとも、そのまま無事に済ませるというわけにはいかぬぞ。ただ、法華の講説と問答を、きっと執行《しゆぎよう》しようというのであれば、それに免じて三年の間、関白殿の寿命を延べまいらせることにしよう。もしそれが不足じゃとおぼしめすなら、それはもうしかたがない」

こう御託宣あって、山王権現は巫女の体から離れて戻っておしまいになった。母上は、この願掛け参りのことは、決してだれにも語ったことはない、我が胸一つにおさめておいたものを、誰がいったい漏らすことがあろう……されば、この極秘の所願を権現さまがお聞き届けくださったのだと、毫も疑うところはございませぬ。

これぞ、権現さまが、御心のうちに思っておいでの事どもを、ありのままにご託宣くださったのでございますから、母君は、心肝《こころきも》に沁みて、尊く思し召し、泣く泣くこう申されたのであります。

「たとえ、一日、いえ、ほんの片時でもありがたきことでございますに、まして、三年も命をお助けくださるのは、ありがたさも、このうえなきことでございます」

こうして、母君は、泣く泣く神前を下がってまいります。

それより、いそぎ都へ戻り、関白殿下のご領地紀伊国《きのくに》にございました田《た》中庄《なかのしよう》というところを、八王子の御社へ寄進されたのでありました。それよりして、法華の講説と問答は、今の世に至るまで一日欠かさず続けておられるそうでございます。

とかくするうちに、後二条関白殿のご病気はいつしか軽快いたしまして、もとのごとく元気になられたのでありました。これには、身分の上下を問わず、みな喜びあったことでございますが、三年という月日の過ぎること、あたかも一瞬の夢であろうかと思うほどでありました。

いよいよその三年のち、永長《えいちょう》二年（一〇九七年）とあいなります。六月二十一日、また後二条関白殿は、御髪《おんぐし》の生え際に質《たち》の悪い出来物が出てまいりまして、ために病臥されますが、同じ二十七日に、御歳三十八歳を以て、遂にお亡くなりになります。

心のしっかりしたところといい、理路整然たるところといい、あれほど立派な人でございましたが、いざ命旦夕《めいたんせき》の間《かん》に迫りますと、やはり命が惜しくなられたのでございました。それはたしかに惜しいことでございましたろう。

かくて四十にも満たぬ年齢で、父君に先立って亡くなられましたのは、まことに悲しいことでございました。いや、必ずしも父が先立つのが当然だというのではございませぬが、生きております者は、かならず死ぬという、この至極の道理に従うことは、あらゆる徳を備えた人格円満のお釈迦様、また菩薩の行道《ぎょうどう》を成就《じょうじゅ》したもろもろの菩薩たちといえども、どうにもできぬ事でございます。もとより慈悲の心を十全《じゅうぜん》に具《そな》えた山王権現ではありましたが、これは衆生《しゅじょう》を救済するための方便として、かかることをなさるのであってみれば、重罪を犯した人間への神のお咎めは、むしろあって当然と思われるのであります。

■御輿振《みこしぶり》■

かかる次第で、比叡山の衆徒どもは、国司加賀守師高を流罪に処し、またその目代近藤判官師経を禁獄にせよという要求を、度々《とど》訴え続けたが、依然としてお上のご裁許がおりませぬ。かくなる上はというので、日吉神社《ひよしじんじゃ》の祭礼を取りやめまして、安元《あんげん》三年（一一七七年）四月十三日、辰《たつ》の一点（午前七時半ころ）のほどでありまず、叡山内の十禅師《じゅうぜんじ》、客人《まろうと》、八王子権現、都合三社の神輿を飾り立てまして、この神輿を先頭に京中《きょうじゅう》へ押し寄せてまいります。

下《さが》り松、きれ堤、賀茂の河原、糺《ただす》、梅ただ、柳原《やなぎはら》、東北院《とうぼくいん》に至るまで、僧侶、神官、宮役人の者ども、下位の僧どもがぎっしりと詰めかけまして、その数いくらということも知れませぬ。

先頭の神輿は一条大路を西へ進んでまいります。綺羅《きら》を飾りました神輿は朝日に輝き、もしや日か月かが地に落ちたのではあるまいかと驚かずにはいられないほどでありました。

これを放置してはおけませぬゆえ、「源平両家《げんぺいりょうか》の大将軍は、東西南北四方の衛府の陣を守って、比叡山の僧兵どもを防ぐべし」とのご勅令がくだります。

このときの防衛軍は、まず平家がたに、小松の内大臣で左大将の重盛公、その勢三千余騎にて、大宮大路に直面いたしております陽明門《ようめいもん》、待賢門《たいけんもん》、郁芳門《ゆうほうもん》の三門を固め、弟宗盛《むねもり》・知盛《とももり》・重衡《しげひら》、また叔父の頼盛《よりもり》・教盛《のりもり》・経盛《つねもり》などは御所の西南かたの陣を固めております。

これに対して源氏がたには、大内裏守護の源三位頼政《げんざんみよりまさ》卿、渡辺省《わたなべのはぶく》・授《さずく》を主《おも》なる将として、その勢僅かに三百余騎にて、北のかた縫殿《ぬいどの》の陣《じん》（朔平門《さくへいもん》）を警固いたします。しかしながら、いかんせん所は広し、勢は少なしで、その守りはいかにもまばらに見えたことでございました。

叡山の衆徒は、この頼政軍の守るあたりが手薄だと見て、北の門、すなわち縫殿守護の陣を押し破って神輿を宮中に入れまいらせようといたします。

このとき、守備軍の大将頼政は、さすがに人物でございます、馬より下り、甲を脱ぎまして、この神輿を丁重に拝み奉る。大将に倣って、麾下《きか》の兵隊どもも皆おなじようにいたします。その上で、衆徒の中へ使者を立てまして、なにごとか申し送るのでありました。

その使者は渡辺の長七唱《ちようじつとなう》という者であります。唱のその日の出で立ちは、麹塵《きぢん》（青みを帯びた黄色）の直垂《ひたたれ》に、小桜紋《こざくらもん》を摺り出した皮をば黄色に染め返した札板《さねいた》の鎧を纏いまして、赤銅《しやくどう》の拵《こしら》えの太刀を佩《は》き、白羽《しらは》の矢を負い、滋籐《しげどう》の弓とてみっしりと籐の蔓で巻き上げましたる弓を脇に挟

み持ち、甲を脱いで鎧の高紐《たかひも》に懸け、神輿の御前《おまえ》に畏まって申し上げる、
「衆徒のおん中へ、源三位《げんざんみ》どのが申し上げるようにとのことでございます。此の度の比叡山がたのご訴訟、まことに道理に適っておりますことは論なきところと存じます。しかるに、そのご成敗のご裁許が遅々として下されぬことこそ、よそ目にも遺憾に存じております。かくなる上は、神輿を宮中にお入れ申すことに何ら異存はござりませぬ。ただし、頼政は、ご覧のように無勢《ぶぜい》でございます。その上、この兵を引いて、開門したところから易やすとお入りになっては、『比叡山の連中は目尻《めじり》を下げて安易なところを通《とお》っていった』などと、京童《きょうわらんべ》どもが嘲《あざけ》り申すことになりましょう。それは、却って後日《ごにち》の不名誉不面目ではござりませぬか。かくて神輿をお入れ申すにおいては、お上のご命令に背くことになりましょうし、といって、又防戦申し上げることあらば、もう長年《ながねん》薬師如来に帰依《きえ》し、また薬師如来が神となってお立ちになった山王権現に頭《こうべ》を下《さ》げて祈願を込めております我が身といたしましては、そのご神体に矢を射るなどもってのほかのこと、すなわち神罰にて自今《じこん》侍の道を断たれてしまうことでございましょう。あちらを立てればこちらが立たず、いずれもいずれも難題のなかの難題でございます。されば、東の衛府がたの陣は、小松殿以下大勢で警固されておりますほどに、どうかどうか、そちらからお入りくださいますように……」

　と、かように言い送った、この唱の申すことに押しとどめられまして、

神官、宮役人ども、みなしばらくそこに立ち止まっております。

血気盛んな若い僧兵どものなかには、

「なんだとて、そのようなことがあってたまるものか。さっさとこの門から神輿をお入れ申し上げろ」

など言う連中が多かったのでありますが、老僧のなかに、摂津《せっつ》の竪者《りっしゃ》豪《ごう》運《うん》という者がおります、この者は、比叡山に東塔《とうどう》・西塔《さいとう》・横川《よかわ》と三塔ございますなかにも第一の弁舌家と謳《うた》われていた者であります。

この豪運が進み出て申しましたことは、

「ご辺のおっしゃることは、いかにも尤もでござる。こうして神輿を先に立てての訴訟を致すうえは、大勢《おおぜい》のなかを打ち破ってこそ、後代《こうだい》の評判も上がるというものでござりましょう。なかんずく、この頼政の卿は、清和天皇の孫君六孫王《まごぎみろくそんおう》よりこのかた、源氏嫡流《ちゃくりゅう》の棟梁《とうりょう》にして、弓矢を取ってはいまだ不覚を喫したということを聞きませぬ。およそまた武芸のみならず、歌の道にも優れておいでじゃ。近衛院ご在世の時、座に臨んでの出題に即詠をいたすという歌会《うたかい》がありましたが、そこにて『深山花《しんざんのはな》』というお題が出されたのに応じて、人々がみな詠《よ》み煩《わずら》っておりました折も折、この頼政卿は、

深山木《みやまぎ》のそのこずゑともみえざりし
さくらは花にあらはれにけり

山深く立っている桜ゆえ、遠目にはどれが桜とも見分けがつかなかったが、いまこうして花がさくと、あああれが桜であったと顕《あらわ》れ知れたことであった

と、かような名歌を仕《つかまつ》って、近衛院の御感《ぎょかん》にあずかった、それほど風雅の男でござりますれば、かかる時に当って、なんとして情け知らずにも恥辱を与えましょうぞ。されば、ここは神輿を舁《か》き戻し申し上げよ」

とこう論じ立てた、これにはさすが数千人の大衆《だいしゅ》も、先陣から後陣《ごじん》まで、ことごとくみな「それは尤《もっと》も、尤もじゃ」と同意したことでございました。

こうして、神輿を先だてまして、東の陣のあたり、待賢門《たいけんもん》からこれを入れ申そうといたしましたるところ、悶着《もんちゃく》がたちまち出来いたします。すなわち、警固の武士たちが、神輿に向かって矢を射申したのでございます。かくて、十禅師の神輿にも数多くの矢が当たったのでありました。神官・宮役人どもも射殺《いころ》されまして、その他の僧兵などが多く怪我をするという一大事、そのわめき叫ぶ声は、大梵天王《だいぼんてんおう》の支配いたします、空の上の梵天《ぼんでん》までも聞こえ、また大地を堅固に守っております地神《じじん》も驚くであろうというほどの大騒動でございました。

こうして、このたびは僧兵どもも、神輿をその衛府の陣あたりにうち捨て申しまして、泣く泣く叡山へ帰りのぼったのでありました。

■内裏炎上《だいりえんじょう》■

その日の夕刻に及び、蔵人《くらんどの》左少弁《さしょうべん》藤原兼光《かねみつ》にご下命があって、宮中殿《てん》上《じょう》において、にわかの公卿詮議《くぎょうせんぎ》が開かれます。そこで、かかる事件の前例を検討したところ、保安《ほうあん》四年（一一二三年）七月に神輿が入洛してきた折は、延暦寺の座主に申し付けて、赤山神社《せきさんじんじゃ》に入っていただいたことがある、また、保延《ほうえん》四年（一一三八年）四月に神輿が入洛してきた折は、祇園社の別当（首座の僧）に申し付けて、その祇園社に入っていただいたこともある。さしずめ、こんどの場合は保延の例に従うのがよかろうと、こういうことに詮議が決しまして、祇園《ぎおん》の別当権大僧都澄憲《べっとうごんだいそうずちょうけん》に申し付けて、そろそろ灯明《とうみょう》を灯《とも》そうかという時分になりましてから、やはり祇園社にお入りいただいたのでありました。

神輿に突き立っていた矢は、神官どもに命じて之を抜かせます。そもそも比叡山の大衆《だいしゅ》が日吉神社の神輿を以て、衛府の陣へ攻めこんでくるということは、永久《えいきゅう》（一一一三〜一一一八年）よりこのかた、治承《じしょう》（一一七七〜一一八一年）に至るまで六度の先例がございます。そのいずれの例にありましても、武士を呼んでこれを防いだということはございましたが、神輿に矢を射立て申したということは、この事を以て初めとする、と聞き及んでおります。これについて、

「霊威《れいい》ある神が怒れば、災害が巷に満ちる、といにしえの物の本にも出て

おるわ。恐ろし、恐ろし」

　と人々は申し合ったことでございました。


　さて、同じ月の十四日の夜半《やはん》ばかりに、ふたたび叡山の衆徒どもが、京へ向かって山を降りてくるという噂が聞こえてまいりますほどに、真夜中ではありましたが、帝は手輿《たごし》にお乗りになりまして、院御所法住寺殿《いんのごしょほうじゅうじどの》へお入りになります。中宮は牛車に乗られまして行動を共にされます。この際は、小松の大臣《おとど》重盛公が、直衣《のうし》姿で背に矢を負うてお供いたします。その嫡子権亮《ごんのすけ》少将維盛は、束帯の正装姿で、これも平胡籙《ひらやなぐい》に矢を入れて背負うている。また関白松殿（藤原基房）をはじめ、太政大臣師長公以下の公卿殿上人が我も我もと馳せ参じてまいります。

　かくて京中《きようじゆう》の身分高きも賤しきも、また宮中の上下ことごとく、すわ一大事とばかり大騒ぎとなります。

　叡山がたにとっては、神輿に矢を射立てられ、神官や宮役人どもを射殺《いころ》され、衆徒も多く負傷するなどの被害を受けて、かくなる上は、七社の大《おお》宮《みや》・二宮《にのみや》以下の宮々、また講堂も根本中堂も含めてもろもろの堂宇を一つ残らず焼き払い、比叡山を捨てて下り、自分たちは、山野に身を隠してしまおうではないかと、三千人が一致して決議いたします。これによって、朝廷も放っておけなくなり、かくなる上はお上も叡山の大衆の訴訟について、しかるべくご裁量あるであろうという噂でございましたから、比叡山の上席の僧侶どもは、この情勢を大衆に知らせ、申し宥《なだ》めようと登山《とうざん》してまいりますが、いかんせん大衆は聞く耳をもちませぬ。ただ一斉に立って、この上席の僧侶たちを西坂本から追い返してしまいます。

平大納言《へいだいなごん》時忠卿、その時はまだ左衛門督《さえもんのかみ》でございましたが、鎮撫《ちんぶ》のための使者に立ちます。しかし、叡山がわでは、大講堂の庭に三塔の衆徒が寄り合い寄り合い、この使者時忠を捕縛し引き据えようといたします。

「そやつのクソ冠を打ち落とせ」

「ぐるぐる縛って琵琶湖に放り込め」

などなど、不穏なことを言い合っております。かくて、時忠の命も風前の灯火《ともしび》と思われたその時、時忠卿、

「しばらく、お鎮まりくだされい。衆徒の御中《おんなか》へ申すべきことがある」

と、こう申しまして、懐から小さな硯と懐紙を取り出し、なにごとか一筆書いて大衆のなかへ遣わします。

これを開いて見ますと、

「衆徒が妄りに悪事を働くことは、悪鬼外道《あっきげどう》の所業《しょぎょう》である。されば聡明なる君主がこれを制止せんとすることは、これ御仏《みほとけ》のご加護にほかならぬ」

と、こんなことが書かれてあります。

こう書かれては、叡山がわももはや時忠を引き据えるにも及ばぬことと

なった。大衆はみな、時忠の言い分は尤も尤もと賛同し、ついに谷々に下り、それぞれの坊舎に帰っていったのでありました。

かくてたった一枚の紙にただの一句を書いただけで、三塔三千人の人々の憤りを鎮め、公私にわたる恥辱を逃れた時忠卿は、まことに大した人物でございます。また京の人々も、〈比叡山の僧兵どもは、なにかというと押しかけてきて、うるさく面倒なだけの連中かと思っていたら、なんだ、案外と道理をわきまえているところもあるのだな〉と感心したことでありました。

同月二十日、花山院権中納言《ごんちゅうなごん》藤原忠親《ただちか》卿を正式の使者として、国司加賀守師高はついに免職となって尾張の井戸田《いどた》へ流罪を申し渡され、またその目代の近藤判官師経は禁獄とあいなります。

さらに、去る十三日に神輿に矢を射た武士六人も投獄されることとなった、すなわち、左衛門尉《さえもんのじょう》藤原正純《まさずみ》、右衛門尉正季《まさすえ》、左衛門尉大江家兼《おおえのいえかね》、右衛門尉同じく家国《いえくに》、左兵衛尉《さひょうえのじょう》清原康家《きよはらのやすいえ》、右兵衛尉同じく康友《やすとも》、これはみな小松殿の侍でございます。

同年四月二十八日の亥《い》の刻ばかり（午後十時頃）のことでございます。樋口富小路《ひぐちとみのこうじ》あたりから出火いたしまして、おりから南東の風が激しく吹いておりましたため、京都中多くの家が焼失いたします。そうして、大きな車輪のような炎の塊が、三町、五町を隔てて、西北の方角へ京の町を斜めに、飛び越え飛び越えして焼け広がってまいりますから、さあそれは恐ろしい、恐ろしいなどという、ありきたりの言い方ではとても言い表せないほどの大惨事であります。

この時、あるいは具平親王《ぐへいしんのう》の千種殿《ちぐさどの》、あるいは北野天満宮の紅梅殿《こうばいどの》、橘《きつ》逸勢《いつせい》の這松殿《はいまつどの》、鬼殿《おにどの》、高松殿《たかまつどの》、鴨居殿《かもいどの》、東三条殿《とうさんじようどの》、また藤原冬嗣《ふゆつぎ》の大臣《おとど》の閑院殿《かんいんどの》、昭宣公《しようぜんこう》（藤原基経《もとつね》）の堀川殿《ほりかわどの》、というあたりをはじめとして、昔今《むかしいま》の名所《めいしよ》三十余箇所、公卿の家邸《いえやしき》だけでも、十六箇所が焼けてしまいました。そのほか、殿上人、諸大夫《しよだいぶ》の家々などは、あまりに夥しく焼けましたるゆえ、ここにいちいち記すには及びませぬ。

この大火は、ついには大内裏にまで吹き付けまして、朱雀門《しゆしやくもん》より始まって、応天門《おうでんもん》、会昌門《かいしようもん》、大極殿《だいこくでん》、豊楽院《ぶらくいん》、それにもろもろの役所八ヵ省、朝所《あいだんどころ》と呼ばれます参議以上の臣の控えの間にいたるまで、みな灰燼《かいじん》に帰したのであります。

これによって、家々の日記、代々の文書《もんじよ》、七珍万宝《しつちんまんぼう》ことごとくが灰燼となってしまいました。この大火による被害額はどれほどでありましたろうか。人々の焼け死ぬる数は数百人、牛馬のたぐいともなりますと、いちいちには数えきれませせぬ。

これまさに、ただごとにあらず、山王権現の神罰が降《くだ》り、比叡山から大きな猿どもが、二、三千匹も降り下って来て、その手に手に松明《たいまつ》を灯して、それで京中《きようじゆう》あまねく火付けをして回ったのだと、さる人の夢には見えたそうであります。

大極殿は清和天皇の御世《みよ》、貞観《じようがん》十八年（八七六年）に初めて焼失いたしましたので、同じ十九年正月三日に、陽成院《ようぜいいん》の帝のご即位の儀は、豊楽院《ぶらくいん》で挙行されたことでありました。また改元して元慶《がんきよう》元年（八七七年）四月九日、再建起工式があって、同じき二年十月八日に再建されたのでありました。

さらに、後冷泉院《ごれんぜいのいん》の帝の御世、天喜《てんき》五年（一〇五七年）二月二十六日に、また焼けてしまいます。そこで、治暦《ぢりやく》四年（一〇六八年）八月十四日に再建の起工式がありましたが、まだ実際には着手せぬうちに、後冷泉院は崩御されます。そうして、後三条院の帝の御世、すなわち延久《えんきゆう》四年（一〇七二年）四月十五日に再建が成りましたので、文人は詩を作って奉納し、楽人《がくにん》は楽を奏して帝を大極殿にお帰し申し上げたことでありました。

さるほどに、この度の大火で、また大極殿は焼けてしまいましたが、その後《のち》は、国力も衰えましたることゆえ、ついに再建されることはなかったのでございます。

巻第二

■座主流《ざすながし》■

治承《じしよう》元年（一一七七年）五月五日、比叡山延暦寺を統括しております天《てん》台座主《だいざす》の明雲《めいうん》大僧正に処分が下されます。すなわち、朝廷の法会《ほうえ》ならびに諸論議に昇ることを停止《ちようじ》せられましたる上に、もともと天子様の玉体護持のために、本尊の如意輪観音《によいりんかんのん》を預かっておりましたが、これも、蔵人《くらんど》を使者に遣わして返納させ、なお護持僧の任を解かれるということにあいなります。

また、検非違使庁《けんびいしちよう》の役人を派遣いたしまして、このたび神輿を振り立てて内裏へ押し入ろうとした衆徒《しゆと》の張本人を召喚されたのでありました。

この時、

「加賀の国に、座主のご領地がございます。国司師高《もろたか》がこの寺領を廃止没収いたしましたことを遺恨として、意趣《いしゆ》返しのため衆徒ら一味の上で訴訟をいたしたもので、そのために、すんでのところで国家転覆の一大事に及ぶところでございました」

と讒言《ざんげん》をいたしましたのは、かの西光法師・師高父子であります。

このことが、後白河法皇の逆鱗《げきりん》に触れます。これがために、座主には、とりわけ重い処罰が下されるであろうと、朝廷周辺ではもっぱらの噂でありました。

明雲は、法皇のご勘気《かんき》がなみなみならぬことを悟って、延暦寺の公印《こういん》と経蔵《きょうぞう》の鍵を返納し、座主の職を辞することを申し出たのでありました。

同じ月の十一日、鳥羽院《とばのいん》の第七《だいしち》の皇子、覚快法親王《かくかいほっしんのう》が天台座主に着任いたします。これは青蓮院《しょうれんいん》の大僧正行玄《ぎょうげん》のお弟子でございます。さらに翌十二日には、明雲の座主解任が決定されたばかりでなく、検非違使の司《し》直《ちょく》を二人監視役に派遣した上で、井戸を蓋で塞《ふさ》ぎ、火には水をかけて消し、水も火も使えぬようにしてしまったので、いわば水責め火責めに遭ったような塩梅でありました。

この処分を不満として、再び叡山の衆徒どもが京の町へ押し寄せてくるという噂もあり、都のうちはまた騒然たる空気に包まれます。

同月十八日、太政大臣以下の公卿十三人が参内いたしまして、宜陽殿《ぎようでん》の公卿詮議《くぎょうせんぎ》の座に着き、先の座主明雲にどういう処罰を下すかということを評定《ひょうじょう》いたします。まず八条中納言《はちじょうのちゅうなごん》藤原長方《ながかた》卿、その頃はまだ左大弁《さだいべん》の参議《さんぎ》に過ぎなかったので末座におりましたが、この人がこう弁じたてます、

「明法博士《みょうぼうはかせ》の意見書に、死罪一等を減じ遠流《おんる》に処せらるべきかと書かれてあるようでございますが、前座主《さきのざす》明雲大僧正は、天台宗・真言宗を二つながら学び修め、その行実《ぎょうじつ》は潔白、戒律を持《じ》すること厳格、しこうして法華経の奥義《おうぎ》をお上《かみ》ご一人《いちにん》にお授け申し上げ、大乗仏教の戒律を法皇にも授け申し上げております、すなわち、御経《おんきょう》の師、御戒《ごかい》の師でございますれば、かかる高僧を重き罪に行われますことは、仏様がご照覧あって、い

かが思し召しましょうや、そこが案じられます。されば、明雲大僧正を還俗《げんぞく》せしめたうえに遠流《おんる》というのは、いかがでございましょう。さらに穏便など処置あってしかるべきかと……」

長方は、臆するところもなく滔々《とうとう》と弁じたてます。その座に集うておりました公卿どもは、長方の論におおかた賛同するものが多かったのでございますが、しかし、法皇の憤りは並大抵ではございませんでしたので、結局遠流ということに一決いたします。

太政入道清盛も、ことを穏便に済ませるべく院に参上して意見を具申しようといたしますが、法皇は、お風邪の気《け》だという理由で、ついに面会も許されなかった。清盛は、しかたなく、不本意な表情で下がってまいります。

かくて、明雲は、僧侶に処罰をする例に従って、出家の認定証書を取り上げまして還俗させましたるうえで、大納言大輔藤井松枝《だいなごんのたゆうふじいのまつえだ》と俗名を付けたのでございました。

この明雲という人は、村上天皇第七の皇子の具平親王《ぐへいしんのう》から六代目の子孫、久我大納言《こがのだいなごん》源《みなもとの》 顕通《あきみち》卿の子息であります。まことに世に無双の高徳の僧にして、天下第一の高僧でございましたから、天子さまも臣下どもも、みな等しく帰依尊崇《きえそんすう》し、天王寺《てんのうじ》ならびに六勝寺《ろくしょうじ》（法勝寺、尊勝寺、円勝寺、最勝寺、成勝寺、延勝時）の寺務総裁をも兼ねておりました。

けれども、陰陽頭《おんようのかみ》安倍泰親《あべのやすちか》……この人はいわば朝廷の公的な占い師でありますが……この泰親が、

「それほど叡智深き僧だというのであれば、『明雲』と名乗ったことが、まるで腑に落ちませぬ。なぜと申して、上に日と月の光を並べたに、下に雲があるではありませぬか」

　と非難を致します。

　仁安《にんあん》元年（一一六六年）二月二十日に、明雲は天台座主になられ、同じ年の三月十五日には、ご拝堂とて、比叡山に登って根本中堂の本尊を拝する儀式がございまして、その宝蔵《ほうぞう》をお開きになりましたるところ、さまざまの貴重な宝物《ほうもつ》のなかに、一尺四方ほどの箱がある。白い布で包まれておりました。これはそうそう誰もが開けて見てよいものではございませぬ。生涯一度も邪淫戒《じゃいんかい》を犯さぬという清浄無垢《しょうじょうむく》なる座主でなくては許されませぬが、座主明雲がこの箱を開けてご覧になりますと、中には黄色い紙に記した一巻《ひとまき》の文書《もんじょ》がございます。これは、当山開基《かいき》の伝教大師最澄《でんぎょうだいしさいちょう》が、未来の座主の名を予め書き記しておかれた秘密の文書でございます。これを座主になりました方は、自分の名前のあるところまで寛《くつろ》げて見ましたならば、その先は決して見ることなく、元の通りに巻き戻してお返しするというのが定めとなっておりました。そこで、明雲僧正もそのようになさったのであろう……と、まあ考えておきましょうか。実際はいかがであったか……されば、これほど尊き人といえども、前世からの因縁にて、かかる

目にお遭いになることは避けられませぬ。まことにしみじみと哀切なることでございます。

かくて治承元年（一一七七年）五月二十一日、配所すなわち流刑地は伊豆の国と定められます。当路の公卿たちがさまざまにとりなしたにもかかわらず、なにぶん西光法師・師高父子の讒言によって、かようなことになったのでありました。

やがて、しかじかの日に都から立ち退くべしという命令が下されまして、その追い立ての役人が白河にございました明雲の坊舎に赴いて、追い立ててまいります。

僧正は泣く泣く坊舎を立ちいでまして、やがて大津方面へ抜けてゆく街道の粟田口《あわたぐち》のあたり、一切経谷《いっさいきょうだに》の延暦寺別院にお入りになる。

かくては、叡山がたとして、突き詰めて申せば自分らの敵《かたき》としては、西光父子以上の者はない、とこう考えまして、その西光父子の名前を紙に書き、之を十二神将《じゅうにじんじょう》のうちでも筆頭の金毘羅大将《こんぴらだいじょう》の左の足に踏ませてから、

「十二神将、七千夜叉《しちせんやしゃ》、一刻の猶予もなくただちに西光父子の命を取りたまえや」

と、かように大声に叫びつつ呪詛《じゅそ》したと申します。まことに聞くも恐ろしいことでございます。

同月二十三日、一切経谷の別院から、明雲はいよいよ流刑地へと赴かれ

ました。寺務総裁の重職にあった大僧正というほどの人を、たかが追い立ての小役人が後ろから蹴り立てるようにして、今日を限りに都を出《い》で、はるか逢坂《おうさか》の関の彼方へ赴かれるという、その心のうちはさて、いかがなものでありましたろうか、推し量られて感無量のものがございます。

それより、大津の打出《うちで》の浜に到着いたします。そこからは根本中堂の東にございます文殊楼《もんじゆろう》とて文殊菩薩《もんじゆぼさつ》をお祀《まつ》りした高楼《こうろう》が、しらじらと霞んで見えておりました。これをちらりと目にされますが、あらためてもう一度ご覧になることはできませぬ。そのまま袖を顔に押し当てて、涙に噎《むせ》んでおられました。

比叡山には、高齢の名僧や徳高き僧侶など、数多く住しておりましたが、さるなかにも澄憲法印《ちようけんほういん》という人、その頃はまだ僧都でございましたが、この人は余りの名残惜しさに、明雲をば粟津まで送ってまいります。そうして、名残はいつまでも尽きませぬが、どこまでも送ってゆくというわけにはいきませぬゆえ、そこにてお暇乞《いとまご》いを致しまして帰ってまいります。この心がけの切なることに感じ入られまして、僧正はもう何年もの間心中に秘めておりました「一心三観《いつしんさんがん》の血脈《けちみやく》の相伝」というものを澄憲にお授けになった。これは、お釈迦様から、波羅奈国《はらなこく》の馬鳴比丘《めみようびく》へ、さらに南天竺《なんてんじく》の龍樹菩薩《りゆうじゆぼさつ》へと相伝され、それより代々授けられてきた心中観念《しんちゆうかんねん》の法でありましたが、それを今日の情《なさけ》に報いるために授けられたものでありました。

いかに、わが国は粟粒《あわつぶ》の散らばっておりますような辺境の小国にして、また既に末法《まっぽう》の汚《けが》れた世の中であるとは申せ、この秘法の伝授を受けて、感涙と別離の涙に僧衣《そうえ》の袂《たもと》を濡らしながら都へ帰り上ってまいりました澄憲法印の心の内は、まことに尊いことでございました。

いっぽう、叡山のほうでは、大衆《だいしゅ》が黙ってはおりませぬ。すぐに集まって侃々諤々《かんかんがくがく》、

「初代の義真和尚《ぎしんかしょう》このかた、天台座主始まってより五十五代を数える今日《こんにち》に至るまで、いまだかつて座主を流罪にされたという前例など聞いたことがないぞよ」

「つらつらこの事につき考え巡らしてみると、延暦《えんりやく》（七八二〜八〇六年）の頃、皇帝は帝都を造立《ぞうりゆう》し、伝教大師は当山に攀《よ》じ登って、唐土《もろこし》の四明《しめい》山《ざん》にて学び授けられた仏教の法を、この所にお広めになった、それよりこのかた、五つの障《さわ》りある女人が足を踏み入れることのない清浄《しょうじょう》の地に、三千人の清らかな僧侶が居を占めてきたのじゃ」

「さよう、この霊峰《れいほう》においては、法華経を読誦《どくじゅ》してもう長い年月が経ち、麓には、日吉山王七社《ひよしさんのうしちしや》の霊験《れいげん》が日々にあらたかである。かの天竺《てんじく》なる霊鷲山《りようじゆせん》は、王城の東北がたに当たり、恐れ多くもお釈迦様のお住まいになった幽遠《ゆうえん》の霊地である。されば、この日本の比叡山も、帝都の鬼門《きもん》たる東北がたに屹立《きつりつ》して、国を護っておる霊地じゃ」

「そうとも、ここに代々の賢君《けんくん》や、智ある臣下が、みな修行の道場を営ん

だものぞ。いかに世も末だとはいえ、なんとしてかかる霊枢《れいすう》の地に疵《きず》をつけられてたまるものか。ええい、我慢がならぬ」

と、口々にこんなことをわめき叫ぶが早いか、たちまち蜂起した衆徒らは東坂本へ押し下《くだ》ってまいります。

■一行《いちぎょう》阿闍梨《あじゃり》之《の》沙汰《さた》■

こうして坂本まで下《くだ》ってきた衆徒らは、麓の十禅師権現《じゅうぜんじごんげん》の御前《おんまえ》で、これよりどうすべきかを語り合います。

「さてさて、そこでじゃ。これより我等は、粟津に急行して貫首《かんじゅ》を奪い取り、こなたにおとどめしようではないか」

「しかしな、追い立ての役人ばらや護送官などがついているだろうから、そうそう何事も無く取り返すということは、難しかろう」

「されば、山王大師様のお力にお縋《すが》りするしかあるまい」

「まことに、無事貫首を取り返し申すことができようなら、ここにて、まずはその願いの叶う瑞兆《ずいちょう》をお見せくださいませ」

とて、老僧どもは、肝胆《かんたん》を砕《くだ》いて祈り立てたのでありました。

ここに、無動寺《むどうじ》の法師乗円律師《じょうえんりっし》の召使っております童子《わらわ》に、鶴丸という者がある、年は十八でございますが、この鶴丸が苦悶しはじめ、全身から汗を流して、にわかに正気を失ったかと見るや、別人のようになって口を開いた。

「私に十禅師権現が憑《よ》り移っておられます。……いかに末の世だとはいえ、なんとして我が山の貫首をば、他国へ遷《うつ》させるということがあってよいものか。この世ばかりでない、何度生まれ変わろうとも、胸の痛むことぞ。もしかかることがあるようでは、私がこの山の麓に神としての仮の姿を現したとて何になろう」

　こんなことを言いながら、袖を顔に押し当てて、涙をはらはらと流す。衆徒らはこれを不思議なことに思って、こう問いかけます。

「もしまことに、これが十禅師権現さまのご託宣でございますなら、わたくしどものほうから、その証拠になるものをお渡しいたしますほどに、どうか、間違いなく、これをもとの持ち主にお返しくださいませ」

　と、こう言って、老僧ども四、五百人、手に手に持った数珠どもを、十禅師の広い廂《ひさし》の間にどんどん投げ入れた。すると、この童子が、あちらこちらと走り回って、拾い集めると、一人の間違いもなく、もとの持ち主に配って回ったのでございます。大衆《だいしゅ》は、この神様の霊験あらたかなる事の尊《たっと》さに、みな合掌して歓喜《かんき》の涙をもよおしたのでありました。

「よし、これで決まった。これより馳《は》せ向かって貫首を奪い返し申すのじゃ」

　と言うが早いか、雲霞《うんか》の如くわんわんと出立《しゅったつ》してまいります。あるいは志賀・辛崎《からさき》の浜の道を歩き続ける一群もあり、あるいは山田・

矢橋《やばせ》の琵琶湖上に舟を押し出す一群もある。これを見て、さしも厳《いかめ》しげに見えた追い立ての役人も護送官どもも、みな四方へ逃げ去ってしまった……。

大勢の衆徒らは、それより国分寺へ向かってまいります。

前座主《さきのざす》は、おおいに驚きまして、

「『天子様のご勘気《かんき》を蒙る者は、月日《つきひ》の光にすら当たらず』と、かように申すことじゃ。しかるにこれはなんとしたことぞ。まして私は、急ぎ都の内から追い出すべしと、そう院宣を以てご命令が下っておるのだから、すこしの猶予もなく流刑地に赴かねばならぬ。皆みな、すぐにお山へ帰り登りなされよ」

と、端近《はしぢか》のところまで躙《にじ》り出て、さらにこう仰せになる。

「元来、大臣となるべき家柄に生まれ、比叡山中幽谷《ゆうこく》の僧坊に入って以来、広く天台宗の教義を学び、顕教《けんきょう》・密教《みつきょう》を兼学《けんがく》してまいった。そうして、ただひたすらに我が比叡山の興隆のみを念じてきたのじゃ。また国家の安康を祈り申すことも、決して疎《おろそ》かにしたことはない。衆徒を育てようという志も浅からぬことであった。そのことは大宮・二宮《にのみや》の山王権現も、必ずやご照覧《しょうらん》遊ばすことであろう。我が身には、なんの過ちもない。ただ無実の罪によって遠流のお咎めを蒙ることとなれば、私として、世をも人をも、まして神をも仏をも恨み申すことではないぞ。ただ、これまで訪ねて来てくれた衆徒の芳《かんば》しいお心のほどは、なんとお報いしてよいものやらわからぬぞ」

こう言って、明雲は香色《こういろ》（淡い茶褐色、丁子の実で染めた色で高位の僧の衣の色）染めの衣の袖を涙で濡らしておられる、これには衆徒らもたまらず、みな涙を流したことでございました。そうして、すぐに輿《こし》をさし寄せると、

「ささ、早くこの輿にお乗りくださいませ」

と勧めますが、

「いや、以前はたしかに三千の衆徒の貫首であったが、いまはただの流人の身となった。されば、なんとしてそなたたち尊き学僧たち、また智慧深き僧侶たちに舁《か》き捧《ささ》げられて山に登ることができようぞ。かりに登るとしても、草鞋《わらじ》などという物を足に縛り履いて、皆々とおなじように歩いて、歩き続けて登ることにいたそう」

と、こう言って断じて輿にはお乗りにならぬ。

ここにまた、西塔《さいとう》に住まいする僧で、戒浄房《かいじょうぼう》の阿闍梨祐慶《あじゃりゆうけい》という荒法《あらほう》師《し》がございます。身の丈七尺《たけしちしゃく》ばかりの大男にて、黒皮縅《くろかわおどし》の鎧《よろい》を着しておりますが、それも、大荒目《おおあらめ》と申しまして特別に厚い札板《さねいた》を用い、さらには所々に鉄の札《さね》を交えてあるという、また草摺《くさずり》と申しまして腰のめぐりに垂れた鎧板をば、常よりも長く垂らすという、見るからに強そうな出で立ちでございます。甲《かぶと》は脱いで朋輩の僧侶に持たせ、白柄《しらえ》の大薙刀《おおなぎなた》を杖に突き

まして、

「道を開《あ》けられよ」

　とどなりながら、大衆を押し分け押し分け、明雲の座しておられるところへ、つつつっと寄ってまいりますと、カッと目を見開いて、しばしはったと睨みすえながら、

「そのようなお心ゆえに、こんなひどい目にもお遭いになるのでござる。さっさとお輿にお乗りくださりませ」

　と怒鳴った。これには、あまりの恐ろしさに、前座主はいそいで輿にお乗りになります。

　大衆は、貫首を取り返した嬉しさに、卑賤の僧どもではなく、貴《たつと》き身分の学問僧どもがこれを舁《か》き捧げ持って、大声を上げながら山を登ってまいります。舁き手は、折々に交代いたしましたが、その中に祐慶一人は、終始交代もせず、先輿《さきごし》を舁いて、薙刀の柄《え》も折れよ、輿の轅《ながえ》も砕けよという勢いで舁いてまいりますほどに、かほど険しき東坂《ひんがしざか》の道も、まるで平地を行くがごとくに楽々と登ってまいります。

　やがて大講堂の庭に、輿を降ろし据えまして、そこにてまた一同議論をいたします。

「そもそも、我等は、粟津まで馳せ向かって、貫首を奪い留《とど》めまいらせた。しかし、すでに法皇様のご勘気を蒙って流罪になられた人を、こうし

て取り返したからとて、そのまままた貫首になっていただくというのは、さていかがなものであろうぞ」

と、こんな議論が出る。

ここに、また戒浄房の阿闍梨祐慶が、前と同じように進み出て意見を述べます。

「よいか、当山は、日本国《にっぽんこく》に無双《ぶそう》の霊地、鎮護国家《ちんごこっか》の道場じゃ。山王権現のご威光も盛んにして、仏法の権威と、帝の権威と、ここでは互角《ごかく》に並び立っておる。されば、衆徒の心中《しんちゅう》の気高《けだか》さまでも世に並びなく、卑賤《ひせん》の法師ばらに至るまで、世の中の人々がこれを軽んずるということがない。いわんや、明雲大僧正は、智慧も高貴にして、三千衆徒の貫首である。しかも今は知徳《ちとく》も行道《ぎょうどう》も重くして、当山授戒《じゅかい》の師にほかならぬ。それが罪なくして罪を被るとは、これ当山全体のまた洛中ことごとくの憤《いきどお》り、興福《こうぶく》寺《じ》・園城寺《おんじょうじ》の嘲《あざけ》りを受ける基《もとい》ではないか、どうじゃ。今この時に当って、顕教・密教の主《あるじ》を失ったがゆえに、何人かの学問僧が、蛍の光、窓の雪にて学び努める心をおろそかにすることあらば、それは残念なことであろうぞ。手早く申せば、この祐慶が騒動の張本人に処せられて、禁獄であれ、流罪であれ、または頸を斬られて死罪に行われようとも、それこそ今《こん》生《じょう》の面目《めんぼく》、冥途《めいど》の良き思い出と申すものでござる」

と、こう弁じ立てて、両眼からはらはらはらっと涙を流します。

大衆は、

「尤もじゃ、尤もじゃ」

と口々にこれに同意を唱える。

かかる事があって以来、祐慶は、恐ろしい目つきの坊主という意味にて「いか目房」と渾名《あだな》を付けられた。また、その弟子で慧慶《えけい》法師という者、こちらは、「小《こ》いか目房」と申したものであります。

さて、一同は前座主をば東塔《とうどう》の南谷妙光坊《みなみだにみょうこうぼう》に、ひとまず入れ申し上げる。

かくのごとく、降って湧いたような災難というものは、仏の化身《けしん》ともいえるような高僧でもなお遁《のが》れ得ぬものなのでありましょうか。昔、大唐《だいとう》の一行阿闍梨《いちぎょうあじゃり》という人は、玄宗皇帝をお守りする高僧でありましたが、なんとしたことか玄宗の后《きさき》楊貴妃との浮名が立てられたことがございます。昔も今も、大国も小国も、とかくに人の口はさがないものにて、まったくなんの根拠もない事でありましたが、しかし、その疑いによって、一行は果羅国《からこく》というところへ流されたと伝えております。唐の都から果羅国までは三つの道がございます。ひとつは林地道《りんちどう》と申しまして天子行幸《ぎょうこう》の道であります。つぎには幽地道《ゆうちどう》と申しまして、下々《しもじも》の者が行き通う道でございます。さらに三つ目には、暗穴道《あんけつどう》と申しまして、これは重い罪人を送る道でございます。一行阿闍梨は大罪を犯した人だからというので、この暗穴道へ追いやられます。そこは七日七夜《なぬかななよ》の間、日の光月の光を見ることなく、真っ暗な闇のなかを行く道であります。されば闇々《やみやみ》として人っ子一人なく、行く手の道筋も分明《ぶんみよう》ならぬに迷いつつ深々《しんしん》と山も深い。聞こえるものは、ただ幽谷《ゆうこく》に鳥の一声《ひとこえ》ばかり、僧衣は山のしずくに濡れ、濡れ衣《ぎぬ》を着せられた一行は、衣を干すこともできませぬ。

しかし、無実の罪によって、遠流の重罪に処せられることを、天道《てんとう》も憐れまれまして、九曜《くよう》の星、すなわち日・月・火星・水星・木星・金星・土星・羅睺星《らごせい》・計都星《けいとせい》の星々に姿を変えて、一行阿闍梨を見守り続けたと申します。そこで、一行は、右の指を嚙み切って、左の袂《たもと》に九曜の形を書き写した、ただいま和漢の両国に伝わっております、真言宗の本尊たる九曜の曼荼羅《まんだら》が、すなわちこれでございます。

■西光被斬《さいこうがきられ》■

叡山の大衆が、前座主を取り返して山中に留めているということを、後白河法皇はお聞きになり、断じて許しがたいこととお思いになられる。その時、西光法師が申し上げたことは、

「叡山の大衆が神輿を振り立てて理の通らぬ訴えをいたしますこと、今に始まったことではないとは申しながら、この度の一件は、まことに以ての外のことでございます。これほどの狼藉《ろうぜき》は、いまだかつて聞いたこともございませぬ。どうかよくよくご処罰くださいますように」

とこういうことでございました。

まことに、もうすぐ己《おのれ》の身が滅びようとしていることも一向に弁《わきま》えず、山王大師の神慮《しんりょ》にもはばかることなく、このようなことを讒奏《ざんそう》しては法皇さまのお心を苦しめておったのでございます。すなわち、「讒言《ざんげん》の臣はやがて国の乱れの基《もとい》となる」と諺に申しております。これまさにその通り。また唐土の『帝範《ていはん》』と申します帝王学の本には、「叢蘭茂《そうらんしげ》からんとすれども、秋の風これを敗《やぶ》り、王者《わうじゃ》明らかならんとすれば、讒臣《ざんしん》これを暗《くら》うす（草むらの蘭《らん》が繁茂しようとするけれど、秋風がこれを枯らしてしまい、帝王が明君たらんとしても、讒言の臣下はこれを暗君たらしめる）」とも見えておりますす。これらはみな、この西光の暗躍のようなことを言っているのでありましょう。

さて、このことについては、法皇も、新大納言成親卿以下、近侍《きんじ》の公卿衆に相談され、いよいよ比叡山攻めのことが噂にのぼります。そこで叡山の大衆のなかには、

「こうして天子さまの国に生まれ育った以上、その詔勅《みことのり》に背くべきではあるまい」

と言って、内々《ないない》院宣に従う者もある、というような噂もちらほら聞こえてまいります。これを仄聞《そくぶん》した前座主《さきのざす》明雲大僧正は、なお妙光房に逗留されておりましたが、かくのごとく、大衆のうちに寝返るかもしれない者があると聞いて、

「しまいには、どんなひどい目に遭うことであろうか」
といかにも心細げに仰せであった、とは申せ、じつはもう流罪のことも
そのまま有耶無耶《うやむや》になってしまったのでございます。

新大納言成親の卿は、この叡山の騒動によって、根に持った私憤《しふん》をしばらく抑えることができたのでありました。そうして、内々《うちうち》の拵《こしら》えはさまざまにしておりましたが、しょせん見せかけの勢いばかりで、この謀反はとうてい成功しそうもないように見えましたがゆえに、あれほど頼りにしておりました多田蔵人行綱は、かかる連中に一味していることはまったく無益なことと思うようにあいなります。そこで、成親から「弓の袋でも作れ」といって贈られた布は、そのまま直垂《ひたたれ》や帷子《かたびら》に裁ち縫わせてしまいまして、これを家の子郎等《ろうどう》どもに下げ渡し、さあどっちに付こうかと日和見《ひよりみ》を決め込んでおりましたが、つらつら考えてみまするに、〈……さてもさても、平家の繁栄は並大抵ではない、これは当分の間、そう易《やす》やすと勢力を失墜させることなどできるはずもないぞ……いやはや、これはとんだ無益の謀反に与《くみ》してしまったな、……もしこの事が漏れたなら、この行綱などはさしずめ真っ先に殺されるであろう……かくなる上は、他人の口から漏れぬ先に、寝返りして平家に忠誠を誓い、命の助かる工夫をしようぞ〉と思う心が起こってきたのでありました。

そこで同じき五月二十九日の夜更けに、多田蔵人行綱は、入道相国清盛

の西八条の別邸に参上して、

「行綱めが申し上げることがござるによって、参上つかまつりました」

と取次の者に言わせてみますと、入道、

「いつもはちっとも参らぬものが、こうしてやってきたのは、何事ぞ、そのほうが仔細を尋ねてまいれ」

とて、主馬判官《しゆめのはんがん》平盛国を取次に出します。が、

「人づてには、決して申し上げますまい」

と、行綱は頑なに面会を求めます。かくてはというので、入道は、みずから中門《ちゆうもん》の廊まで出向いてまいります。そうして、

「夜はもうすっかり更けておるであろうに、いったいこんな時間に、何事ぞや」

と尋ねます。行綱は、さらりと言ってのけた。

「昼は人目が煩《うるそ》うございますほどに、夜に紛れてやってまいりました。じつは、このほど、院に出入りの人々が、兵具《ひようぐ》を揃え、兵士を呼び集めております、このことを、どのようにお聞きになりましょうか」

するると清盛、

「それは院が比叡山をお攻めになるためと聞くが……」

まるでなんでもないことのように言う。そこで、行綱はずいと清盛に近づき、いっそう声を潜めて申します。

「さような事ではございませぬ。ただただ、平家ご一門に関することでご

ざいます」

「なんと、それならば、そのことを法皇もご存知のうえか」

「当然でございます。成親卿が兵士どもを集めまするについては、院宣を以て呼び集めておりますほどに。じつは、俊寛がかくかくしかじかの振舞いをいたしまして、康頼はまたこんなことを申し、西光めに至ってはここまで申しました……」

などなど、一味の密談のありさまを始めから終わりまで、なにもかも、やや針小棒大《しんしょうぼうだい》に言い立てたのでございます。そうして、

「これにてお暇を頂戴いたします」

と言って行綱は退去してまいります。

入道は非常に驚き、大声で侍どもを呼び立てる。その剣幕たるや、聞くだに恐ろしいほどでございました。

行綱は、なまじっかこんなことを言い出して、証人として立ち会わされたりしては大変だと思うと、恐ろしさに、あたかも広野《ひろの》に火を放ったような思いがいたしまして、誰が追いかけるでもないのに、袴の裾をからげて、大急ぎで門外へと逃げ出してまいります。

入道は、筑後守平貞能《さだよし》を呼びつけて、

「当家を傾けようとする謀反の輩《やから》が、京中に満ち満ちているということだ。このこと一門の人々にも知らせてやれ。侍どもも召集せよ」

と命じた。そこで貞能は、京中を駆けずり回って侍衆を呼び集めます。

右大将宗盛卿、三位中将知盛《さんみのちゅうじょうとももり》、頭中将重衡《とうのちゅうじょうしげひら》、左馬頭行盛《さまのかみゆきもり》以下、一門の人々はみな甲冑《かっちゅう》を身につけ、弓矢を持って馳せ集まってまいります。その他、軍兵《ぐんぴょう》が雲霞《うんか》のごとく馳せ集《つど》う、というわけで、その夜の内に、西八条には兵員総数六、七千騎も集まっているだろうと見えたことでございました。

明けて翌朝は六月一日であります。

まだ暗いうちから、入道は検非違使安陪資成《けんびいしあべのすけなり》を召し寄せまして、

「よいか、これより直ちに院の御所へまいれ。そうしてな、院の近臣大《だい》膳大夫信業《ぜんのだいぶのぶなり》を、そっと呼び出して、こう申すがよい。『お側近い人々が、当家一門を滅ぼして天下を騒がそうとする企てがございます。されば、一味の者どもを一々に召し捕って糾問《きゅうもん》いたすでございましょう。そのことは、どうぞ法皇さまにおかれましては、見なかったことにしていただけますように』と、こう申すのじゃ」

こんなことを申し付けます。資成は、急ぎ院の御所へ馳せ参じて、大膳大夫信業を呼び出し、清盛に言われたとおりのことを伝達する。すると、信業は顔色《がんしょく》を失って、即座に院の御前《おまえ》に参上し、この由を申し上げます。法皇は、〈ああ、万事休す、こなたの極秘の計画は、すでに漏れてしまったと見える〉と思うて、ただ呆然とするばかりでありました。それにつけても、ただ、

「これは、どうしたものであろう、どうしたらいいのであろう」

とばかり仰せられて、はっきりしたお返事もございませなんだ。資成は急ぎ駆け戻ると、入道相国にこの有様を言上いたします。

「さればこそ、いわんこっちゃない。行綱はほんとうのことを言ったのであったのう。この事、行綱が知らせてくれなんだら、この浄海とて安穏としておられたかどうか」

と言って、飛騨守《ひだのかみ》藤原景家《かげいえ》、筑後守貞能に申し付けて、謀反の一味を逮捕連行するように命令を下します。

ただちに二百余騎、三百余騎と、京中の各所に押し寄せて、謀反人どもを捕縛連行してまいります。


太政入道清盛は、まず雑色《ぞうしき》と呼ばれております下級官僚を使いに出します。そうして、中御門烏丸《なかのみかどからすまる》にございます新大納言成親卿の邸へ、

「ご相談申し上げたいことがございます。かならずお立ち寄りください」

と伝達いたさせます。

成親は、まさか密謀が漏れて自分が捕縛されるなどとは思いもかけませぬ。

〈ああ、これはきっと法皇さまが叡山攻めをなさろうというご計画をお持ちなのを、なんとかしてお取りやめに願おうと、それで私にとりなせというこことかな。なんの、法皇さまのお怒りは深いほどに、私などがとりなし

たとて、どうにもなるまいものを〉などと思って、着慣れてしんなりとした狩衣を、のんびりと着なした姿で、派手な色合いの車に乗り、侍三、四人を召し連れ、下働きの男や牛飼い童《わらわ》に至るまで、普通よりいっそう飾り立てて出向いてまいります。これが成親の最後の門出であったとは、後に思い知られたことでございます。

西八条近くなって、ふと見てみますと、そこら四、五町のあいだに、軍兵が充ち満ちております。

〈やや、これは異常なことだが、いったい何事であろう〉と、さすがに胸《むな》騒《さわ》ぎがいたしまして、車から降り、門の内にすっと入って見ますと、邸内にもぎっしりと兵《つわもの》どもが集まって立錐《りっすい》の余地もございませぬ。しかも中門の口には、見るも恐ろしげな武士どもが大勢待ち受けておりまして、大納言成親の左右の手を捕《つか》まえて引っ張り、

「捕縛いたしましょうか」

と誰かに尋ねます。入道相国は、御簾の内から、これを見ておりまして、

「以ての外のことである」

と声をかけます。そこでその武士ども十四、五人が、前後左右にひしと立ち囲みまして、成親を縁《えん》の上に引き揚げ、さらに、ある一間《ひとま》に押し込めてしまいます。

大納言は、まるで悪夢でも見ているような心地がいたしまして、茫然自

失、なにがなにやら分らないという面持ちであります。お供をしてまいりました侍どもは、成親からは隔てられて、やがて散り散りとなって姿を消します。下働きの男や、牛飼いに至っては、すっかり顔色を失って、そのまま牛も車も放置して逃げ去ってしまいました。

かくして、近江中将入道《おうみのちゆうじよう》蓮浄《れんじよう》、法勝寺執行《ほつしようじのしゆぎよう》俊寛僧都《しゆんかんそうず》、山城守基兼《やましろのかみもとかね》、式部大輔正綱《しきぶのたゆうまさつな》、平判官康頼《へいはんがんやすより》、宗判官信房《むねはんがんのぶふさ》、新平判官資行《しんぺいはんがんすけゆき》も、みな捕らわれ、引っ立てられてまいります。

西光法師は、このことを聞いて、すわ我が身のことであろうと思ったのでありましょうか、馬に乗り鞭を上げて、院の御所法住寺殿へ馳せ参じる。しかし、その途中で平家の侍どもが待ち伏せして駆け寄ってまいります。

「西八条へお召しがあるぞ、これよりすぐに出頭いたせ」

と言う。西光は、

「いや、拙僧はこれより奏上《そうじよう》すべきことがあって、院の御所法住寺殿へまいるところじゃ。西八条へは、そのあとまいろうぞ」

と申し立てますが、侍共は耳を貸しませぬ。

「にっくき入道よな、いったい何事を奏上するというのじゃ。そのようなことは言わせておかぬぞ」

とて、捕まえて馬から引き落とし、ぐるぐる巻きに縛《しば》りあげ、胴上げでもするように捧げ持って、そのまま西八条へ連行してまいります。

西光は、事の初めからこの密計の中心人物でありましたから、ことにきつく縛《いまし》めて、中庭に引き据えたのでございました。

入道相国は、邸の広縁《ひろえん》に立ちはだかり、

「この入道を滅ぼそうとする奴の、なれの果ての姿じゃ。きゃつめをここに引き寄せよ」

とて、縁《えん》の際《きわ》まで引き寄せさせて、物を履いたまま、西光の顔をむずむずと踏みつけた。

「もとより、おのれらのような下郎の末裔を、法皇がお召し使いになられて、あるまじき高位にお付けになり、父子ともに分《ぶん》に超えた傲慢の振る舞いをするものだと、しばらく黙って見ておれば、おのれ、なんの罪科もない天台座主を流罪にするなど、天下の一大事を引き起こし、あまつさえ、わが一門を滅ぼすべき謀反に一味したとんでもない奴じゃ。このこと、ありのままに白状せい」

と言い立てる。西光は、もとより人並み優れた剛《ごう》の者でございましたから、こんなことにちょっとも顔色を変えませぬ。さらに悪びれた風《ふう》もなく、そこに居直って、からからと嘲《あざけ》り笑って申したことは、

「なにを申すやら。そういう入道殿こそ、分に過ぎたことを仰せじゃ。他人の前ならいざ知らず、この西光の聞いているところで、そのようなことは言わぬものじゃ。拙僧は院のうちに召し使われておる者ゆえ、院の事務総裁たる成親の卿が院宣を以て催されたるこの一件に、お味方せぬという

わけにはまいらぬこと。たしかに与《くみ》したことぞよ。ただし、いま聞いていれば、耳に障ることを仰せになるものじゃ。そなたは、故刑部卿忠盛《こぎようぶきようただもり》の子ながら、十四、五になるまで出仕もなさらなんだ。故中御門藤中納言《こなかのみかどのとうちゆうなごん》家成《かせい》の卿の側近くに立ち入っておられたのを、京童《きようわらんべ》どもは、『高平太《たかへいだ》(高足駄の平家の太郎)』と笑っていたものじゃ。保延《ほうえん》(一一三五~一一四一年)の頃には、大将軍(追討使)に任ぜられ、海賊の張本人を三十余人も召し捕って連行せられた褒賞《ほうしよう》として、四位《しい》に昇格して四位の兵衛佐《ひようえのすけ》と申しておったのだけでも、当時の人々は分《ぶん》に過ぎたことだと言い合っておったことよ。忠盛ごとき、殿上《てんじよう》の交わりすら嫌われていた下賤《げせん》の者の子で、太政大臣にまで成り上がったとは、まことに過分も過分じゃ。それにくらぶれば、拙僧ごとき、もともと侍の身分の者が、受領《ずりよう》や検非違使になることは、先例もあり、今も珍しいことではないわ。なんとして分に過ぎたなどというべきであろうぞ」

と、遠慮会釈なく言ってのけます。入道は、あまりの憤激に言葉を失い、しばらくしてから、

「きゃつが頸《くび》は、そう簡単に斬るな。そこによくよく縛りおけ」

と申し付けます。松浦太郎重俊《まつらのたろうしげとし》が承って、足手を挟み付け、さまざまに拷問を加える。しかし、覚悟の上の西光は罪状について否認するつもりもなき上に、拷問も厳しかったことゆえ、謀反の一件については、なにもかも白状いたします。

その自白状が四、五枚に亘って記録されるや、すぐに、

「きゃつが口を裂け」

とて、その口を裂かれ、五条西朱雀《ごじようにしのしゆしやか》において斬首に処せられたのであります。

その嫡子前加賀守師高《もろたか》は尾張の井戸田《いどた》へ流されておりましたが、同国の住人小胡麻郡司維季《おぐまのぐんじこれすえ》に命じて処刑し、また次男の近藤判官師経《もろつね》は、獄《ごく》に囚《とら》われておりましたが、これも牢獄から引き出され、六条河原で斬首されます。その弟で左衛門尉師平《さえもんのじようもろひら》、ならびにその郎等三人も、同じく六条河原で斬首とあいなります。これらは、下賤のものがいたずらに頭角を露わして、ほんらい関わるべきでない過分《かぶん》のことに関わりあい、結果的になんの罪もない天台座主を流罪の憂き目に遭わせるなど、悪事の数々のために身の果報《かほう》が尽きたのでございましたろうか、山王大師の神罰仏罰をたちどころに蒙って、こういう目にあったのでございました。

■小教訓《こぎようくん》■

新大納言（成親）は、一つの部屋に押し込められ、汗びっしょりになりながら、

「あーあ、これは、このほどの密計が露見してしまったにちがいない。とすれば、いったい誰が密約を漏らしたのであろう……。おそらくは北面の

武士どものなかに、その犯人がいるであろうなあ」

とて、あいつではなかろうか、いやきゃつかもしれん、とあらゆる可能性を考え続けていたところ、うしろのほうから足音高くやってくる人がある。〈すわ、これは今という今、わが命を取ろうと、武士たちがやってきたのに相違ない〉と思って待ちかけていると、なんと清盛入道その人が、板敷きを高らかに踏み鳴らして、大納言成親のいる後ろの障子を、さっと開けたのでありました。

清盛は、なんの模様も織り出していない白い絹の衣を裾短《すそみじ》かに着て、その上に白い大口袴《おおぐちばかま》の長い裾を踏みつけるように穿《は》き、飾りの無い柄《つか》の刀をゆるゆると差しつつ、怒り心頭という様子で、大納言をじっと睨みつけております。

「そもそも、貴公は平治の乱に際して、もうとっくに斬られていたはずの身、それを内大臣重盛が己《おのれ》の命と引き換えにして、宥恕《ゆうじょ》を乞うたがゆえに、胴体を離れていたはずの頸をつながったままにしてさし上げた、そのことをどうお考えか。なんの遺恨を以て、わが一門を滅ぼそうなどという密謀《みつぼう》をなされたのであろうぞや。恩を知るものを人間と言うのではないか。恩を知らぬものは畜生と言うのじゃ。さりながら、当家の運命がまだ尽きぬによって、貴公をここにお迎え申し上げたのでな。このごろ計画しておられたという、その密計の一部始終を、いま貴公の口から直接伺いたいものじゃ」

清盛は、口調だけは丁重らしく、こんなことを言う。大納言は、

「とんでもございませぬ。まったくさような密計などございませぬほどに……。おそらく誰《たれ》ぞが讒言などいたしたのでございましょうかな。よくよくご糾問くださいませ」

と、とぼけようとする。入道は成親の言葉の腰を折るように、

「誰かおるか、おい、誰か」

と家来を呼び立てる。すぐに筑後守貞能が参上するや、

「西光めの自白状をこれへ持て」

清盛はそのように命じます。くだんの自白状がただちに運ばれてくる。これを取り上げて、二、三べん繰り返して読み聞かせ、

「ああ憎いことよ、この事実を、なんと申し開きするのじゃ」

と言いざま、自白状を大納言の顔にざっと投げつけ、障子をピシャっと閉めて出てまいります。入道は、それでも腹の虫が収まらなかったと見えて、

「経遠、兼康」

と叫ぶと、瀬尾太郎兼康《せのおのたろうかねやす》と難波次郎経遠《なんばのじろうつねとお》がやってまいります。

「あの男をつまんで庭へ放り出せ」

と命じますが、さすがに、そうそう安易に命令に従うこともできかねております。

「しかし、小松殿（重盛）のご気色はいかがでございましょうか」

二人は逡巡している、これを見て入道はますます怒り狂い、

「よしよし、おのれらは、内大臣（重盛）の命令を重んじて、この入道の言いつけを軽く見ておるのであろう。そういうことなら、しかたあるまい」

と怒鳴りつける。さすがにこれはまずいと思ったのであろうか、二人の者は、さっと立ち上がると、大納言を庭へ引きずり落とす。

入道は、さも気持ちよさそうに、

「そこに取って押さえて、ちと喚《わめ》かせてみよ」

と命じます。二人の者どもは、大納言の左右の耳元に口を当てて、

「どのようにでも、適当に喚き声をお出しください」

と囁いてねじ伏せまいらせますと、大納言は、二声、三声、喚き散らした。その様子は、あたかも冥途《めいど》にて娑婆世界《しゃばせかい》の罪人をば、あるいは悪業《あくごう》の量《はか》りにかけ、あるいは浄頗梨《じょうはり》の鏡のほうを向かせて罪を糾問し、その軽《けい》重《ちょう》に従って、地獄の鬼の阿防《あぼう》（牛頭《ごず》）や羅刹《らせつ》（馬頭《めず》）が責め苦を加えるありさまも、これには過ぎぬであろうと見えた……かの『文選《もんぜん》』には、「昔《むかし》蕭樊囚《せうはんとら》はれ縶《とら》はれて、韓彭葅醢《かんはうにらぎすされ》て、鼂錯戮《てうそりく》を受け、周魏辜《しうぎつみ》せらる」と見えてございます。すなわち、昔、漢朝の臣、蕭何《しょうが》や樊噲《はんかい》は、ともに讒言のために幽囚《ゆうしゅう》の身となり、また韓信《かんしん》や彭越《ほうえつ》は讒言のために殺されて塩辛や酢漬けにされてしまった、また鼂錯《ちょうそ》も讒に遭《お》うて殺され、周勃《しゅうぼつ》は讒によって投獄され、魏其侯竇嬰《ぎきこうとうえい》また讒のために殺されたと伝えてございます。

これらの人々、たとえば蕭何・樊噲・韓信・彭越はみな高祖の忠臣でございましたが、不徳の小者の讒言によって過失や失敗の恥を受けた、ということが伝えられておりますのは、つまり今般の西光一味の讒言沙汰のようなことを言うのでございましたろうか。

新大納言は、我が身がこうなってしまったにつけても、子息丹波少将《たんばのしようしよう》成経以下、幼き人々がどんな辛い目に遭うだろうと思いやるほどに、不安ばかりが募り、これほど暑い六月に、装束すら寛《くつろ》げることがございませぬ。しかし暑さも堪え難いゆえ、もう胸がいっぱいになって嗚咽が漏れるという有様にて、汗と涙と、こもごも下《くだ》り流れるのでありました。

「それでも、小松殿（重盛）はお見捨てなきことであろうと思うが……」

とつぶやくけれども、そのことを誰を使いとしてお願いできようとも思えませぬ。

その小松の大臣《おとど》重盛公は、それからずいぶん時が経って後に、嫡子の権《ごんの》亮《すけ》少将維盛《これもり》を同じ車の尻に乗せて、衛府の役人四、五人、また随身二、三人を引き連れただけで、警護の武者は誰も随行せしめることなく、まことにのんびりとした様子で西八条へやってまいりました。これには、入道はじめ、人々は皆、なにやら意外な思いで見ておりまます。

重盛が車から降りる所に、貞能がそっとまいりまして、

「いかなれば、これほどの一大事に、警固の軍兵《ぐんぴょう》どもをお連れになりませぬぞや」

と尋ねると、重盛は、

「なに、大事というのは、もっと天下の一大事のことを言うのだ。かような私事《わたくしごと》を大事などと言うことがあるものか」

と諭すのでありました。これには、護衛の兵を連れて来ていた者どもも、みななにやらバツの悪い思いをしているように見えたことでございました。

「そもそも大納言を、どこに置いておられるのかな」

重盛はこう言って、ここかしこの障子を引き開け引き開け調べてまいります。すると、ある部屋のところに、縦横斜めと蜘蛛の巣のように材木を打ち付けて座敷牢のようにした部屋がございます。〈ははあ、さてはここに……〉と思って、障子を引き開けてみますと、はたせるかな大納言はそこに監禁されておりました。そうして涙に噎《むせ》びつつ、うっ伏《ぷ》して、目も合わされませぬ。

「どうなされた」

と重盛から声をかけますと、やっと気が付き、嬉しそうに思われた様子で、あたかも地獄で罪人どもが地蔵菩薩のお姿を拝した時も、こんなふうであろうかと思われ、まことに哀れなことでありました。

「なにごとでございましょうか。こんなひどい目にあっております。こうしていらしてくださった上は、こうはなってもなお、お助けいただけるのではないかと、お頼み申しております。平治の乱の折にも、ほんとうなら殺されているところでございましたが、小松殿のご恩徳によって、この頸をつないでいただき、正二位《じょうにい》の大納言にまで昇格いたし、歳もすでに四十を超えております。今までの御恩は、今生《こんじょう》のみならず、来世《らいせ》も来来世《らいらいせ》もずっとお返しできぬほどのありがたさでございます。今度も、もしできることなら、生きていても甲斐のないこの命ながら、どうぞお助けくださいませ。命だけでも助かって生きられますなら、出家入道して、高野山か粉《こ》河《かわ》あたりに隠遁し、ひたすら後世《ごせ》の往生を願って、仏道専一にお勤めを致したく存じます」

成親はこういって命乞いをいたします。

「まことにご心痛でございましょう。さはさりながら、よもやお命まで頂戴することは、ございますまい。たとえ、そういう意向がございましょうとも、この重盛がこうして控えておりますからには、かならずや、この命に代えてもお助け申しましょう」

重盛はこう言って部屋を出てまいります。そうして父の禅門清盛の前に出られて、

「あの成親の卿を処刑なさるということは、よくよくご考慮あってしかるべきかと存じます。先祖の修理大夫《しゅりのだいぶ》顕季《あきすえ》が白河院に召し使われてよりこのかた、かの家格としては前例のない正二位の大納言にあがって、目

下法皇さまの無二のご寵臣でございます。されば、即刻に頸《くび》を刎《は》ねるようなことは、さてどんなものでございましょうや。ただ都の外《ほか》へ追放なされば、それで事足りるのではございますまいか。北野天神菅原道真公は、藤原時平《しへい》の大臣《おとど》の讒言によって、左遷という芳《かんば》しからぬ名を九州の海に流し、西宮《にしのみや》の大臣《おとど》 源 高明《みなもとのたかあきら》公は多田満仲《ただのまんじゅう》の讒言によって、これまた太宰府左遷の憂き目を見、恨みを山陽道《せんようどう》の雲に寄せたということでございます。これらはみな延喜《えんぎ》（九〇一〜九二三年）の砌《みぎり》、醍醐天皇の聖代《せいたい》、そして安和《あんわ》（九六八〜九七〇年）の砌、冷泉天皇の御世の御過ちだと申し伝えてございます。上古の御世においてすらなお、そんなことでございましたものを、まして末の世の当代においてをやと申すものでございましょう。賢君にして、なお御誤りがございます。いわんや凡人においてをや……。既にこうして召し捕られておいでの上は、いそいで処刑されずとも、なんの問題がございましょうぞ。『尚書《しょうしょ》』にも、『刑の疑はしきは惟《こ》れ軽《かろ》んぜよ、功の疑はしきは惟《こ》れ重《おも》んぜよ（刑罰においては疑わしいものは軽くせよ、論功行賞《ろんこうこうしょう》においては疑わしいものは重く賞せよ）』と見えてございます。今更こんなことを申し上げるのは事新しく存じますが、重盛は、かの大納言の妹と夫婦になっております。維盛もまた大納言家の婿になっております。かように親しくなっておりますがゆえにこう申すのだろうとお思いかもしれませぬ。しかし、決してそのようなことではございませぬ。これは世のため君のため、また当家のためを思ってこう申すのでございます。先年、故少納言入道信西《しんぜい》が、権勢を恣《ほしいま》まにしておりました砌に……さよう、我が朝においては嵯峨天皇の御世に、右兵衛督《うひようえのかみ》藤原仲成《なかなり》を成敗されましてよりこのかた、保元《ほうげん》（一一五六〜一一五九年）の世まで、帝にして二十五代の間は行われることのなかった死罪をば、また改めて復活いたし、さらには宇治の悪左府《あくさふ》藤原頼長《よりなが》の死骸を掘り起こして実検されましたことなど、あまりといえばあまりなる御政道と感じたことでございます。されば、いにしえの人々も、『死罪《しざい》を行《おこな》へば海内《かいだい》に謀反《むほん》の輩《ともがら》絶えず（死罪を執行すると国内に謀反を企てる人が絶えない）』と、そのように申し伝えてございます。それから中二年ほど置いて、平治の砌にまた、埋《う》められていた信西の死骸を掘り出して、あまつさえ頸を刎ねて都大路を晒《さら》し者にして渡されたことがございました。あれは、保元の時代に信西が言い出して実行したことが、いくらも経たぬうちに、信西自身の上に報いてまいったのだと思うと、まことに恐ろしいことでございます。一方この成親は、たいした朝敵でもございませぬ。かたがた、あまり過酷なことをなさいますと、なにかと問題がございましょう。父上はもはや御身の栄華は残すところもなく、これ以上お望みになることとてもございますまいから、子々孫々までの弥栄《いやさか》こそ、もっとも望ましいことではございますまいか。されば、父祖の善悪は、必ず子孫に及ぶと見えてございます。また、『積善《しやくぜん》の家に余慶《よけい》あり、積悪《しやくあく》の門《かど》に余殃《よあう》とどまる（善事を積んだ家には子孫までも慶びが残り、悪事を積んだ家には、子孫までも殃《わざわ》いが残る）』と、そのように承っております。どう考えましても、今宵直ちに首を刎ねられることは、なさるべきではございませぬ」
とこう面《おもて》を冒《おか》して父入道を諫める、これにはさすがに清盛も、尤もだと思ったのでありましょう、死罪は思いとどまられたのでございました。

その後、重盛公は、中門のところまで出向きまして、控えております侍どもに、こう諭します。

「よいか、いかに父入道の仰せなればとて、大納言のお命を簡単に取るようなことをしてはならぬぞ。父入道は、腹立ちまぎれにせっかちな事をなさっては、あとで必ず後悔なさるに違いない。されば、くれぐれも軽挙妄動《けいきょもうどう》してはならぬ。万一そういうことがあって、あとで処罰されても、私を恨むでないぞ」

これには、兵どももわなわなと震え上がって、恐れおののいたのでありました。

「さてもさても、経遠、兼康の両名は、今朝大納言に情知らずな仕打ちをいたしたこと、返す返すもけしからぬ所行《しょぎょう》である。いずれこの重盛の耳に入るだろうというところを、どうして思い憚《はばか》らなかったのであろうぞ。片田舎の者は、こんなものよな」

かように両名を叱りましたるほどに、難波の経遠も瀬尾の兼康も、ともに恐れ入っております。重盛公は、このように仰せになると、そのまま小松殿へお帰りになったのであります。

そうこうするうちに、大納言に随従しておりました侍どもは、中御門烏丸のお邸へ走り帰りまして、ことの仔細《しさい》を報告いたします。さあ、驚いたのは北の方以下の女衆で、みな悲しみに声をも惜しまず泣き叫びます。

「すでに取手《とりで》の侍どもが、こちらへ向かってやってくることでございましょう。されば、嫡子少将（成経）殿を始め、若君たちもみな連行されるであろうという噂でござりますほどに、皆様、どうぞどこへでもお身をお隠しくださいませ」

武士たちはこう申します。北の方は、

「今は、こんな情けない身の上となって、自分ばかり安穏に生き残ったとしても、それがなにになろう。この上は、ただ殿さまと同じように、一夜《いちや》の露《つゆ》のごとくに消えてしまうことこそ本望ぞ。それにしても、今朝お別れしたのが、今生《こんじよう》の別れであったと知らずにいたことの悲しさよ」

と言って、うっ伏《ぶ》し、身を揉んで泣きじゃくるのでありました。

やがて武士どもがやってくるという報告が至りますと、ここにこのまま居たのでは、どんな恥をさらすともわからぬし、またいかなるひどい目に遭わぬともかぎらぬ、それはいかになんでも耐え難いことだと観念して、北の方は、十歳になる姫君、また八歳の若君を車に乗せ、どこへという当てもなく車を走らせてまいります。

まさかそのまま当てもなく彷徨《さまよ》ってもいられませぬゆえ、大宮大路を上りゆき、北山のあたり雲林院《うんりんいん》に到着いたします。その辺りの僧坊に北の方一行を降ろしおきまして、付き添ってまいりました家来どもも、みな我が身に災難が及んでは困るので、その場でお暇を頂戴して帰ってしまいます。

かくて今は、ただ年端《としは》もいかぬ幼い人々ばかりが残り、そのほかには口を利く人もないまま、頼りなく過ごしておいでであろう北の方の心のうちが推量されて、哀れなことでございました。

こうして、暮れてゆく夕日影を見るにつけても、大納言の露の命が、この夕べ限りではないかと思いやられて、北の方自身の命も消えてしまいそうでありました。

また中御門烏丸の大納言邸には、女房や侍どももたくさん仕えておりましたが、もはや主《あるじ》を失っては、みな呆然《ぼうぜん》として、散らかったものを片付ける者とてもなく、門を閉めることすらしない。馬どもは厩《うまや》に並んで立っておりますが、これに飼葉《かいば》を与える者など一人もおりませぬ。

さてもつい昨日までは、来客の馬や車が所狭しと門前に立ちならび、賓客《ひんきゃく》はずらりと座敷に連なって、管弦の楽を奏でるやら、舞《まい》を舞い、踊《おどり》を踊るやら、世を世とも思わず、近所の者どもは大声を出すことすら憚って、ただこの大納言の威勢に恐れ畏《かしこ》まっていたというのに、一夜《いちや》明ければ、なにもかもが様変わりでありました。これまことに、盛者必衰《じょうしゃひっすい》の道理が目の前に露われたのでございました。

かくて「楽しみ尽きて悲しみ来たる」と、大江朝綱《おおえのあさつな》公の書き残された文《ふみ》が、今という今、思い知られたのでございます。

■少将乞請《しょうしょうこいうけ》■

丹波少将成経は、ちょうどその夜は院の御所の法住寺殿で、宿直《とのい》の任に当っておりましたが、早朝のこととて、いまだに退出してきてはおりませぬ。そこで大納言の侍どもが、御所へ急行いたしまして、成経を呼び出し、かくかくしかじかと事態の急なることを報せます。

「さてな、どうして宰相殿のほうから、こんな大事なことを今まで知らせてこなかったのであろう」

と成経が言いも終わらぬうちに、

「宰相殿からでございます」

と使いの者が到着する、この宰相と申しますのは、参議職の唐風《からふう》の言い方にて、清盛の弟教盛《のりもり》のこと、邸が六波羅の惣門《そうもん》のすぐ内側にございましたので、通称門脇《かどわき》の宰相と、このように申しておりました。この門脇宰相の娘は、すなわち成経の北の方でございます。

使いの者は、こう伝達いたします。

「『なんの御用か分からぬが、ともかく入道相国から、少将を西八条へしかとお連れせよと言ってまいった』とのご伝言でございます」

少将は、〈ははーん、ついに来たか〉と思って、法皇近侍《きんじ》の女房たちを呼び出すと、

「昨夜は、なんとなく世間が騒がしいようでございましたが、これはきっと例の比叡山の僧兵どもが下ってきたのであろうかと、他所事《よそごと》のように思っておりましたところ、とんでもない、ほかならずこの成経の身の上のことでございましたな……。父の大納言が今夕《こんせき》にも斬られるやもしれぬ……ということでございますほどに、この成経も連座を免《まぬか》れますまい。されば、いま一度《ひとたび》法皇さまの御前《ごぜん》へまいり、龍顔《りようがん》を拝したいと存じましたが、いやいや、もうすでにかかる罪人の身となりました以上、拝謁《はいえつ》はご遠慮申したく……」

と打ち明け、女房たちは、すぐに院の御前にまいって、このことを申し上げます。法皇は大いに驚かれまして、〈そういうことであったか。今朝の入道相国の使いが来た時点で、すでに気がついておったが……ああ、これは例の内々《ないない》の謀議が漏れたのであろうなあ……〉と思われましたが、ただ呆然たらざるを得ませぬ。

「よい、仮にさようの身の上だとしても、構わぬ。これへ呼べ」

法皇は、そういう御意を示されますほどに、成経は御前へまかり出ます。法皇ははらはらと涙を流され、仰せくださるお言葉とてもございませ

ぬ。少将も涙に噎《むせ》んで、これまた言葉にならぬ……ややあって、いつまでそうしてもおられませぬほどに、少将は、袖を顔に押し当てて、泣く泣く御前をまかり出たのでありました。法皇はその後姿を遥かに見送られ、

「かかる仏法衰微《すいび》の末世《まつせ》は、ほんとうに嫌なものだな。少将とは、もうこれが限りで、再びまみえることはないかもしれぬ」

と漏らされると、また涙、涙、涙でありました。まことに恐れ多いことでございます。

さて、院中の人々は、少将の袖を取り、袂《たもと》に縋《すが》って名残を惜しみ、誰一人として涙を流さぬという人もございませぬ。

やがて少将は、妻の父、門脇の宰相教盛のもとへやってまいります。

北の方は、まもなく出産を控えておりましたが、今朝からは、この悲しみに打たれまして、もはや命も消え入る心地がしておりました。少将は、院の御所を退出いたしましてよりずっと涙にくれておりましたが、さらにまたこの北の方の様子を見るに至って、もはやどうすることもできぬと、おろおろしているようでございました。

この少将の乳母《めのと》に六条という女房がおります。

「お乳を差し上げますためにお仕えをいたしました折、我が君を血の中より抱き上げげまいらせました。それから、月日の重なるに従いまして、我が身が次第に年老いてまいりますことなど更に考えず、ただただ、君が立派にご成長あそばされますことだけを嬉しいことに思い申し上げて、それは

もう、あれよあれよという間に、早くも二十一年ご一緒させていただいて……。上皇さまの御所や内裏へ参上されまして、お帰りが遅くおなりあそばすのだけだって、どんなにか心配を申し上げておりますのに、これからさき、どんな目にお遭いになられましょうか……」

そういって、六条はさめざめと泣きます。少将は、

「そうひどく嘆くものではないよ。宰相という方がいらっしゃる上は、命だけは……なにがどうあっても……お助けいただくように、頼んでくださるだろうし……」

と慰めますが、六条は人目も憚らず泣き悶えるのでございました。


しかし、西八条からの使者は、頻《し》く頻《し》くとやってまいります。教盛は、

「こうなれば、ともかく出向いて、兄上に会うて頼んでみよう。さすればなんとでもなるであろう」

と言って出てゆく……、その時、少将も同じ車の後ろのほうに乗って出てまいります。保元平治よりこのかた、平家の人々には楽しみや弥栄《いやさか》ばかりがあって、愁《うれ》えや嘆きなどはなかったものを、この宰相教盛ばかりは、とんでもない婿のゆえに、こういう嘆きを見ることになったのでありました。

西八条も近くなって、車をとどめ、まずは案内を言い入れた。すると太政入道清盛は、

「丹波少将をば、この邸内に入れること、まかりならぬ」

と言う。やむを得ずそのあたり近い侍の家にまずは少将を降ろし置き、その上で、教盛だけが門のうちへ入ってまいります。外に残された車は、すぐに兵《つわもの》どもが取り囲み、ひしと守護しております。

頼みの綱と思っていた宰相教盛にも離れ、少将の心の内は、さぞ頼りない思いがしたことでございましょう。

その宰相教盛とて、中門のところに控えておりますが、清盛自身は、出て来て対面するということも致しませぬ。そこで教盛は、源《げん》大夫《だゆうの》判官《はんがん》季《すえ》貞《さだ》を遣わして、ともかくもこう申し入れます。

「婿少将が不適切な人々と親しくなりましたこと、返すがえすも悔やまれますが、いまさらさようなことを申しても始まらぬ仕儀でございます。少将と連れ合いにさせております娘が、ただいま体調において思わしからぬ事がございますが、今朝からは、それに加えてこの一件の嘆きのため、すでに一命が危ぶまれる状態となっております。されば、特になんの問題がございましょうや、とにもかくにも、少将をば、この教盛にお預けくださいませ。教盛がたしかにこれに控えておりますれば、どうしてこれ以上の間違いを致させましょうか、決してそのようなご心配はご無用でございます」

このように教盛は言い、それを季貞に言上させます。しかし、清盛は、

「やれやれ、またいつものごとく、宰相がわけのわからぬこと……」

とひとりごちて、すぐには返事もいたしませぬ。

ややあって、清盛は、

「新大納言成親は、わが一門を滅ぼして、天下を騒乱せんとする企みを致した。そうしてこの少将は、まぎれもなく、あの大納言の嫡子である。そなたとの関係が疎かろうと親しかろうと、今回のことは断じて宥免《ゆうめん》のとりなしはならぬぞ。そもそも、もしこの謀反が成功していた日には、そなたとて無事では済まされぬところであったろうが、とそのように申せ」

と季貞に申し付けます。季貞はさっそく戻ってまいりまして、このとおりに宰相に申し上げる。教盛は、いかさまがっかりした様子で、それでも重ねてまた言上するのでございました。

「保元平治よりこのかた、たびたびの合戦に際しても、この教盛は兄上のお命に代り申そうと覚悟して奮戦してまいりました。またこれから後も、どんな荒々しい風が吹き寄せようとも、この教盛かならず身にかえて防ぎ申す所存でございます。いや、教盛自身は老いたりとも、若き子どもらが大勢おりますほどに、かならずや一方《いっぽう》の陣をお守りする力にはなりましょう。にもかかわらず、わたくしが成経をしばらく預かろうと申し上げることにお許しをいただけぬのは、畢竟《ひっきょう》、教盛にも謀反の心あるものとお思いなのでございましょう。これほど不安心な者に思われましては、もはやこのまま俗世におりましても、何の甲斐がございましょうぞ。今はただお暇《いとま》を賜って出家入道いたし、辺鄙《へんぴ》の山里に隠遁いたしまして、ただ一心に後《ご》生《せ》の安楽往生を願って、仏にお仕えいたすことにいたしましょう。まことに意味のない俗世のつきあいでございます。こうして俗世におりますればこそ、なにかと欲望もございます。その望みがかなわなければ、恨みも生じましょう。ああ、もうこの上は、俗世を厭《いと》い、仏様にお縋《すが》りする真実《まこと》の道に入るほかはございませぬ」

この言葉を、また季貞が清盛入道に伝達いたします。

「宰相殿は、すっかり思い切っておられます。とにもかくにも、良きようにお計らいくださいますように」

と、これを聞いた清盛は大いに驚き、

「いかになんでも、出家までしようとは、あまりに言語道断であるぞ。そういうことであれば、しかたない、しばらく成経はそなたにお預けすることと致そう、とそう伝えよ」

とこのように申し付けます。

季貞は、戻ってきて宰相にこの通り伝達いたしますと、

「ああ、子どもなどというものは持つものではないな。それもこれも結局、我が子の縁に引かれてこういうことになる、それがなければ、こんなことに心を砕かずともすむものを」

と嘆きながら、宰相は退出していくのでありました。

少将は外で待ち受けておりましたが、

「さて、いかがでございましたろうか」

と尋ねる、そこで、

「清盛入道は、あまりの立腹のために、とうとう教盛に対面すらしてくれなんだ。そうして、助命のことは断じて許さぬと、しきりに仰せであったが、私がそれなら世を捨てて出家するとまで申し立てたからであろうか、最終的には、しばらくそなたを私の邸に預かっておけと仰せにはなった、が……さて、しかし、このまま丸く収まるとも思えぬぞ」

こう言い聞かせます。少将は、

「それでございましたら、この成経は、ご恩恵を以てしばらくの間は命が伸びるということでございますね。それにつけましても、父大納言のことを、なにかお聞き及びになりましたでしょうか」

「いや、とても父上のことまでは、思いもよらぬことであった」

この宰相の言葉を聞いて、成経は涙をはらはらと流しつつ言葉を継いだ。

「まことに、御恩恵をもちまして、この命がしばらくでも伸びますことは、それはそれでたしかに嬉しゅうございますが……、とは申せ、この命が惜しく思いますのも、ただ父に今一度《いまひとたび》会いたいと思うからでございます。されば、その父大納言が斬られてしまうということになりましたら、この成経も生きていて甲斐のない命、永らえてなんの意味がございましょう。それならば、このわたくしも父と同じ所で、どうにでもご処置くださいますように、申し上げてはくださいませぬでしょうか」

　これには、宰相教盛もつくづく気の毒そうな面持ちとなり、

「さあ、そこだ。そなたのことゆえ、あれこれ命乞いをしてまいったのだ。されば、父大納言のことまでは、私は思いもよらぬことであったが、ただな……今朝ほど、父上のことについては、内大臣重盛公がせいぜい心を込めて命乞いをされていたようだから、それもしばらくの間は、まあ安心なように聞いておるがな……」

　とこんなことを申しますほどに、少将は、泣く泣く手を合わせて悦んだことでございました。実際の子でもなければ、誰がいったい、今目前に差し迫った我が身の上をさしおいてまで、これほどに悦ぶことであろう……、まことの契りは、たしかに親子の仲にあるというものでございました。されば教盛も、先程は「子どもなど持つものではなかった」と後悔したところながら、今は「持つべきものは子どもであったな」とそのように思い変えたことでございます。

　そうして、今朝と同じように同じ車に乗って、二人は邸へ帰ってゆきました。邸のほうでは、女房たちも、まるで死んだ人が生き返って来たような心地がして、みな集まって喜び泣きをするのでありました。

■教訓状《きょうくんじょう》■

太政入道清盛は、このように多くの人々を捕縛してなお、どこか不安心な、そして気の済まぬところがあったのでありましょうか、すでに心は臨戦態勢に入っておりました。すなわち、赤地の錦の衣を下地《したじ》に着なし、その上に黒糸縅《くろいとおどし》の腹巻を付けておりますが、その胸のところには銀細工《しろがねざいく》で飾った板をぴったりと宛てているという軍装もものものしい、しかも以前安芸守として初めて着任の折、厳島神社に参拝して霊夢を見たその夢の内で、目《ま》の当たりにありありと大明神から頂戴いたしましたる小長刀《こなぎなた》を脇に挟んで立っております。この小長刀は、蛭巻《ひるまき》と申しまして、ぐるぐるっと蛭の巻き付いたような模様が銀にて細工してあるという業物《わざもの》にて、日ごろから枕辺《まくらべ》を離さず立ててあるという長刀でございます。

まず清盛は、こういう戦場のいでたちで中門《ちゅうもん》の廊《ろう》のところまで出てまいります。その剣幕たるや、まことに誰もが震え上がろうかという有様でありました。そうして、

「貞能、貞能」

と呼び立てる。この筑後守貞能また、木蘭地《むくらんじ》と申しまして、いくらか黒みを帯びた黄色の衣を鎧下《よろいした》に着なし、緋色《ひいろ》すなわち真っ赤な組紐で縅《おど》しましたる鎧を付け、清盛の御前《おまえ》に畏まります。ややあって、清盛入道、

「貞能、この事その方はどう思うか。あの保元平治の戦いの折、叔父右馬《うまの》

助《すけ》平忠正《ただまさ》を始めとして、我が一門は過半が崇徳上皇《すとくじょうこう》のお味方に付いたものであった。その崇徳院の一の宮重仁親王《しげひとしんのう》の御事は、なにぶんにも、わが父故刑部卿《こぎょうぶきょう》忠盛《ただもり》がお守役《もりやく》として養い申し上げたお方であったことゆえ、かれこれ見放し申すことはできなかったところであったものを、そこを曲げて清盛自身は、故鳥羽院のご遺言に従って後白河天皇方につき、先陣を務めたことであった。これがまず一つのご奉公じゃ。次にまた、平治元年（一一五九年）十二月には、藤原信頼と源義朝が、後白河院ならびに二条天皇を奪い取って、大内裏に籠城しつつ天下を壟断しようとした折には、この入道が命を捨てる覚悟で謀反人ども一味を排除し、藤原経宗《つねむね》ならびに惟《これ》方《かた》を召し捕って処罰したことに至るまで、すんでのところで君の御《おん》ために命を落としかけたことが、何度にも及んだことぞ。たとえ人がなんと言おうと、君の為に朝敵を討ったる者は、子々孫々七代まで朝恩を蒙ると申すではないか。されば、なんとして我が君が当家一門をお見捨てになるなどということがあるものか。しかるに、成親という役立たずの愚か者や、西光という下賤《げせん》のならず者めの口車に乗せられて、我が一門を滅ぼそうなどとお考えになった後白河法皇のご密謀こそ、恨み骨髄と申すものじゃ。かかることからすると、今後も、同じように讒言する者があれば、当家追討の院宣を下されるに違いあるまい。そんなことになれば、こちらは朝敵の汚名を蒙《こうむ》る、そうなってからどんなに後悔したってなんの益もあるまいぞ。されば、わしが世を静めるまでの間、しばらく法皇を鳥羽の北殿へお移しするか、さもなくばこの西八条の邸へなりともお出ましいただくようにしようかと思うのじゃが、どうであろうかの。もしそうなれば、さだめて北面の武士どもが矢の一つも射かけてくることであろうな。侍どもにその用意せよと触れるがよい。おおかたのところを申せば、この清盛入道、もはや後白河院のお味方をするのはやめにしようと思っておる。さあ、馬に鞍を置かせよ、戦《いくさ》の鎧を持ってまいれ」

とこのように申し渡したのでございました。

主馬判官盛国《しゆめのはんがんもりくに》は、急ぎ小松殿重盛公のもとへ馳せまいり、

「世はもはや、かくかくの次第でございます」

と報告する。すると重盛公はその報告を聞き終えぬうちに、

「ああ、なんとしたことだ。これは既に成親卿の頸《くび》を刎《は》ねられたのであろうな」

と仰せになる。盛国、

「いや、そうではござりませぬが、入道殿は戦用《いくさよう》の鎧をお召しになりましてございます。また侍どもは皆勇んでうち立ってまいりました。院の御所法住寺殿へ押し寄せるところでございます。それで、法皇をば、鳥羽殿へ幽閉申そうという御諚《ごじよう》でございますが、内々《ないない》は、いずれ九州のほうへでも流しまいらそうというお心かと存じます」

と逐一申し立てる。重盛は〈まさかさようなことはあるまいが〉とは思ったけれども、〈いやいや、今朝の清盛禅門の剣幕からすると、そういう

常軌を逸したことも有るかもしれぬ〉と案じて、さっそく車を飛ばして西八条へ急行いたします。

門前にて車を降り、門の内にずいっと入ってみますと、入道が腹巻を付けております以上、一門の公卿殿上人ら数十人も、みな色とりどりの衣をまとい、その上に思い思いの鎧を着て、中門の廊に二列になってずらりと着座しております。その他、諸国の受領《ずりよう》、衛府《えふ》ならびに各役所の役人どもなどは、縁《えん》のあたりに着座し、それにこぼれたものは庭にもひしと居並んでいるのでありました。そうして、旗竿どもを引き寄せ引き寄せ、馬の腹帯をしかと固めるやら、甲《かぶと》の緒《お》をキッと締めるやら、もういまにもうち発たんとする様子でございます。これに対して、小松殿重盛公は、公家通常服の直衣《のうし》に烏帽子をかぶり、大きな地紋を織り出しましたる指貫《さしぬき》、つまりゆったりとした括《くく》り袴を穿き、その足元を持ち上げるように致しまして、サラサラという衣擦れの音も涼しげに邸内に入ってまいります。その風采出で立ちは殺気だったこの場においては、なにやら場違いな感じが致したことでございました。

これを見て清盛入道は、いささか伏し目になって、〈やれやれ、また例のごとく内大臣が我らのすることを軽んじているように振る舞っておる。ひとつよくよく諫めてやらねばな……〉と思いはするのでありましたが、とはいえ、我が子ながらも仏教の教えをよく守り、五つの戒律すなわち、殺生せず、盗まず、ふしだらをせず、嘘をつかず、酒を飲まずという教えをよく保って慈悲の心深く、儒学の教えにおいてはまた、五常すなわち仁義礼智信の徳をよく守り、礼儀正しく生きている人でございますほどに、あの悠然たる佇《たたずま》いの重盛の前へ、殺伐たる腹巻姿で対面するというのも、なにやら面映《おもはゆ》く恥ずかしいと、さすがの清盛も思ったのでございましょうか、障子を少し閉めて、いそぎ地紋なしの絹の衣を、腹巻の上に大急ぎで着重ねてはみたものの、腹巻の胸のところの板に付けた銀の飾りがすこし覗いて見えております。それを隠そうと、清盛はしきりに、胸の打ち合わせを引き繕《つくろ》い引き繕いしているのでありました。

重盛公は、弟の宗盛卿の上座に着座します。入道も、さすがに、言うべき言葉も見つかりませぬ。

重盛公は、しかし、自分からは何も言い出そうとしませぬ。

ややあって、清盛入道が口を開きます。

「成親卿の謀反のことなどは、なに、なんの物の数でもない。すべては後白河法皇のさしがねであったぞ。そこで、世を鎮めるためには、法皇を鳥羽の北殿へお移しするか、それでもなくば、この西八条の邸へなりともお出でを願うことにしようと思うておるのじゃが、どうであろうの」

これに対して、重盛公は、父清盛の言葉を聞き果てもせぬうちに、はらはらと涙を流すのでございました。これには清盛も、

「どうしたのじゃ、これは」

と、呆然たる面持ちであります。

重盛公は、涙を抑えて父を諫めるのでございました。

「かかる仰せごとを承りますに、父上のご運はもはや尽きようとしているように存じます。人の運命の傾こうとするときには、必ず悪事を思い立つものでございます。また、そのご風采は、もはやまったく正気のお沙汰とも思えませぬ。いかにも、わが国は辺境の小国家だとは申せ、なにぶんにも天照大神《てんしょうだいじん》のご子孫たる帝が国の主《あるじ》としてご統治なさっている、すなわち天児屋根尊《あまのこやねのみこと》のご子孫が朝廷の政《まつりごと》を司《つかさど》りあそばしてよりこのかた、太《だい》政大臣《じょうだいじん》の位に昇った人間が、そのように甲冑を帯するなど前代未聞、まさに礼儀に反する行状ではござりませぬか。なかんずく、父上はご出家入道のお身の上です。そもそも過去・現在・未来に遍《あまね》くおわしますもろもろの仏たちが、俗世を捨てて解脱《げだつ》せることを示すのが法衣《ほうえ》でございましょうに、それを脱ぎ捨てて、忽《たちま》ちに甲冑を身につけ、弓矢を帯びておられますことは、仏教的には既に破戒《はかい》の行い、恥知らずの重罪を招くのみならず、また儒教的には、仁義礼智信の道徳にも背くことでございましょう。どちらにいたしましても、子としてこういうことを申しますのは、まことに恐れ多いことながら、心の底に言いたいことを言わずに残すべきでないと存じます。そこで敢て申し上げます。まずこの世には、四つの大きな恩というものがある、とかように仏様の御教《みおし》えにございます。天地の恩、国王の恩、父母《ぶも》の恩、衆生《しゆじよう》の恩がそれでございます。その中にも、もっとも重いものはこの国王の恩すなわち朝恩《ちようおん》と申すものでございます。また『普天《ふてん》の下王地《したわうぢ》に非ざるは無し（この広大な空の下は、すべて国王のものでないところは無い）』とこのように唐土《もろこし》の尊い書《ふみ》にも見えてございます。されば、かの唐土の君子許由《きよゆう》という人は、聖天子堯帝《ぎようてい》から天下を譲ろうと言われて、それこそ耳の穢《けが》れと観《かん》じつつ潁川《えいせん》という河で耳を洗ったと、これも古き書《ふみ》にございます。さてまた、首陽山《しゆようざん》に蕨《わらび》を採って清貧に居たという、かの賢人、伯夷《はくい》・叔斉《しゆくせい》の故事また、ことの是非はともかくとして君命《くんめい》には背《そむ》き難いという礼儀を知っての上で身を引いて隠棲したということでございましょう。かかる賢人の教えもございましょうに、いわんや、父上は、先祖にもいまだ聞いたことのない太政大臣とて、位人臣《くらいじんしん》を極められたではありませぬか。そうして、ご存知の如く、この重盛めも無才暗愚《むさいあんぐ》の身を以て、かたじけなくも大臣の位に至りました。そればかりか、日本国中の国々郡々《くにぐにこおりごおり》、その過半はわが一門の所領となっております。されば諸国の荘園も悉くわが一家の恣《ほしいま》まにするところとなっております。これみな世にも稀なる天子さまのご恩徳ではござりませぬか。今、こうした莫大な御恩を忘れて、無分別にも法皇に弓を引こうとされますのは、これまことに天照大神《てんしようだいじん》、また八幡宮《はちまんぐう》の神慮にも背くことになりましょう。日本は神の国でございます。そうして神は非礼をお受け入れになりませぬ。されば、後白河法皇の思い立たれましたことにも、一半の道理が無きにしもあらずでございます。中にもわが一門は、朝敵を平定して天地四海《てんちしかい》の激しい波を鎮められたことは、たしかに無双《ぶそう》の忠義でございましたろうが、その恩《おん》賞《じょう》に誇ってわがままに振る舞うことは、これ傍若無人とも申すべきことでございます。かの聖徳太子の『十七条憲法《じゅうしちじょうのけんぽう》』に、『人皆心《ひとみなこころ》あり。心各《おのおの》執《しゅ》あり。彼を是《ぜ》し我を非《ひ》し、我を是し彼を非す、是非の理誰《たれ》かよく定むべき。相共《あひとも》に賢愚《けんぐ》なり。環《たまき》の如くして端《はし》なし。ここを以て設人《たとひ》怒《いか》ると云共《いふとも》、かへって我とがをおそれよ（人には皆、心というものがある。心にはおのおの執着《しゅうちゃく》というものがある。そこで、ある人は彼をよしとし我をよからずとする、かと思えば、ある人はまた、我をよしとし彼をよからずと言う。その是非《ぜひ》の道理をだれがいったい判然と定めることができようか。所詮すべては相対的で、絶対的に判定することなどできはせぬ。我と彼と、いずれも賢といえば賢、愚といえば愚で、それは見方次第なのだ。いわば、ぐるりと輪っかになっているようなもので、一直線の両端のようなわけにはいかぬ。そこで、かりに人が怒ったとしても、それは彼が悪いと思うのでなく、もしや自分に落ち度がなかったかと反省すべきである）』とこのように見えてございます。さりながら、今、ご運がまだ尽きぬゆえにこそ、謀反が未然に露見したのでございましょう。その上なお、法皇の相談役たる成親卿を召し捕っておかれます上は、たとい法皇さまが、どんな奇怪なことをお思い立ちになりましょうとも、なんの恐れることがございましょうぞ。それぞれの者に、それ相当の処罰を行われました上で、いったん退《しりぞ》いて、よく事の理非曲直《りひきょくちょく》を陳述なされまして、法皇さまのおんためには、ますますご奉公の忠勤を励まれ、民のためにはまた、ますます慈《いつく》しみの心を以てこれを憐れみはぐくむと、そうなさいますならば、神明《しんめい》のご加護にもあずかり、仏様のみ心にも背かぬ所以《ゆえん》でございましょう。そうして、神様仏様が、父上の真心をお感じ取りくださるならば、法皇さまとて、なぜお考え直しくださらぬ道理がございましょうや。君《きみ》と臣《しん》と、それを等し並《なみ》にならべて、どちらに親しいから味方をするとか、疎いから敵対するとか、そんなふうに論ずるべきではありませぬ。もとより君にお味方申し上げるのが当たり前でございます。それが道理と申すもの、いま、道理と、非道とを並べるなら、どうして道理につかぬという法がござりましょうぞ」

■烽火之沙汰《ほうかのさた》■

「すなわち、この度のことにつきましては、道理は法皇がたにございますゆえ、どこまで力が及ぶかわかりませぬが、この重盛は院の御所法住寺殿をお守り申し上げる所存です。なんとなれば、重盛が叙爵《じょしやく》いたしましてから、現在こうして大臣と大将を兼務するというようになるまで、なにもかも法皇のご恩沢《おんたく》でないということがございませぬ。その御恩の重いことを思えば、たとえば古《いにし》えの漢詩《からうた》に『日に瑩《みが》き風に瑩く、高低千顆万顆《かうていせんくわばんくわ》の玉《たま》(花の色の美しさは陽光に磨かれ風に磨かれして、高く梢を飾る花や低く水面に映る花は、千粒も万粒もの宝玉を連ねたように見える)』とございます、その千顆万顆の玉よりも重く、その恩の深きことを思えば、また『枝を染《そ》め浪《なみ》を染む　表裏《へうり》一入再入《いちじふさいじふ》の紅《くれなゐ》(梢の花は枝を染め、水面の花は浪を染めて、表裏それぞれ一染めの淡い色と、重ね染めて深い色の紅に見える)』とも謳われておりまする一入再入重ね重ねに染めた紅の色よりも深いことでございましょう。さればわたくしはこれより院の御所へまいって籠城いたし、法皇をお守り申すことに致します。そういう覚悟でおりますからには、重盛の身代わりとして命を惜しまぬと約束を交わした侍どもも少々はおりましょうはず……。これらの侍どもを引き連れまして、院の御所法住寺殿を守護申し上げる……とさようなことになりますれば、これはさすがにゆゆしき一大事ではございませぬか。ああ、悲しいかな、君の御ために奉公の忠義を尽くそうとすれば、かの須弥山《しゆみせん》の頂《いただき》よりも高い父の恩をたちまちに忘れることとなりましょう。さりながら、ああ痛ましいかな、親不孝の罪を逃れようと思えば、こんどは君の御ために不忠《ふちゆう》の裏切り者となってしまいます。ここに、唐土の聖典に『進退維《こ》れ谷《きは》まれり』とございますごとく、わたくしは、どちらにも行かれぬ仕儀となりました。もはや、ことの是非は、なんとしても判断しがたいことでございます。されば、わたくしからお願いすべき結論としては、どうか、この上は、わが頸を刎ねてくださいませ。院の御所をお守りすることもできがたく、また父上の御所攻めのお供をすることもできませぬ。かの、漢土《かんど》の蕭何《しようが》は、戦の手柄が抜群であった功績によって、官位は大相国《だいしようこく》に昇り、剣を帯び沓《くつ》を履いたまま昇殿することを許されましたが、分《ぶん》に超えた言動が漢の高祖の逆鱗《げきりん》に触れて、たちまちに官位を剝奪降格の上、投獄幽閉されたという事蹟がございます。さようの前例を思うにつけましても、富貴《ふうき》といい栄華といい、また君の御恩沢といい、重き官位といい、どれもどれもみな高位を極められたではござりませぬか。されば、もはやこれから先は、ご運命が尽きんとすることも、決してあり得ぬことではございますまい。『富貴《ふつき》の家には禄位重畳《ろくゐちやうでふ》せり、ふたたび実《み》なる木は其根《そのね》必ず傷《いた》む（富貴の家には、官位も俸禄《ほうろく》も重ね重ねに備わっている。それは一年に二度実のなる木のようなもので、その根は必ず傷むものだ）』と、いにしえの物の本にも見えてございます。それを思いますと、なにやらこの先が心細く思われます。されば、いつまで便々《べんべん》と生きながらえて、騒乱の世を見ることでございましょうや。ただ、こうして末の世にたまさか生を受けて、かかる辛い目に遭わねばならぬことは、すなわち重盛の前世からの果報がいかにも貧しい証拠でございます。今という今、ご家来の侍一人にお申し付けいただき、このお庭の内にわたくしを引き出して、すぐに頸を刎ねられるというようなことは、ごく容易なことでございましょうぞ。どうか皆々、我が申すところをお聞きくだされ」

　重盛公は、直衣《のうし》の袖も絞るばかり、涙を流しに流して父入道を諫めるのでありました。これを聞いていた一門の人々は、心ある者も心ない者も、みな鎧の袖を濡らしたことでございました。

太政入道清盛も、心から頼みに思っていた重盛がこう諫めましたるほどに、すっかりしょんぼりといたしまして、

「いやいや、そんなことまで致そうとは、思ってもおらぬ。ただ法皇が悪党どもの口車に乗って、とんでもないことが出来《しゅったい》するのではないかと、それを心配したまでのことじゃ」

と言う。すると重盛は、

「たといどんなにとんでもないことが起こりましょうとも、だからといって法皇をどうにかしようなどということがあってよいものでしょうか」

と釘を刺すと、そのままさっと立って中門に出てまいります……そうして、そこに集まっていた侍どもに言い聞かせます。

「たった今、この重盛が申したことを、そのほうどもは聞かなかったか。今朝からここにまいり留まって、かようの騒ぎを申し鎮めようと思うていたが、あまりに大騒ぎになってゆくように見えたことゆえ、もはやこうして見切りをつけて出て来たのじゃ。もし入道相国が、院の御所へ攻め込むなどということに同行したいと思う者があるなら、この重盛が頚を刎ねられるのを見てからまいるがよい。では、皆ついてまいれ」

こうして重盛公は、小松殿へ帰られたのでございます。

それから重盛公は主馬判官盛国を呼びつけまして、

「この重盛は、天下の一大事を特別に聞き出してきたぞ。されば、『我こ

そはと思っておる者どもは、みな武具甲冑《ぶぐかっちゅう》を帯《たい》して馳《は》せ参ぜよ』と、こう触れを回すのじゃ」

とこう申しますゆえ、盛国はさっそく諸国にこの触れを回します。すると、生半可のことでは大騒ぎなどしない重盛公にして、かかる触れを回されるということは、よほど特別の仔細《しさい》のあることであろうと皆思って、押《お》っ取り刀で武具甲冑を帯して、我も我もと駆けつけてまいります。

淀《よど》、羽束師《はづかし》、宇治《うじ》、岡の屋《や》、日野《ひの》、勧修寺《かんしゅじ》、醍醐、小栗栖《おぐるす》、梅津《むめづ》、桂《かつら》、大原《おおはら》、しづ原、芹生《せりよう》の里と、各地に散在しておりました武士どもは、ある者は鎧を着ているけれども甲は被っていない、またある者は、矢を負うているのに弓を持ってない者もある、馬に乗って片方の鐙《あぶみ》を踏むや踏まずのありさまでやってくる者もある、いずれ皆大慌てで駆けつけてまいります。

かくて小松殿において兵を催している騒ぎありということが評判になりますと、西八条に数千騎は詰めかけておりました武者どもが、入道になんの挨拶もなく、わいわいがやがやと皆小松殿へ駆けつけたのでありました。これがために、多少なりとも弓矢を使える者は、もはやただの一人も残っておりませぬ。これには入道もびっくり仰天いたしまして、貞能を呼びつけますと、

「内府（内大臣重盛）はいったい何を思うて、これらの武者どもを呼び集

めなどするのであろう。もしや、さきほどこの邸で申しておったごとく、この入道に向かって弓引く武者でも向かわせようというのであろうか」

とこう申します。さすがに貞能は、涙をはらはらと流しまして、

「いかになんでもさようなお疑いは人によりましょう。重盛さまに限って、なんとしてそのようなことがございましょうぞ。それどころか、先ほどこちらで申し上げなさいましたことを、今頃はすべてご後悔あそばしておられるに違いありませぬ」

とこう申します。入道も、さすがに重盛と仲違いなどしては具合が悪かろうと思ったのでありましょうか、法皇を西八条に迎えるということはもはや思いとどまり、腹巻を脱いで置き、白絹の衣にただ袈裟ばかりをひっかけて、上《うわ》の空《そら》の念仏を唱えていたことでございました。


さて、小松殿においては、重盛公の指示に従って、盛国が侍どもの到着する順に「着到《ちゃくとう》」と申します帳簿に名を記してまいります。この時馳せ参じました侍どもは、都合一万余騎と、この着到に記録したことでございました。

着到をば検分いたしましての後、重盛公は中門に出《いで》て、侍どもに言い聞かせます。

「日頃の約定《やくじょう》を違えず、こうしてみな馳せまいったこと、まことに神妙《しんびょう》である。異国にも同じような史実がある。周の幽王《ゆうおう》は、褒姒《ほうじ》と申す最愛の

后を持っておられた。これが天下《てんが》第一の美人であったそうじゃ。されども、幽王の心にかなわなかったことは、『褒姒咲《え》みを含まず』と申してな、この后はまったく笑うということをしなかったことじゃ。異国の習いとして、天下に戦《いくさ》が勃発《ぼっぱつ》する時、あちらこちらに狼煙火《のろしび》を上げ、太鼓を打って軍兵《ぐんびょう》を召集するということがある。これを烽火《ほうか》と名づけておる。ある時、天下に戦乱が起こって、烽火をあげたところ、后がこれをご覧になって、『まあ不思議なこと、火があんなにたくさん見えて』と言ってな、その時初めて笑ったというのじゃ。この后は、『一度《ひとたび》笑《え》めば百《もも》の媚《こ》びあり』とそのように漢詩《からうた》にも歌われたような美人だったそうじゃ。幽王は嬉しいことに思い、ただこの后の笑顔が見たいばかりに、しばしば何もないのに烽火を上げさせたとある。そこで、諸侯がそのたびに駆けつけてみれば、なんの戦沙汰《いくさざた》もない。敵《てき》もなにもいないのだから、しかたなく帰る、とそんなことが度々《たびたび》であった。されば、しまいには誰も駆けつけてくる者はいなくなったのじゃ。ある時、隣国から悪党どもが兵を起こして幽王の都を攻めた、その時に、いかに烽火を上げても、もはや誰も信じない、また例の后のためであろうというので、ついに一人も駆けつけては来なかった。かくて都は賊徒《ぞくと》のために落城の憂き目を見て、幽王はついに滅んでしまったことじゃ。そうして、この后の正体は狐であったというわけで、この狐はついに姿を露わしてそのまま走り去ったという、恐ろしいことじゃ。しかしながら、こたびの召集は、決して幽王のようなことではない。だから、かならずや今後もかようの触れを回したときは、このたび同様すぐに馳せまいるべし。じつはこの重盛、いささか不思議なることを聞き出して、それで召集をかけたのじゃ。しかし、そのことはあとになってよくよく聞いてみれば、まったく空言《そらごと》であった。さあ、皆々いそぎ帰ってくれ」

と言って皆帰らせた。実は、そのような不思議なことを聞き出されたりしたわけではなかったのでありますが、父入道を諫め申した言葉に従って我が身に味方する勢《せい》がどれほどあるかを知り、また父子で戦おうなどということはもとよりありはしなかったが、こうすれば、入道相国が法皇に謀反を起こそうという心をも和らげることができるのではないか、とそういう術策だったのでございます。

『古文孝経』に「君《きみ》君たらずとも臣《しん》もって臣たらずんばあるべからず。父《ちち》父たらずと云ふとも、子《こ》もって子たらずんばあるべからず（君主が君主としての徳をそなえていなくとも、臣下は臣下として身を処さなくてはならず、父が父らしくない人物だったとしても、子は必ずや子として孝行をしなくてはならぬ）」と教えております。されば、重盛公は、君のためには忠義をつくし、父のためには孝行を励む、というわけで、孔子さまのお教えに背くことがございませんでした。後白河法皇もこのことをお聞きになりまして、

「今にはじまったことではないが、小松の内府の心の内はあまりに立派で、我が身が恥ずかしいほどじゃ。すなわち怨みに報いるに恩を以てした

というものよな」

とこう仰せになったのでありました。されば、

「小松殿重盛公という方は、前世からの果報がよほど素晴らしくて、このように大臣の大将になられ、しかも人品風采ともに人にすぐれ、才知才覚も世に超えたお人なのであろうぞや」

と、このように当時の人々はみな感銘を深くしたことでございました。されば、「国に諫める臣あれば其の国必ずやすく、家に諫める子あれば其の家必ず正し（国に君をお諫めする臣下がいれば、その国は必ず安泰だし、家に父を諫める子があれば、その家は必ずととのっている）」と、『古文孝経』には、このようにも教えてございます。

上古にも末代にも、まことに滅多とないような立派な大臣でございました。

■大納言流罪《だいなごんるざい》■

同じき治承元年（一一七七年）六月二日、新大納言成親卿をば、公卿の座へ引き出しまいらせて、食事を差し上げますが、さすがに成親も胸が塞がって、箸をつけることすらできませぬ。それから、車を寄せて、

「急げ、急げ」

と急き立《せ》てますほどに、卿は心ならずもその車に乗ります。前後左右を

護送の軍兵どもが取り囲んでおりますが、そのなかに、卿の味方と目すべき者はただの一人もおりませぬ。

「せめて、今一度《いちど》だけ、小松殿にお目にかかりたいのだが……」

成親卿はそう仰せになりますが、それも叶うことではございませぬ。

「たとい、どんな重い罪を得て遠国《おんごく》へ流される者とても、誰一人随従するものがつかないなどということがあるものだろうか」

成親は、車のなかで、そのようにかき口説くのでありました。これにはさすがに、護送の武士どもも皆、鎧の袖を涙で濡らしたことでございます。

護送の車は、西八条の清盛邸から西へ向かい、やがて朱雀大路《しゆしやかおおじ》を南へ下ってまいりますと、大内裏《だいだいり》も今は次第に遠くなって、もはや自分とは無縁のところのように成親には思えるのでございました。長い間成親に仕えておりました下働きの者や牛飼い童どもに至るまで、これには涙を流し袖を絞らぬものはなかった。ましてや、都に残り留まる北の方、また幼いお子たちの心のうちがいかばかりであったか、おのずから推し量られて、哀れなことでございます。

やがて都の南方、鳥羽《とば》の離宮《りきゆう》のあたりを過ぎてまいりますにつけても、〈いままで、法皇さまがこの離宮にお出ましになるときには、ただの一度だってお供せぬということはなかったものを〉と成親は思い、また自分の山荘の洲浜殿《すはまどの》もこの近くにございましたのも、まるで縁遠いもののように見ながら通《とお》ってまいります。

そこから、鳥羽の離宮の南門へ出て、その先は舟で下るについて、護送の武士どもは、舟はまだかまだかと、急がせるのでありました。

「これはどこへ連れて行かれるのであろうか……。どうせ殺されるのだったら、できるだけ都に近いこのあたりで願いたいものだが」

成親は、そんなことを口にする。よほど切羽《せつぱ》詰まった思いでございましたろう。

そばに付き添っている武士に、

「そなたは誰じゃ」

と尋ねてみると、

「難波の次郎経遠でござる」

と答えます。

「もしや、このあたりに、私の身内の者はおらぬであろうか。舟に乗る前に、どうしても言い遺したいことがあるのだ。尋ね出《いだ》して呼んでほしいのだが」

この願いを聞き入れて、経遠は、そのあたりを走り回って探させますが、こんな状況のなかで、我こそは大納言殿の身内だ、などと名乗り出る者など、一人もおりませなんだ。

「ああ、私が隆々《りゆうりゆう》とやっていた時分には、身内に仕えていた者どもが、さよう、千人、いや二千人もあったろうか……。それが名乗り出るどころか、傍観者としてでも、こうして流されていく私を見送るもののいない悲しさよ」

と言って、成親はまた涙にくれるのでありました。これを見ては、心強き武者どもまでもみな涙で袖を濡らしたのでございます。まさに、もはや成親の身につき添うておりますものは、ただ尽きせぬ涙ばかりでありました。

かつて熊野詣、また天王寺詣などにまいりました折には、それこそ竜骨《りゅうこつ》を二本通して、その上には三段の屋形《やかた》を設けた豪壮な舟を仕立て、随行する舟が二、三十隻も従って行ったものでありましたが、それにひきかえ今は、怪しげな小舟に仮の屋根を付け、そこにぐるりと幕を張ったなかに押し込められ、見たこともないような武士どもに護衛されるという姿で、今日を限りに都を出《い》でて、波路《なみじ》はるかに配所《はいしょ》に引かれてゆかれる、その心のうちもおのずから推し量られて哀れなことでございました。

その日は、摂津国大物《つのくにだいもつ》の浦に到着いたします。

新大納言成親は、本来ならば死罪になるべきはずの人でございましたが、それが流罪に減刑されましたことは、ひとえに小松殿重盛公がなんとかかんとか申し宥めてくれたおかげであります。これについては、一つの逸話がございます。

昔、成親がまだ中納言であった時分、その頃は美濃《みの》の国を治めていたのでございますが、嘉応《かおう》元年（一一六九年）の冬のこと、目代の右衛門《うえもんのじょう》尉正友《まさとも》のもとへ、比叡山領の平野の庄の神官が葛布《くずぬの》を売りに来ておりましたところ、この目代が酒を飲み痴《し》れて、その売り物の葛布に墨を付けて汚《よご》すというようないたずらをした事件が出来いたします。神官が怒って悪態を吐《つ》くに及んで、目代は、そんなことを言わせておくものかとばかり、さんざんに乱暴を働いたのであります。

そこで、神官ども数百人が、目代のところへ乱入する、目代も掟に従ってこれを禦《ふせ》ぐ、とまあこういう騒動のうちに、神官がた十数人が打ち殺されます。こうなっては叡山のほうも黙ってはいませぬ。同じ年の十一月三日という日に、叡山の僧兵らがおびただしく蜂起《ほうき》いたしまして、国司成親卿を流罪に処し、目代右衛門尉正友を投獄してほしいということをお上へ訴え出たのでございました。

かくて、成親卿は、備中の国へ流罪と決まり、京の外れ西七条まで護送されていきましたが、その時法皇はどう思われましたか、刑の執行を五日間停止《ちょうじ》しての後、都へ召還されるということになりました。叡山の大衆は収まらず、わんわんと呪いを掛けたという評判でございましたが、結局、同二年の正月五日に、成親は無罪放免どころか、右衛門督《うえもんのかみ》を兼任の上、検非違使の別当（長官）にまで成られたのでありました。この時に、源資《すけ》賢《かた》、藤原兼雅《かねまさ》の二卿は、成親に追い越されてしまいました。この資賢卿は、もう長老でずいぶんの歳でありました。また兼雅卿は、その時分まさに時めいていた人であります。しかもその家の嫡子であったにもかかわらず、あっさりと成親に先を越されてしまったというのは、どうあっても遺恨でありました。これは実は、三条殿《さんじようどの》造進について成親の尽力があったことへの褒賞でございました。

そうして、嘉応三年の四月十三日には、正二位《じようにい》に叙爵、この時は、中御《なかのみ》門中納言《かどのちゅうなごん》藤原宗家《むねいえ》卿が追い越されました。

かくて安元《あんげん》元年（一一七五年）十月二十七日に、権中納言から権大納言へ昇格いたします。この出世ぶりに、世の人は嘲《あざけ》って、

「これでは、比叡山の連中に、きっと呪われるだろうよ」

と噂したものでありました。そう考えてみると、なるほど今はその呪詛《じゅそ》のせいか、これほどの憂き目に遭っているわけであります。されば、概ねのことを申すなら、神明《しんめい》の罰《ばち》も人の呪詛も、すぐに当たる場合もあり、時間をおいて下る場合もあり、みな一様ではないのでございました。

さて、話はもとへ戻りまして、治承元年六月の三日、成親護送の一行は、摂津大物の浦にて舟待ちをしておりますと、そこへ京からの御使者《おししゃ》が下ってまいりまして、一騒ぎ持ち上がります。

新大納言は、

「もしや、ここで私の命を取れということだろうか……」

と尋ねますが、そうではなくて、これは「備前の国の児島《こじま》へ流すべし」ということを申し送ってきた使者でございました。そこに小松殿重盛公からの手紙もございました。

「なんとかして都に近い片山里《かたやまざと》に置き申し上げようと、あれこれ心を尽くして申してみましたが、どうすることもできませず、まことに世に生きている甲斐もないことでございます。そうではございますが、しかし、お命ばかりはお助けすることができました」

重盛の手紙には、こう書かれてあって、さらに難波経遠のところへも、「くれぐれも心して、よくよくお仕えするように、お心に違《たが》うことのないように致せ」

と命じたうえで、旅の支度などについて、こまごまとした注意が書き添えられてあったのであります。

新大納言は、あれほど恐れ多くありがたいと思っておりました後白河法皇にも離れ、つかの間も離れがたく思われる北の方や幼い子どもたちにも別れはてて、

「ああ、これはいったいどこへ連れて行かれるのであろう。この先再び故郷の都に帰り来て、妻子と再会することも、まずありえないことであろう。先年、比叡山の訴訟によって流刑になるはずであったところを、法皇さまが惜しんでくださって、西七条からお召し返しくださったものだっ

た。されば、このたびの流刑は、法皇さまのご処罰でもあるまい。さてこれは、いったいどうしたことであろう」

と天を仰ぎ、地に倒れ伏して、成親は泣き悲しんだけれど、そんなことをしてもなんの甲斐もないことでありました。

一夜明けると、もはや舟を浦から押し出して下ってまいりますほどに、道すがらもただただ涙に噎《むせ》んで、これではとうてい生き長らえることもできがたく思われるほどの悲嘆ぶりでありましたが、それでもなお露のように儚《はかな》いはずの命は消えもやらず、ただ舟の進んでいく跡に残るは白波ばかり、古き歌に「世の中を何にたとへむ朝ぼらけこぎ行く舟の跡の白波（儚い世の中を何に喩えたらいいだろう。それはたとえば、ほのぼのと明けた海を漕いでいく舟の跡の白波のようなもの、すぐに消えてしまって何も残りはせぬほどに……）」と歌うてございますその「跡の白波」が成親と都を隔ててまいります。

かくて都は次第に遠ざかり、日数もだんだん重なれば、すでに遠国が近くなってまいりました。

備前の児島《こじま》に舟を漕ぎ寄せて、浜辺の民家の、なんともみすぼらしい掘っ立て小屋に成親卿を置きまいらせる……かかる島のならいとして、すぐ後ろは山、目の前は海、磯の松風、波の音、いずれも哀れは尽きないのでございました。

■阿古屋之松《あこやのまつ》■

大納言一人に限らず、この時同罪で処罰を受けた者どもも多くございました。

近江中将《おうみのちゅうじょう》入道蓮浄《れんじょう》は佐渡の国へ、山城守基兼《やましろのかみもとかね》は伯耆《ほうき》の国へ、式部大輔《しきぶのたゆう》正綱《まさつな》は播磨《はりま》の国へ、宗判官信房《むねはんがんのぶふさ》は阿波《あわ》の国へ、そして新平判官資行《しんぺいはんがんすけゆき》は美作《みまさか》の国へ、それぞれ流されて行ったと伝えております。

その頃、入道相国清盛は、福原の別荘におりましたが、同じ月の二十日に、摂津左衛門《せっつのさえもん》平盛澄《もりずみ》を使者に立てて、門脇宰相教盛のもとへ、こう申し送った。

「思う所があるので、丹波少将成経を、急ぎこちらへよこしなされよ」

清盛から、このように申してきたゆえ、教盛は、

「こんなふうに私の預かりになる前に、どうともなっていたのであれば、それは私としてはなんともしようがない。しかし、こうやって一旦私が命を預かった今になって、いまさらながら辛い思いをさせる……それは悲しいことじゃ」

と言って、成経に、福原へ下って清盛のもとへ出頭するように申し聞かせる……少将は、しかたなく泣く泣く出立してまいります。されば女房たちは、

「いかに申しても甲斐のなきことかもしれませぬが、宰相さま、それでもなんとぞしておとりなしくださいませ」

と嘆くほどに、宰相教盛は、

「私の考えは、すべて洗いざらい申し上げたよ。こうなってはもはや出家して世を捨てるということより他には申すべきこともない。でもな、たとえ、どこの浜辺に流されておいでになろうとも、この教盛の命の続く限りは、かならず音信《おとずれ》を欠かさぬようにいたしましょうぞ」

と、せいぜい言い慰めるのでありました。

少将には、今年三つになる幼い息子がございました。まだ年若い少将のことゆえ、日頃は、この若君などのこともそれほど心細《こま》やかに接していたというわけでもなかったのでありましたが、もはやこれが最後の別れとなるかもしれぬという時ともなりますれば、さすがにやはり心にかかったのでございましょうか、

「この幼き者を、もう一度見たいのだが」

と、そのように言われる、そこで、乳母《めのと》が抱いてやってまいります。少将は、膝の上に乗せて、髪を撫で、涙をはらはらと流しながら幼子に言い聞かせる。

「ああ、ああ、お前が七歳《しちさい》になったら、元服させて法皇さまのもとへ差し上げようと、そんなふうに思っていたのに……。さりながら、そんなこと

を言ったとて、すべて無駄なことだ。これから先、もしお前が無事成長して大人になったらな、法師になって、私の後世《ごせ》を弔ってくれよ」

こんなことを言うたとて、いまだ幼い心にはどこまで聞き分けたか分からぬが、しきりと頷いております。これには少将をはじめ、母上、また乳母の女房などなど、その座に並び居た人々は、人情の機微《きび》を解《かい》する人もそうでない者も、等しく貰い泣きに袖を濡らしたことでありました。

福原よりの使者は、ただちに今夜鳥羽まで出てくるように急《せ》かせますほどに、

「そんなに慌てて行かずとも……いずれ大した違いはないのだから、今夜ばかりは都のうちで明かしたいものだけれど……」

と成経は言ってみますが、しかし、しきりに出発をと急かされて、その夜一行は鳥羽へ下っていったのでありました。教盛は、あまりの悲しさに、このたびは車に同乗して送ってもゆきませせぬ。

同じ月の二十二日、成経は福原へ到着いたします。

太政入道清盛は、瀬尾太郎兼康に申し付けて、成経をば、そこから備中の国へ配流《はいる》したのでございました。護送の兼康は、いずれ教盛の耳にも入るであろうことを恐れて、その道すがらも、さまざまに成経をいたわり慰めなどいたします。が、それで成経が慰められるということもございませぬ。夜も昼も、ただただ念仏のみを唱えて、ほかならぬ父のことばかり嘆

いておりました。

新大納言成親は備前の児島におりましたが、その預かりの武士難波次郎経遠が、

「ここではなお船着《ふなつき》が近いゆえ、なにかと不都合であろう」

というので、もっと内陸のほうへ成親の身柄を移します。すなわち、備前と備中の境あたり、庭瀬《にわせ》の郷《ごう》の有木《ありき》の別所《べっしょ》という山寺に幽閉したのでありました。丹波少将成経のおります備中の瀬尾《せのお》と、備前の有木の別所の間は、わずか五十町（五キロあまり）にも足らぬほど近い所でございますから、少将は、父大納言の謫所《たくしょ》有木の別所の方から吹いてくる風も懐かしく思うたのでありましょうか……。ある時、兼康を呼びつけると、

「ここから父大納言のいらっしゃるという備前の有木の別所までは、どれくらいの距離か」

と尋ねます。兼康は、まさかありのままに、すぐそこだと答えてはまずかろうと思ったのでございましょうか、

「さよう、片道十二、三日というところでございましょうか」

と申し上げる。それを聞くと、少将は、はらはらと涙を流し、

「日本は、昔三十三箇国であったものを、その後六十六箇国に分割されたと聞く。そういう備前・備中・備後の三箇国も、もとは一つの国であったものだ。また東《あずま》に名高い出羽《でわ》・陸奥《みちのく》の両国も、昔は六十六郡が一国であっ

たものを、その時、なかの十二郡を分離して出羽の国を立てられたものだ。されば、藤原実方《さねかた》の中将が奥州へ流されなすった時に、この国の名所で阿古屋《あこや》の松という所を見たいと思って、国じゅうを尋ね歩かれたが、どうにも見つけられずに帰って来る道々、一人の老翁がやってくるのに出会った。そこで『そなたは当地に長くお住まいの方とお見受けいたす。ついては、当国の名所で阿古屋の松というのをご存知であろうか』と尋ねてみると、『それはまったく当国のうちには、ござりませぬ。おそらく出羽の国にございましょう』と言う、そこでまた『するとそなたのような古老も知らぬとあれば、いよいよ世も末になって、歌の名所もすっかり忘れられてしまったのであろう』と、こう申してな、しかたがないので、空しくそこを通りすぎようとしたところ、その老翁が、中将の袖をひかえて、『おやおや、あなたさまは、

みちのくの阿古屋の松に木がくれて
いづべき月のいでもやらぬか

みちのくの阿古屋の松の枝の陰にかくれてしまって、出なくてはならぬ月が、出ることもできないのであろうか

という歌に詠まれてあるところを以て、この陸奥の名所とおっしゃったのでもあろうかな。それは両国がまだ一国であったころに、さように詠ん

だものじゃ。そのなかの十二郡を分割して出羽国となっての後《のち》は、くだんの松は、その出羽の国にございましょうかな』とこう申したのでな、そういうことならとて、実方中将も、わざわざ出羽の国まで出向いて、阿古屋の松をば見たことであった。……さてもさても、筑紫《つくし》の太宰府《だざいふ》から、都へ『腹赤《はらか》の使い』と申して、正月の節会《せちえ》に腹赤という魚《うお》を献上する使いの者が、片道十五日の道のりと決まっている。すれば、十二、三日の道のりと申すは、ここからほとんど九州まで着いてしまうほどの距離であろうぞ。いかに遠いと申しても、備前と備中の間じゃ、せいぜい二、三日、それ以上ということはあるまい。近いものをそのように遠く申すのは、父大納言殿のおいでになるところを、この成経に知らせまいとして、申すのであろうな」

と、こう言って、以後は恋しくともそのことは聞きもされませなんだ。

■大納言死去《だいなごんのしきよ》■

そうこういたしておりますうちに、法勝寺《ほつしようじ》の執行《しゆぎよう》俊寛僧都、平判官康頼、それにこの丹波少将成経、この三人をば薩摩のほうの鬼界ヶ島《きかいがしま》へ流されたのでありました。その島は、都を出《い》でてより、はるばると波荒い海路《うなじ》を越えて行くところであります。よほどのことでもない限り、舟も通いませぬ。また島には人も稀《まれ》でありました。稀々《まれまれ》人がいると申しましても、内地の人とは似ても似つかず、色は真っ黒で牛のごとく、体中にみっしりと毛が生えておって、言葉もまるで通じない、男だとて烏帽子《えぼし》も被らず、女は髪も下げておりませぬ。また衣裳がないゆえ、およそ人間らしく見えず、常の鄙《ひな》ろくに食べるものもないために、ただ魚鳥《ぎょちょう》を殺して食うばかり、常の鄙《ひな》里《さと》のごとく、百姓どもが田を耕すということもないため、米穀の類もありませぬ。また桑を採って蚕を飼うことをせぬゆえに、絹布《けんぷ》のたぐいもないのでありました。島のなかには高い山があり、いつも火を噴いている。そうして、硫黄というものがそこらじゅうに充ち満ちており、そのため硫黄が島とも名づけている、空は荒れて年中雷鳴が轟《とどろ》き、麓には雨がしきりに降る……と、さような塩梅で、一日どころか片時《へんし》でも、普通の人が命を永らえることなどできないようなところであります。

さてさて、新大納言成親は、いずれ平家の圧迫がすこしは下火になることもあるだろうかと思っていたところ、豈図《あにはか》らんや、子息の丹波少将成経までも鬼界ヶ島に流刑になったと聞いて、〈今はもう、こんなふうに強がっていても、将来に何を期待することができようか〉と思い切り、この際出家をしたいという志をば、小松殿重盛公に申し送ります。この願いの可否を、重盛から後白河法皇にお伺い申し上げましたところ、そのご聴許《ちょうきょ》がくだされたのでございました。そこで、ただちに成親は出家いたします。それまでは花の都で栄華を極めていた風儀《ふうぎ》も、今は打って変わって浮世はもはや別世界のごとくに見なし、墨染めの僧衣姿にやつされたのでございました。

大納言の北の方は、その後《のち》、都の北山にある雲林院《うんりんいん》の辺《あた》りにひっそりと隠れておいででありました。そうでなくとも、住み慣れぬ所というのはなにかと憂鬱でございますに、ましてや今の身の上は、並々ならず身を隠していなくてはならぬことゆえ、一日一日の過ぎていくのが長く感じられて、どうにも暮らしあぐねている様子でありました。

仕えていた女房や侍なども、かつてはたくさんおりましたが、或者《あるもの》は世間の思惑《おもわく》を恐れ、また或者は人目を憚って、今では、やってきて安否を尋ねてくれる人など、一人もおりませぬ。

しかしながら、その中に、源左衛門尉信俊《げんざえもんのじようのぶとし》という侍一人だけは、人情の殊に厚い人でありましたがゆえに、常々訪ねてくれるのでございました。

ある時北の方は、この信俊を呼びまして、

「のう信俊、大納言殿は……たしか、備前の児島、とやらにおいでという風聞でございましたが、なにやらこの頃聞けば、有木の別所とかいう所におわすとか。されば、なんとかして、今一度《いちど》、せめてご機嫌伺いの手紙なりとさし上げて、お返事を頂戴したいものじゃが」

と言われる、これには信俊、涙を抑えながら申し上げます。

「拙者は、幼少の頃から、殿様にたいへんかわいがっていただきまして、おそばを片時《かたとき》も離れたことがございませなんだ。されば、あの配所へ下られました折も、なんとかしてお供をさせていただきたいと申し上げてみたのですが、六波羅からお許しが出ず、どうにもならぬことでございました。こうしておりましても、殿様がわたくしめをお呼びになるお声もありありと耳に残っておりますし、また、お叱りをちょうだい致しましたときの、いちいちのお言葉も、肝に銘じて片時《かたとき》も忘れたことがございませぬ。たといこの身は、どんな目に遭おうとかまいませぬ。この上は、すぐにお手紙を頂戴してお届けに上がろうと存じます」

この言葉を聞いて、北の方は、並々ならず喜び、即座に手紙を書いて信俊に預けられたのでございます。幼いお子たちからも、この時、それぞれにお手紙がございました。

信俊はこれを頂戴して、はるばると備前の国、有木の別所へ下って成親を探してまいります。

預かりの武士難波次郎経遠に案内を乞いますと、経遠もさすが情《なさけ》ある武士でございます、その志に感じて、すぐに面会をさせてくれたのでございます。

大納言入道殿は、折しも都のことを周囲の者に語っては、嘆き沈んでおられたのでありますが、そこへ、

「京から信俊がまいっております」

と申し入れがございます。これには、〈夢だろうか……〉と思いつつ、その取次の言葉も終わらぬうちに居住まいを正します。

「これへ通せ」

すぐに御前《おまえ》にまいって、その様子を拝見するに、いやこの住まいのひどいこともさることながら、墨染めの衣に身をやつしたお姿を見ては、信俊、目もくらみ心も呆然とするような思いでございました。そこで、北の方の仰せを頂戴した次第を事細かに報告いたしまして、その文を取り出し、殿に差し上げます。成親が、これを披見《ひけん》してみますと、北の方のご筆跡は涙に濡れ乱れて、はっきりとは読めないくらいでありました。しかし、

「おさない子どもたちがあまりにも恋しがり悲しむ様子に、我が身も尽きせぬ物思いに、耐え忍ぶこともできずにおります」

などなど、書かれております。これには成親、〈日頃、恋しいと思っていたことなど、物の数ではなかったわ……〉と悲しまれるのでありました。

かくて四、五日が過ぎ、信俊は、

「このままこちらに居りまして、殿様のご最後の有様までお見送り申し上げたいのでございますが」

と頼んでみますが、さすがに預かりの武士難波次郎経遠も、そこまでは

叶わぬ由を頻りと申しますほどに、どうにも致し方なく、

「それでは、帰るがよい」

と成親が命じます。そうして、

「私は、もう近いうちに処刑されるであろう。だからな、もし私が死んだと聞いたら、どうかどうか、我が後世《ごせ》を弔ってくれ、よいな」

と申し付けられます。

やがてお返事を書いて下さったので、信俊はこれをいただいて、

「きっとまた参りましょう」

とて、すぐにお暇《いとま》を頂戴して、出ていこうと致します……が、

「汝がまた来るだろう時を待ち得ようとも思われぬぞ。あまりに慕《した》わしく名残惜しく思われるほどに、しばし、しばし待て……」

と仰せになって、たびたび呼び返されたのでありました。


しかし、そうばかりもしてはおられませぬことゆえ、信俊は涙を抑えつつ都へ帰ってまいります。

北の方にお返事の文を差し上げますと、北の方は、すぐにこれを披《ひら》いてご覧になる。すると、もう出家したと見えて、その髪の毛が一房、文の奥に添えてございます。これを北の方は、ちらりと見たきり二目《ふため》とは見られませぬ。

「かたみこそいまはあだなれこれなくは忘るる時もあらましものを（形見

などというもの、それこそが今は仇《あだ》となることぞ、こんなものがなかったら、あなたのことを忘れる時だってあったかもしれぬのに）」と古《いにし》えの歌にも嘆いてございますとおりの悲しみにて、ただうっ伏し悶《もだ》えて泣かれた。また幼いお子たちも、みなそれぞれに声を上げて泣き悲しんだことでございます。

はてさて、大納言入道成親殿をば、同年八月十九日に、備前備中両国の境、庭瀬《にわせ》の郷《ごう》、吉備《きび》の中山《なかやま》という所に於いて、ついに処刑されたのでございました。その最期の有様はさまざまに噂されたことでありました。なんでも、酒に毒を入れて勧めたるところ、これをどうしても飲まれない、かくてはというので、断崖の二丈（六メートルばかり）ほどもあるその真下に菱《ひし》と申しまして、二股になりました刃物を地面に植えおき、そこへ目がけて突き落としまいらせ、その刃《やいば》に貫《つらぬ》かれて亡くなったということでありました。かかるご最期は、思えばこの上なく酷《むご》いことどもでありました。こんな処刑は、前例も少ないことと思われます。

大納言の北の方は、夫がもはやこの世には亡き人となったと聞き、

「なんとかして、せめてもう一度だけでも、以前に変わらぬお姿を見もし、また自分も変わらぬ姿でお目にもかかろうと、今日《きょう》まで出家もせずにまいりましたが、今はもう、そんなこと、何になりましょう」

とて、菩提院《ぼだいいん》という寺にまいり、得度《とくど》し尼姿となって、型どおりの仏事を営み、夫の亡き跡を弔《とむら》ったのでありました。

この北の方という方は、山城守《やましろのかみ》藤原敦方《あつかた》という人の娘であります。人並すぐれた美人で、後白河法皇のご寵愛ならびない人でありましたが、成親卿は法皇の無二の寵臣《ちようしん》であったればこそ、この美人を下されたということでございます。幼いお子たちも、花を手折《たお》り、閼伽水《あかみず》を汲んでは、父上の後世《ごせ》を弔われる、まことに哀れなことでございました。

かかるほどに、時移り事去って、すべてが変わってゆく世のありさまは、ただ天人も五つの死相をあらわして死ぬる時を迎えるという、仏様のみ教えさながらでありました。

■徳大寺沙汰《とくだいじのさた》■

さてところで、徳大寺の大納言実定《しつてい》の卿は、小松殿（重盛）が右大将から左大将に昇格して空席となった右大将を望んでおりましたが、平家の次男宗盛卿に先を越されてしまい、しばらく隠居しておりました。そうして出家をしたいと仰せになりますほどに、徳大寺家に仕える官人《かんにん》や侍どもは、どうしよう、どうしようと嘆きあっております。その中に、藤蔵人重兼《とうくらんどしげかね》という五位の官人がおります。この者は、万事に気の利く男で、ある月の夜、実定卿が南面《なんめん》の格子戸《こうしど》を上げさせて、ただ一人月を見やりつつ詩など朗吟しておりますところに、主人を慰めまいらせようとでも思ったのでありましょうか、この藤蔵人がやってまいりました。

「誰じゃ」

「重兼にございます」

「どうした、なにごとじゃ」

こう問われて、蔵人は、

「今夜は、ことに月が冴え冴えとして、よろずに心の澄みわたる思いがいたしますほどに、参上いたしましてございます」

大納言は、

「よくぞ参ったな。まことに……なんとはなしに心細く、また為すこともないのでな」

しみじみとそんなことを言うのでございました。かくて蔵人は、四方山《よもやま》のことを申し上げてお慰めする。大納言は、そこで、

「つらつら目下の世の中の有様を見るに、平家の天下はいよいよ盛んだ。入道相国の嫡子、次男、これらが揃って左右の大将になっておる。その次にはまた、三男の知盛《とももり》や嫡孫維盛《ちやくそんこれもり》も控えておろう。やがてはあれが、またこれが、と大将の任を独占するようであれば、他の家の人々はいつになったら大将の位を継ぐことができるやら、見当もつかぬ。さればのう、いずれはそうなる身じゃ、いっそすぐに出家しようぞ」

と言う。これを聞いて重兼が涙をはらはらと流して申しましたることは、

「わが君がご出家あそばされましたなら、ご家中の誰もが、身分の上下を

問わず皆路頭《ろとう》に迷うことになりましょう。されば……うむ、さよう、この重兼ふと珍しいことを思いついてござります。……と申します仔細は、あの安芸の厳島神社をば、平家の者たちはみな並々ならず崇《あが》め敬《うやま》っておりますほどに、なんの遠慮が要りましょうや、この際ぜひとも、かしこの社《やしろ》へご参詣あそばされまして、ご祈願なさってくださいませ。七日《なのか》ばかりご参《さん》籠《ろう》なさいましたら、あの社《やしろ》には内侍《ないし》と申しまして、見目容貌《みめかたち》の麗《うるわ》しき舞姫《まいひめ》どもが多くおります。その者どもが、かならずやわが君のお姿を珍しいものに思いまいらせて、なにかとおもてなし申し上げることでござりましょう。そうしてさだめて、『何事のご祈願で、ご参籠なのでございますか』と尋ねましょう。その時に、お心のうちをありのままにおっしゃってくださいませ。やがて、いよいよ都へお帰りになろうという時には、きっとお名残を惜しみ申されることでございましょう。そこで、なかでも主だった内侍どもをご同伴のうえで、ご帰洛あそばしませ。内侍どもは、都に着きましたなら、かならずや西八条へ参候申すはずでございます。さすれば、入道相国が、『徳大寺殿は、何事のご祈願で厳島までお参りになられたのであろうかな』と、まあかように尋ねるに決まっております。すると内侍どもは、ありのままに申すことと存じます。入道相国という人は、とかくなにごとにも感激性《しょう》の人でございますほどに、『そうか、大納言殿が、わざわざ我が崇拝する厳島の御神《おおんがみ》へ参ってお祈りをされたか、それはそれは嬉しいことじゃ』と、こう感激いたしましょうから、そこで、良きように計らってくれることもきっとござりましょう」

とまあ、こういう奇策を言上いたします。徳大寺殿は、

「なるほど、これこそは誰も思いつかぬ奇策よな。さっそく参籠することにいたそう」

と、にわかに精進潔斎《しょうじんけっさい》して身を清めつつ、厳島へと参られたのでございます。


実際、かしこの社には、内侍と申しまして、姿かたちまことに美しい女どもが多く仕えておりました。大納言殿が七日間の参籠をしておりますと、それに夜も昼も付き添い申しまして、さまざまのもてなしを致しますこと限りもなく、七日七夜の間に、舞楽も三度《さんど》までございました。琵琶や琴を弾き、神楽歌《かぐらうた》を歌いなどして、管弦の遊びをいたしますほどに、実定《しってい》の卿も、面白いことと思われ、神様のお楽しみのためとて、自ら今様《いまよう》や朗《ろう》詠《えい》を歌い、風俗歌《ふぞくうた》や催馬楽《さいばら》など、宴《うたげ》の折のめずらしい音曲《おんぎょく》を朗吟《ろうぎん》いたしました。内侍どもは、

「当社へは、平家の公達《きんだち》こそ常々お参りくださいますが、大納言さまのようなお方がお参りくださるのは、まことにめずらしくありがたいことでございます。何事のご祈願のためのご参籠でございましょうか」

と申しますゆえ、大納言は、

「大将の位をば、人に頭越しされてしまったのでな、そのためのお祈りじ

や」

　とありのままに申し聞かせます。

　かくて七日の参籠も終わり、大明神にお暇《いとま》を申しまして、大納言は都へ帰られるという時に、内侍どもは名残を惜しんで、主だった若い内侍ども十余人が、別に舟を仕立てて一日の船路《ふなじ》を送り申したのでございました。そうして、お暇を、と申しながら、このまま別れるのではあまりにも名残惜しいというわけで、あと一日を、いやもう二日送ってまいれと、どこまでも送らせて、結局都まで連れて帰られたのでありました。

　そうして、徳大寺殿の邸へ連れ帰り、そこでさまざまのもてなしをし、くさぐさの土産物などを取らせて帰された、……内侍どもは、

「ここまで上洛いたしましたうえは、わたくしどもの主《しゆう》の太政入道殿のところへ、なんとして参上しないでおられましょうか」

　とて、西八条の清盛邸へ参上いたします。

　すると入道相国は、急ぎ出座《しゆつざ》あって面会し、

「どうした、内侍どもがぞろぞろと連れ立って、これはそもいったい何ごとじゃ」

「徳大寺殿が、当社にお参りくださいまして、七日お籠もりになりましたる後《のち》、ご帰洛なさいますのを、一日の道をお見送りに出ましたところ、このままではあまりに名残惜しいとやらにて、もう一日、あと二日とおっしゃられまして、とうとう都までお連れくださいましてございます」

「そうか。して徳大寺は、何事の祈願のために、はるばると厳島まで参られたのであろうかの」

と、案の定、清盛は尋ねます。

「大将のご祈願のためと、そのように仰せでございました」

これを聞くと、清盛は大きくうなずき、

「おお、かわゆい男よな。京じゅうにこれほど尊き霊仏霊社《れいぶつれいしゃ》がいくらもましますのを差し置いて、わが崇め申し上げる御神《おおんがみ》へ参って、祈り申されるとは、なんとご奇特《きどく》なることであろうぞ。これほど切実に願っているのならば……」

とて、嫡子の小松殿重盛内大臣が左大将であったのを辞職させてから、次男宗盛大納言が右大将であったのを飛び越して、徳大寺を左大将に任ぜられたのでございました。

まことにまことに、賞嘆すべき奇策でございました。

新大納言成親卿も、こういう賢い策略をとればよかったものを、埒《らち》もない謀反など起こして我が身も滅び、子息や家来衆に至るまで、かかる辛い目を見せる結果となったのは、まことに嘆かわしいことでござりました。

■山門滅亡《さんもんめつぼう》　堂衆合戦《どうしゅかっせん》■

さて、法皇は、三井寺《みいでら》の公顕僧正《こうけんそうじょう》を御導師《おんどうし》として、真言《しんごん》の秘法の伝授をお受けになっておられましたが、『大日経《だいにちきょう》』『金剛頂経《こんごうちょうきょう》』『蘇悉地経《そしつじきょう》』この三部の秘法をお受けになり、九月四日に、三井寺において御灌頂《ごかんじょう》すなわち香水を頭に灌《そそ》いで阿闍梨《あじゃり》の位を授ける秘儀でございますが、それをお受けになるという噂が聞こえてまいりました。比叡山の大衆《だいしゅ》は、憤懣《ふんまん》やるかたもなく申すことには、

「そもそも、昔から御灌頂御受戒《ごじゅかい》は、みな当山において執行《しゅぎょう》するという事が決まりとなっておる」

「そうとも、就中《なかんずく》に、山王権現さまが人々を導き教えくださるのは、ひとえに受戒の灌頂のためじゃ」

「それを、いま当山を差し置いて、三井寺で遂げさせなさいますならば、その寺をばすっかり焼き払ってしまいましょうぞ」

と、こういうことにあいなりました。法皇はこれを聞き、〈それは無益《むやく》なことであるな〉とお思いになって、受戒灌頂のための修行を打ち切って、このことを思いとどまりなさったのでございました。しかしながらそれでも、なお灌頂を受けたいというご本意だからということで、三井寺の公顕僧正をご同道の上、天王寺へ御幸《ごこう》あって、そこに灌頂のための御堂《みどう》五智光院《ちこういん》を建立《こんりゅう》し、寺内の名泉亀井《かめい》の水を以て、灌頂に際しての五つの水《すい》瓶《びょう》の香水として用いまして、この仏法最初の霊地天王寺において、伝法灌頂の秘儀を受けられたのでございました。

比叡山の騒動を鎮めますために、三井寺での灌頂は取りやめとなりましたが、さて一方の比叡山上では、堂衆《どうじゅ》と申します諸堂付属の下級僧侶どもと、学生《がくしょう》とて籠山《ろうざん》修行を遂げた上級の学侶《がくりょ》との間にいざこざができ、その諍《いさか》いが度々《どど》に及んで、その度に学生が追い落とされて、このままでは叡山の滅亡、ひいては天下朝廷のための一大事ともなろうというように見えました。この堂衆と申しますものは、もともと学生の従者に過ぎない連中で、各堂社に所属の稚児が法師となった者や中間法師《ちゅうげんぼうし》（雑用にたずさわる妻帯僧）どもでございましたが、それが金剛寿院《こんごうじゅいん》の覚尋権僧正《かくじんごんそうじょう》が天台座主として一山を治めました時から、三塔にかわるがわる勤番《きんばん》をつとめるようになり、それを夏衆《げしゅ》と称して、仏に花を奉る役を担《にな》った者どもでありました。そんな連中が、近年は行人《ぎょうにん》と号して、正規の僧侶すらものともせずに傍若無人の振る舞いをなし、ついにはこのように度々の闘いにも打ち勝ってしまったという次第であります。そこで、

「堂衆どもが、本来の師匠や主《あるじ》である学生たちの命令に背いて合戦を企てております。すみやかに断罪処罰せられますように」

ということを比叡山の大衆は公家朝廷に訴え、また武家にも触れを回して訴えた。これによって、太政入道清盛が後白河院の院宣を頂戴して、紀伊《き》の国の住人湯浅権守宗重《ゆあさのごんのかみむねしげ》以下、畿内《きない》の軍兵二千余騎、これを大衆に付属せしめまして、くだんの堂衆僧兵どもを攻めたのでございました。堂衆どもは、常日頃は西塔北谷《さいとうきただに》にございます東陽坊《とうようぼう》に詰めておりましたが、

近江《おうみ》の国の三ヶ《さんが》の庄《しょう》に下ってまいりまして、そこから大勢の軍兵を率いてまた登山《とうざん》し、早尾坂《そういざか》に城砦《じょうさい》を構えて立て籠《こも》ったのであります。

同年九月二十日、辰の一点（午前八時ころ）時分に、大衆三千人、それに随行する官軍二千余騎、都合その勢五千余人の大勢力を以て、早尾坂に押し寄せてまいります。この多勢《たぜい》を以てすれば、いかになんでも負けることなどはあるまいと思っておりましたが、豈図《あにはか》らんや、大衆は官軍を先に行かせようとし、官軍は官軍で大衆の後ろから行こうなどということで争っておりますていたらく、このように心がばらばらでは、とてもはかばかしい闘いなどできようはずもございません。

かくて城砦の内から石弓《いしゆみ》を発射してまいりますと、大衆官軍はわらわらと無数に討たれてしまいました。堂衆に一味いたしております悪党どもは、諸国の盗賊、強盗、山賊、海賊らいずれろくな連中ではございませぬ。みな欲心がメラメラと燃えているような塩梅の命知らずの奴ばらにて、そんなのが頼むものとては我一人《われいちにん》ぞと思い切って戦うのでありますからたまりません、こんどもまた学生側は戦《いくさ》に負けてしまったのでございました。

■山門滅亡《さんもんめつぼう》■

その後《のち》は、比叡山もいよいよ荒れ果てて、西塔三昧堂《さいとうさんまいどう》に籠り修行をしております十二人の禅侶《ぜんりょ》のほかは、諸堂に留《とど》まっている僧ももはや稀になりました。谷々の坊舎《ぼうしゃ》で開かれておりました講説もすっかり絶え果て、堂ごとの行法《ぎょうぼう》も衰微してしまいます。かくては学問修行の窓も閉じ、座禅の床《ゆか》もがらんどうとなり果てました。お釈迦さまの四種《ししゅ》の説法、また五期《ごき》時々《ときどき》の説法など、みな今では絶えて聞くこともできぬのは、あたかも春に花の香りを失ったがごとくでありました。また、三諦即是《さんたいそくぜ》と申しまして、空《くう》・仮《け》・中《ちゅう》の三つの真理すなわちこれ一体なりという天台の秘義も、もはや曇ってしまいましたことは、あたかも秋の月が雲に隠れたごとくでありました。ここに三百余年の長きに亘って伝承されてまいりました仏法の灯《とも》火《しび》も、もはや明るく掻き上げる人とてなく、日に六度焚《た》かれて尽きぬはずの香の煙も、これで絶えてしまうことでありましょうか……。

もともとこの霊場は、堂舎が高く聳えて、三層の楼殿《ろうでん》は蒼穹《そうきゅう》の内に屹《きっ》立《りつ》し、棟高《むねたか》く梁秀《はりひい》で、四方の垂木《たるき》は白い霧の間《ま》に架け渡されている、そういうありがたいところでありました。が、今は、仏様への供養とてはただ嶺の嵐の吹くに委《ゆだ》ね、金色燦然《こんじきさんぜん》たる仏像ももはや雨露《うろ》の蹂躙《じゅうりん》するに任せております。そうして、夜の月が仏前に灯明《とうみょう》を点《とも》しているかのごとく、壊れた軒の隙間から漏り、暁の露は本尊にも降《お》りて、恰《あたか》も蓮台《れんだい》の花びらにきらきらと装飾を添えているとか……。

まことに、末法の時代の俗世間に至りましては、天竺《てんじく》、唐土《もろこし》、日本《ひのもと》の三国いずれも、仏法は次第に衰微し果てました。

遠く天竺に仏法の遺跡を訪ねたところで、昔お釈迦さまが法を説かれた竹林精舎《ちくりんしょうじゃ》も、また祇園精舎《ぎおんしょうじゃ》も、この頃はもはや狐や狼どものすみかとなって、ただその礎石ばかりが残っているということでございます。また、竹林精舎にございました白鷺池《はくろち》にも水は絶えて、草ばかりがぼうぼうと茂っている、お釈迦様が修行をされた霊鷲山《りょうじゅせん》の退凡《たいぼん》・下乗《げじょう》の両塔も苔むして傾いてしまった、唐土のほうでも、天台山《てんだいさん》、五台山《ごだいさん》、白馬寺《はくばじ》・玉泉寺《ぎょくせんじ》等の名刹《めいさつ》も、今は住む僧侶もなきありさまで荒れ果て、大乗《だいじょう》・小乗《しょうじょう》の教えを記した経典も経箱《きょうばこ》の底に朽ち果てていることでありましょう。

我が朝《ちょう》にても、南都奈良の七大寺《しちだいじ》は荒廃し尽くして、倶舎宗《くしゃしゅう》・成実《じょうじつ》宗《しゅう》・律宗《りつしゅう》・法相宗《ほっそうしゅう》・三論宗《さんろんしゅう》・天台宗《てんだいしゅう》・華厳宗《けごんしゅう》・そして真言宗《しんごんしゅう》の八宗も、さらに禅宗《ぜんしゅう》を加えましてすべて九宗ことごとくその伝承が絶え、愛宕護山《あたごさん》権現社《ごんげんしゃ》や高雄神護寺《たかおじんごじ》も、昔は堂舎や塔が軒を並べてまことに盛んなものでございましたが、それもあっという間に荒れ果てて、ついには天狗《てんぐ》の住処《すみか》となっております。

かかる有様とあって、あれほど尊くありがたかりし天台の教えも、治《じ》承《しょう》の今に及んでは、ついにすっかり滅びてしまったのでございましょうか。このことを、心ある人は一人残らず嘆き悲しんでおります。かくして僧どもがすべて去って行った坊舎の柱に、こんな歌が一首書いてございました。

いのりこし我《わが》たつ杣《そま》の引かへて
人なきみねとなりやはてなむ

伝教大師が護国の祈りを捧げてきた「我が立つ杣」の比叡山も、もはやかつてとは事変わり、誰も住まぬ嶺と成り果てるのであろうか

　この歌は、かつて伝教大師が当山開基の折、「阿耨多羅三藐三菩提《あのくたらさんみゃくさんぼだい》の仏たち我が立つ杣《そま》に冥加《めうが》あらせたまへ（アノクタラサンミャクサンボダイ、無上の智を具《そな》えたる仏たちよ、私の立っているこの山、すなわち仏寺建立の木々を伐り出したる比叡の山をお守りくださいませ）」とお祈りを申されたことを思い出して、かく詠まれたのでありましたろうか。まことに風雅殊勝なる心がけと存ぜられます。八日は薬師の御縁日でありますが、その日になっても、ご本尊薬師様に南無《なむ》と唱える声も聞こえず、また四月《うづき》は山王権現がこの日本の神と姿を変じて顕れなさった月でございますが、しかし、その月にも御幣《ごへい》や御供物《おくもつ》を捧げる人とてありませぬ。朱塗りの玉垣もすっかり古び朽ちて、ただ注連縄《しめなわ》のみが残っているようでございます。

■善光寺炎上《ぜんこうじえんじよう》■

その頃、また信濃の善光寺が炎上したということが聞こえてまいります。この善光寺の如来と申す仏様は、昔中天竺《ちゆうてんじく》の舎衛国《しやえこく》に、五種類の悪い疫病が流行いたしまして、人々が大勢亡くなるということがございました、その時、月蓋長者《がつかいちようじや》という方の招請《しようせい》によって竜宮城から閻浮檀金《えんぶだごん》、すなわち須弥山《しゆみせん》南方に浮かぶ閻浮提《えんぶだい》の島を流れる川の底に産する純粋の砂金を得、この砂金を以て、釈尊・目蓮尊者《もくれんそんじや》そして月蓋長者が心を合わせて鋳造なされました一尺二寸ほどの阿弥陀三尊、これは閻浮提《えんぶだい》第一の霊像でございます。仏様が入滅《にゆうめつ》の後《のち》、天竺に留まっておられましたこと五百年あまり、それより仏法東漸の道理を以て、百済国《はくさいこく》へお移りになり、さらにまた一千年の後に、百済の帝の聖明王《せいめいおう》より、わが国の帝欽明天皇《きんめいてんのう》の御世に及んで、かの国よりわが国へお移りになり、摂津《せつつ》の国難波《なにわ》の浦において多くの年月《としつき》を送られたのでございました。

常に金色《こんじき》の光を放っておいでございましたので、これによって、年号を金光《こんこう》とされたのでありました。その金光三年（五七二年）三月上旬に、信濃の国の住民、麻績《おうみ》の里の本太善光《ほんだよしみつ》という者が都へ上《のぼ》ったことがございましたが、そのついでに、くだんの金色の如来に見参《げんざん》申しまして、すぐに信濃の在所へと誘《いざな》い申したのでございます。かくて昼は善光、如来を背負いまいらせ、夜は善光、如来に背負われ申しまして、はるばると信濃の国に下り、水内《みのち》の郡《こおり》に安置し奉ったのでございます。それよりして、閲《けみ》してまいりましたる星霜《せいそう》すでに五百八十年に及びますが、炎上のためしは、これが最初と承っております。

世に「王法《おうぼう》尽きんとては仏法《ぶつぽう》まず亡《ぼう》ず（帝王の政《まつりごと》が終わろうとするときには、仏法がまず滅びる）」と諺にも申してございます。だからでございましょうか、

「あれほどに尊かった霊寺《れいじ》霊山《れいざん》の多くが滅び失せてしまったのは、畢竟《ひつきよう》、平家の天下が末になってしまう予兆であろうかな」

と人々は噂しあったことでございました。

■康頼祝言《やすよりのっと》■

しかるに、鬼界ヶ島の流人ども、はかなき露が草葉の末に辛うじて残っているような命とあっては、いかさま惜しむべきことではございませぬが、丹波少将成経の舅《しゆうと》に当たります門脇宰相平教盛卿が、その所領たる肥前《ひぜん》の国鹿瀬《かせ》の荘園から、衣食を常に送っておられましたほどに、それを以て、俊寛僧都も、康頼入道も、かつがつ命をつないでおりました。

康頼は、流されてまいりました時、周防《すおう》の室積《むろづみ》に於いて出家を果たしておりましたので、法名《ほうみよう》は性照《しようしよう》と、そのように付けております。出家はもとよりの望みでありましたほどに、一首の歌を詠んでおります。

つゐにかくそむきはてける世間《よのなか》を
とく捨てざりしことぞくやしき

最後にはこうして捨て果てることになる俗世間をば、なぜこのような流人などになる前にさっさと捨ててしまわなかったろうかと、それが悔やまれる

丹波少将成経、平判官康頼入道の二人は、もともと熊野信心の心がけ深い人々でありましたゆえ、

「どうであろう、なんとかしてこの島のうちに、熊野の三所《さんじよ》権現をお迎え申して、放免帰洛《ほうめんきらく》のことをお祈り申そうではござらぬか」

ということを提案いたしますが、俊寛僧都は生まれつき不信心ならびなき人ゆえ、これを一蹴して受け入れませぬ。

二人は、同じ心に〈もしや、熊野に似た所があるのではなかろうか〉と思い、島のうちを探して回ったところ、或いは林の中の堤の美景は古えの漢詩《からうた》に「東《ひむがし》に顧《かへり》みればまた林塘《りんたう》の妙《たへ》なるあり（東のほうを振り返って見ると、また木々の茂る堤の景色がすばらしく）」と歌われた景色に異ならず、またその紅葉《こうよう》の盛んなる美しさは「野《や》に着《つ》いては展《の》べ敷《し》く紅錦繍《こうきんしう》（野に着くと、その紅葉の美は、敷き展《の》べた紅《くれない》の錦《にしき》や刺繍《ぬいもの》のようであった）」と詠じたる漢詩を写したるごとく、また或いは雲めぐる霊峰の神秘的な姿があって、同じく「天《てん》に当《あた》っては遊織《いうしよく》す碧羅綾《へきらりよう》（空の辺りには陽炎《かげろう》が立ち乱れて、あたかも

碧《みどり》の羅《うすもの》や綾《あやおり》を織り交えたごとくであった）」と歌うてあるがごとく、色は幾重にも重なっている……その山の景色、木々の佇まいに至るまで、他のどんなところよりも勝れているのでありました。南のほうを遠望いたしますと、これまた唐土《もろこし》の詩に「海漫々《かいまんまん》として直下《ちよつか》とみおろせば底も無く傍《かたはら》に辺《ほとり》も無し。雲の濤《なみ》煙の浪《なみ》最も深き処《ところ》、人の伝《つた》ふらく中《うち》に三《み》つの神山《しんざん》有りと（大海は広々として、まっすぐに見下ろすと底も無く傍《そば》には陸地も見えぬ。雲の濤、煙の浪のもっとも深く垂れ込めているあたり、人の伝えるところでは、中に三つの神の山があるということだ）」と謳われている景色さながらに、海は広々として、雲の波・煙の浪が深く立ち込めている。北を振り返って見ると、また山岳の峨々《がが》と聳え立ったあたりから、百尺《はくせき》の滝の水が漲《みなぎ》り落ちている。滝の音はドウドウと恐ろしいばかりで、松風の響きの神々《こうごう》しいことは、飛瀧権現《ひりゆうごんげん》のおわします那智のお山にそっくりでございます。そこで、すぐにこの場所をば「那智のお山」と、こう名づけたのでありました。その上で、「この峰は本宮《ほんぐう》」「あれは新宮《しんぐう》」「これはなにがしの王子《おうじ》」「またそれがしの王子」などと熊野の末社でございます王子のあれこれの名前を付けて、康頼入道が先達となり、丹波少将はこれに随って、毎日毎日熊野詣での真似事をして、ただひたすらに帰洛のことばかりを祈ったのでございました。

「南無権現金剛童子《なむごんげんこんごうどうじ》、お願い申し上げますことは、おん憐れみを頂戴させていただきまして、なにとぞ故郷《ふるさと》の京へ帰らせてくださいませ。そうして妻子どもと、もう一度会わせてくださいませ」

このように祈ったことでありました。

そんな日々が重なっても、新しく裁ち替えるべき法衣《ほうえ》も無いことゆえ、しまいには麻の衣を身にまとい、沢辺の水で水垢離《みずごり》を取って、それをば熊野の岩田川《いわたがわ》の清流だと思うことにし、高いところに登っては、本宮惣門《ほんぐうそうもん》の発心門《ほっしんもん》だと観念していたのでございました。そうして、参るたびごとに、康頼入道が祝言《のっと》を申すのでありましたが、神に奉《たてまつ》るべき幣《ぬさ》の紙もないことゆえ、そこらの花を手折《たお》ってこれを御幣《ごへい》代わりに捧げつつ、

「歳としては此れ治承元年丁酉《ひのとのとり》、月の並びとしては十月二月《とつきふたつき》、日の数としては三百五十余日の間、吉日《きちにち》のめでたき日柄を選んで、このように口に掛けて申し上げますのも恐れ多いことながら、日本《にっぽん》第一の霊験あらたかなる御社《おんやしろ》、熊野三所権現《ゆやさんじょごんげん》、飛瀧大薩埵《ひりゅうだいさった》の御《み》教えに従わぬ者をお導きになるための大憤怒《だいふんぬ》の御身《おんみ》、この尊貴《うず》なる御前《おんまえ》に於いて、信心の大施主《だいせしゅ》右近衛《うこんえの》少将藤原成経《しょうしょうふじわらのなりつね》、並びに沙弥性照《しゃみしょうしょう》が、心を一つに清浄《しょうじょう》の誠《まこと》を捧げ、身《み》と口《くち》と意《こころ》と三つの業《わざ》の調和した特段の志を以て、謹んで敬って申し上げます。そもそも熊野第一宮《だいいちぐう》として現れ給うた阿弥陀如来は、俗世の衆生《しゅじょう》をこの苦しみの海からお救い下さる教え主にして、法身《ほっしん》・報身《ほうじん》・応身《おうじん》あらゆる姿を円満に具《そな》えられた仏であります。されば、ある時は東方浄瑠璃世《とうぼうじょうるりせ》界《かい》の薬師如来、諸々《もろもろ》の病を悉《ことごと》く取り除いて下さる如来として、またある時は南方補陀落世界《なんぽうふだらくせかい》の千手観世音菩薩《せんじゅかんぜおんぼさつ》として、人々を教え導いてくださ

る、菩薩の中でも最上位の仏様として、お姿を熊野の宮々に現され、また若王子《にゃくおうじ》に現れ給うた十一面観音は、娑婆世界《しゃばせかい》の主《あるじ》、人々の苦悩を去《さ》り、畏《おそ》れ無き心を施《ほどこ》してくださる仏様、その頭頂《とうちょう》の仏面《ぶつめん》を以て人々の願いを叶えてくださいます。これによって、上御一人《かみごいちにん》より、下万民《しもばんみん》に至るまで、或いは現世《げんぜ》の安穏《あんのん》のため、或いは後生《ごしょう》に善処《ぜんしょ》に生まれ変わるため、朝《あした》には清らかな水を掬《すく》いとっては煩悩《ぼんのう》の垢《あか》を洗い流し、夕べには深山《しんざん》に向かって阿弥陀・薬師・観世音の御名《みな》を唱えるに、感応が無いということは決してありませぬ。峨々《がが》たる峰の高いことをば、神徳の高きに喩え、嶮々《けんけん》たる谷の深いことをば、菩薩の衆生済度の誓願の深きになぞらえて、雲を分けて登り、露を凌いで下るのであります。さればここに、衆生を救おうとする菩薩の深く広い心を頼みにすることなくしては、どうして歩みをこのような険しい難所の路に運ぶことがありましょうや。権現の徳を仰ぐのでなかったなら、なぜにまた、かかる幽邃辺陬《ゆうすいへんすう》の地までお出まし願うことでありましょうか。よって、本宮《ほんぐう》一の宮の大権現たる阿弥陀如来と、飛瀧権現《ひりゅうごんげん》たる千手観世音菩薩、二所《ふたところ》の仏たちが蓮《はちす》の葉の如き慈悲の眼《まなこ》を相並べ、小牡鹿《さおしか》が耳を欹《そばだ》てるがごとくにして、我らの無二《むに》の誠をお聞き入れくださって、一人一人の懇《ねんご》ろなる志をご納受くださいませ。されば、結《むすぶ》・早玉《はやたま》の両所の権現、衆生のそれぞれの機縁《きえん》に従って、縁ある衆生を導き、また縁無き衆生をも救うために七宝《しっぽう》できらびやかに飾られましたる極楽世界を捨てて、その八万四千《はちまんしせん》の光をやわらげ、この俗世界に下り、塵《ちり》に交わってくださいます。この故に、『定業亦能転《じょうごうやくのうてん》、求長寿得長寿《ぐちょうじゅとくちょうじゅ》（定まった寿命を能《よ》く転じて、長寿を求めるならば長寿を得る）』との礼拝《らいはい》や、また袖を連ね御幣《ごへい》御供物《くもつ》を捧《ささ》げ祀《まつ》ることを日々に怠りませぬ。ここを以て袈裟《けさ》を着《ちゃく》し、供花《くげ》を捧げて、神殿の床《ゆか》を揺り動かして祈り申し、信心の心を澄ませて、衆生済度の池水《いけみず》を湛えております。どうかもし、神明が我らの祈りを納受し給うならば、願う所もなんとして成就しないことがありましょうや。仰ぎ願わくは、十二所《じゅうにしょ》の権現、ご利益《りやく》の翼を並べて、この苦しみに沈む我らの上の空高く翔《かけ》り、左遷の愁いを止《とど》めて、帰洛の本懐を遂げさせてくださいませ。再拝」

と、このように、康頼は祝詞《のっと》を読み上げたことでありました。

■卒都婆流《そとばながし》■

丹波少将成経と、康頼入道は、毎日変わらずに三所権現の御前《おんまえ》に参詣して、日によっては通夜《つや》のお籠《こも》りをすることもございました。

ある時、二人はそうして宝前《ほうぜん》に通夜をして、夜もすがら今様を歌うておりました。するとその暁がたに、康頼入道がトロトロっとまどろんだ、その夢に、沖のかたから白い帆をかけた小船が一艘漕ぎ寄せてまいりまして、船の中から紅《くれない》の袴を着た女房たちが二、三十人も上陸し、鼓を打ち、声を調《ととの》えて、

よろづの仏の願《ぐわん》よりも　千手《せんじゆ》の誓ひぞたのもしき
枯れたる草木も忽《たちま》ちに　花さき実《み》なるとこそきけ

ほかの多くの仏たちの誓願よりも、千手観音の誓願は特に頼りになりましょう
枯れた草木もたちまちに　花が咲き実が生るとそのように聞いておりますほどに

とこんな今様をば、三回繰り返して歌い澄《す》ますと、かき消すように姿を消した……とまあこういう夢を見たのでございました。

夢から覚めての後、なんと奇妙不思議なことがあるものだと思った康頼入道は、

「これこそは、龍神が仮に現れてくださったのであろうと思うぞ。三所権現のうちでも、西の御前《ごぜん》と申すのは、そのもともと千手観音でおわしました神様ぞ。龍神はすなわち千手観音の守護神たる二十八部衆《にじゆうはちぶしゆう》のなかの一つゆえ、……となると、これは我らの願いがお聞き届けいただけたのかもしれぬ……頼もしいことじゃ」

とこんなことを語ったのでございます。

またある夜、二人で通夜をしておりますと、二人共にまどろんでしまいました、その夢に、沖から吹いてくる風が、二人の袂に木の葉を二つ吹きかけたのを、何心もなく取ってみまするると、これが御熊野《みくまの》の椰《なぎ》の葉でござ

いました。その二つの梛の葉に、一首の歌が、虫食い跡で現れておりました。

千はやぶる神にいのりのしげければ
など か都へ帰らざるべき

ちはやぶる神に祈ることが頻《しき》りじゃほどに
どうして都へ帰らぬということがあろうぞ

歌はそのように読まれます。康頼入道は、故郷の恋しさに、せめてもの方便として、千本の卒都婆を作り、𑖀《あ》という梵字《ぼんじ》と、年号、月日《つきひ》、そして俗名《ぞくみよう》と法名《ほうみよう》、さらには願いを込めた二首の歌を書いたのでございました。

さつまがたおきのこじまに我ありと
おやにはつげよやへのしほかぜ

さつまのほうの沖の小島に私は生きていると
親にだけは告げておくれ、八重の潮路の海の風よ

おもひやれしばしとおもふ旅だにも
なをふるさとはこひしきものを

どうか思いやってください、たかがほんのしばらくと思う旅でも
やはりふるさとは恋しいものを、まして……

と、こう卒都婆に書付けると、浜辺に持って出《いで》て、

「南無帰命頂礼《なむきみようちようらい》、大梵天王《だいぼんてんおう》、帝釈天《たいしやくてん》、四大天王《しだいてんおう》、堅牢地神《けんろうじじん》、鎮守諸大明神《ちんじゆしよだいみようじん》、とりわけて熊野権現《くまのごんげん》ならびに厳島大明神《いつくしまだいみようじん》、せめてはこの千本のうち一本だけでも都へ伝えてくださいませ」

と、こう祈念を込め、沖から寄せる白波の引き波のたびごとに、卒都婆を海に浮かべたのでございました。卒都婆は作るに従って日々に海へ流しましたるほどに、日数の積もってまいりますまま、卒都婆の数も多くなってゆきました。その思いのほどが、便りの風となったものでもありましたろうか、あるいは神明仏陀《しんめいぶつだ》がお送りくださったのでもございましょうか、千本の卒都婆のなかに一本、安芸の国厳島の大明神の御前《おんまえ》の渚に打ち上げたのでございました。

康頼とゆかりのある僧が、もし良いついででもあったら、なんとしてもかの鬼界ヶ島とやらへ渡って、その消息を聞こうと思い、西国《さいこく》修行に出まして、まず厳島神社へお参りしたのでございました。すると、そこへ厳島の社人《しやにん》かとおぼしくて、狩衣装束《かりぎぬしようぞく》姿の俗人《ぞくじん》が一人現れました。僧は、なにくれとなき話をするついでに、

「そもそも、和光同塵《わこうどうじん》とて、神はその威光を和《やわ》らげて世俗の塵《ちり》に交わると聞きますが、そのことによるご利益《りやく》はさまざまあると申します。では、どんな因縁《いんねん》を以て、この神社の御神《おおんがみ》は広々とした大海の魚類と縁《えにし》をお結びになるのでございましょうか」

と、こう尋ね申したのでありました。すると、くだんの社人が答えて申します。

「これはですな、八大龍王《はちだいりゆうおう》第三の神、娑竭羅龍王《しやかつらりゆうおう》の第三の姫宮、すなわち胎蔵界《たいぞうかい》におわします大日如来《だいにちによらい》が、ここに神として現れてくださったのじゃ」

それからまた、この島に神がお姿を現した初めから、こうして衆生を遍《あまね》く済度してくださっている今に至るまでの、深甚《しんじん》の奇瑞霊験《きずいれいげん》の数々を語り聞かせたのであります。こうした霊社だからでありましょうか、いま目前には八つの神殿が甍《いらか》を並べ、しかもみな海のほとりにございますほどに、潮の満ち干《ひ》に従って月は澄み切った光を投げかけ、潮が満ちてくれば大鳥《おおとり》居《い》や朱色《しゆいろ》の玉垣《たまがき》は瑠璃《るり》さながらに光り輝きます。また潮が引きますと、夏の夜でも神前の白洲《しらす》に霜が置いたかと思われるほど、真っ白に月光が降りております。あたかも古き漢詩《からうた》に「風枯木《かぜこぼく》を吹けば晴《はれ》の天《てん》の雨、月平沙《へいさ》を照らせば夏《なつ》の夜《よ》の霜《しも》（風が枯木を吹き鳴らすときは、恰《あたか》も晴天の空なのに雨が降るかと聞きなされ、月が平沙を照らすときは、恰も夏の夜なのに霜が降りたかと疑われる）」と謳われた景色さながらでありました。

いよいよ尊く思われて、神前に読経など致しておりましたところ、しだいに日も暮れ、月がすーっとさしのぼってまいります。そうして潮が満ちてきましたところ、無数の海藻が波に揺られておりますなかに、卒都婆の形をしたものが見えておりますのを、何心《なにごころ》もなく取り上げてみますれば、これぞかの「沖の小島に我あり」と書き流して、海に流した和歌でありました。その文字は卒都婆に彫りつけたものでありましたから、波にも洗われることなく、はっきりと鮮やかに見えていたのでございます。〈やや、これは不思議だ〉と思って、僧はこれを取って以て背負っております笈《おい》の肩に挿し、都へ上《のぼ》ります。そうして、康頼の老母の尼君や妻子どもが、一条の北のかた紫野《むらさきの》というところに隠れ住んでおりましたのを訪ねて披露致します。これには、

「されば、この卒都婆は、唐土《もろこし》のほうへ揺れ流れてもゆかず、なんでまたこれまで伝わり来て、今更ながらわたくしどもに物思いをさせるのであろう」

と言って皆々悲しんだのでございました。

この卒都婆が、雲の上はるかな法皇の叡聞《えいぶん》に達しまして、やがてそのお目にもかける、そこで、

「おお、なんと不憫《ふびん》のことよ。こうあるからには、今まで、この者どもは、たしかに命を永らえているのであろう」

とこう法皇は仰せになりまして、御涙《おんなみだ》をお流しになったのは、まこと

に恐れ多いことでございました。

それからまた小松殿の重盛公のもとへお送りになる、これを父の入道相国にご披露に及びます。

柿本人麻呂《かきのもとのひとまろ》は「ほのぼのと明石の浦の朝霧に島かくれゆく舟をしぞ思ふ（ほのぼのと明けてゆく明石の浦の朝霧のなか、あの島陰に隠れていく舟、その舟を思いやることだ）」と詠《なが》め、山部赤人《やまべのあかひと》は「和歌の浦に潮満ち来れば潟《かた》を無《な》み蘆辺《あしべ》をさして田鶴《たづ》鳴き渡る（あの和歌の浦に潮が満ちてくると、干潟が無いからとて、浦の蘆のあたりを指して鶴は鳴きながら渡ってくる）」と詠じております。住吉の明神はまた、「夜《よ》や寒き衣《ころも》や薄き片《かた》そぎの行きあひの間《ま》より霜や置くらむ（これは夜がよほど寒いのであろうか、それとも着ている衣がよほど薄いのであろうか……あの屋根に千木《ちぎ》を掛け渡したその合間から、今宵は霜が置いているのだろうか）」と御神詠を示され、また三輪《みわ》の明神は「我が庵《いほ》は三輪の山もと恋しくは訪《とぶ》らひ来《き》ませ杉立てる門《かど》（私の庵は三輪山の麓にある、恋しいのであれば、訪ねておいでなさい、杉の立っている家だから）」と詠みいだされました。昔素戔嗚尊《そさのおのみこと》が、「八雲《やくも》立つ出雲《いづも》八重垣《やへがき》妻籠《つまご》みに八重垣作るその八重垣を（瑞兆《ずいちょう》の雲がしきりに湧き起こる国の出雲の、そのめでたい雲が八重の垣を作るよ、俺の妻を籠らせるための宮のめぐりの八重垣を、そのめでたい八重垣を）」と詠まれたことを以て、三十一文字《みそひともじ》の和歌《やまとうた》をお始めになってよりこのかた、もろもろの神明・仏陀も、みな神詠霊歌を以て、百千万《はくせんばん》あらゆる思いを陳《の》べられたことでございました。入道とて心なき岩や木でもございませぬゆえ、この歌には、さすがに心を動かされて、〈なんと哀れな……〉と思ったらしい言葉を吐いたのでありました。

■蘇武《そぶ》■

かくて入道相国までが哀れんだとあって、京の町の人々は身分の上下を問わず、また老いたるも若きも、くだんの卒都婆の歌をば、鬼界ヶ島の流人の歌として口ずさまぬ人はなかったのでございました。それはともかく、千本までも作ったという卒都婆であったればこそ、あのように小さなものが薩摩のほうからはるばると都まで伝えられたので、思えばまことに不思議なことでありました。どこまでも深く思い込んだことは、このように願いの叶う明徴《めいちょう》があるのでありましょうか。

さて、いにしえ漢の王が、西方《さいほう》の胡国《ここく》すなわち蛮族の国を攻められた折に、はじめは李少卿《りしょうけい》という人を大将軍として、三十万騎という大軍を差し向けられたと申します。漢王は、もともと戦には弱く、胡国は手強《てごわ》い相手でありましたから、官軍はみな討ち滅ぼされてしまう。あまつさえ、大将軍の李少卿は、胡国の王のために生け捕りとなってしまいます。そこで次に蘇武を大将軍として、五十万騎という大軍勢を差し向けられた。しかしなお、漢の軍勢は弱く、胡《えびす》どもの戦いは手強いもので、官軍はみな滅びてしまう。そうしてなお六千余人の兵《つわもの》どもが生け捕りとなってしまいます。胡どもは、その虜囚《りょしゅう》のなかに大将軍蘇武をはじめとして、主だった軍兵六百三十余人を選《よ》りすぐりまして、一人一人片足を斬り落として追放する、という挙《きょ》に出たのでありました。そのためすぐに死ぬる者もあるかと思えば、しばらくして死する者もございました。その中にあって、しかし蘇武は死ななかった。ただ、片足の無い身となって、山に登っては木の実を拾い、春は沢の根芹《ねぜり》を摘み、秋は田の面《も》の落穂拾いなどして、辛うじて露命《ろめい》をつないでいたのでありました。田にいくらでもいた雁《かり》どもは、蘇武の姿を見慣れてすこしも畏れなくなっておりました。そこで、〈そうだっ、この雁どもは、みな故郷の漢土へ渡っていくのだな……〉と思うと、懐かしさに、思いの丈をば一筆《ひとふで》書いて、

「よいか、かならずこれを漢王に差し上げるのだぞ」

と言い含めて、雁の翼に結び文をして放ったのでありました。

甲斐甲斐しくも頼むの綱となった、田面（たのむ）の雁、秋には必ず北の国のほうから都城《とじょう》へ通《かよ》ってくるものでございますが、折しも漢の昭帝《しょうてい》が、武帝ゆかりの上林苑《しょうりんえん》の園庭に御遊《ぎょゆう》されましたところ、夕方の空は薄曇り、なにがなし心悲しい折節、一列《ひとつら》の雁が飛んで渡ってまいります。

その中に、一羽の雁が舞い降りてまいりまして、その翼に結びつけましたる手紙を、嚙み切って帝の御前《おまえ》に落とします。官人がこれを取り上げて、帝に捧呈《ほうてい》いたします。

帝がこれを開いてご覧になると、

「昔は岩屋《いわや》の洞穴《どうけつ》に幽閉されて、三カ年の春を憂愁のうちに過ごし、今は広漠たる田園のほとりに捨てられて、もはや蛮族の片足男と成り果てました。たとい我が屍《しかばね》はこの野蛮の地に曝《さら》そうとも、魂は再び我が帝王のお側に仕えましょうぞ」

と書いてあった、それよりして手紙をば雁書《がんしょ》とも言い、雁札《がんさつ》とも名付けたのでございます。

「ああ、気の毒なことじゃ。蘇武の誉れ高い筆跡であったぞ。いまだ蛮人どもの国に生きているに違いあるまい」

帝はこのように仰せになって、こんどは李広《りこう》という将軍に命じて、百万騎を差し遣わしたのであります。ここにおいて初めて漢の軍勢も力強く、ついに蛮族の軍勢は敗れたのでありました。

かくて味方の軍が戦《いくさ》に勝利したという噂を耳にすると、蘇武は広野《こうや》のなかから這い出てまいりまして、

「これこそ、いにしえの蘇武でござるぞ」

と名乗ります。

十九年の星霜を経て、あまつさえ片足を斬られながら、蘇武は輿《こし》に舁《か》かれて晴れて故郷へと帰ったのでございます。しかも蘇武は、十六歳のときに胡国に差し向けられたのでありましたが、その時に帝から頂戴した御旗《みはた》をば、どこにどうして隠していたものでありましょうか、身を放たず持っ

ておりました。それを今という今、取り出して帝の見参《げんざん》に入れましたところ、帝も臣下も感嘆することただならぬものがあった。かくて君のために功績の大なること並びなきを以て、その褒賞《ほうしょう》に大国をたくさん頂戴し、その上に典属国《てんしょくこく》と申しまして、属国《ぞっこく》の政務を司る官を賜ったとのことでございます。

さりながら、李少卿は胡国に留《とど》まったまま遂に帰らず、なんとかして漢の都へ帰ろうと、それればかりを嘆いておりましたが、胡《えびす》の王はこれを許さず、ついにその望みは叶えられることはなかった。漢の王は、この事実をご存知なかったため、李将軍は漢王の為には不忠であるという廉《かど》を以て、すでに亡くなっておりました将軍の両親の墓を掘り起こし、その屍《しかばね》を鞭打ったのでありました。さらには、兄弟・妻子に至るまで皆処罰した……将軍はこれを聞いて深く怨みわたります。

しかし、そんなことがあった後も李将軍は、なお故郷の都を恋い続けて、自分は決して君に不忠なのではないという旨を一巻の書《しょ》に撰《つく》って、捧呈いたしましたところ、漢王は、

「ああ、あのようにしたのは、不憫《ふびん》なことであった」

と仰せになって、父母の屍を掘り出して鞭打たせたりしたことを後悔なさったのでございました。

漢朝の蘇武は手紙を雁の翼に付けて故郷へ送り、本朝の康頼は波を頼りとして歌を故郷に伝えました。

彼れはただ一筆《いっぴつ》思いを書き連ね、此れは二首の歌を詠み送る、彼れは上代、此れは末代、そうして胡の国に鬼界ヶ島と、場所こそ違《ちが》え、また時代とても遷《うつ》り変っておりますが、風情は同じ風情、まことに滅多とない出来事でございました。

巻第三

■赦文《ゆるしぶみ》■

治承《じしょう》二年（一一七八年）正月一日、後白河院の御所では、正月恒例の拝礼が行われ、また四日には朝覲《ちょうきん》の儀とて、高倉天皇が院の御所へ年頭のご挨拶に行幸されます。このあたりは、とくに例年と変わるところもございませぬが、去年の夏、新大納言成親卿以下、側近として仕えておりました人々が、多く処刑されてしまった事につき、法皇のお怒りはなお消えませぬ。されば、世の政治向きのあれこれも、いまは面倒に思われまして、なにかとご不快なことでございました。

太政入道清盛も、多田蔵人《ただのくらんど》行綱が密告して後は、法皇のことさえも安心のならない人だと思って、うわべは平気を装っておりますが、下心には用心をして苦笑いに紛らすばかりでありました。

同じ正月の七日、彗星《すいせい》が東の空に出現いたします。これを「蚩尤気《しゆうき》」とも申しております。また赤気《せつき》と称《とな》えることもございますが、ともあれこの彗星が、十八日には一段と光を増したのでありました。

すると、入道相国の御娘《おんむすめ》建礼門院《けんれいもんいん》、その頃はまだ中宮と申し上げておりましたが、それがご病気だというので、宮中ばかりでなく天下遍《あまね》くこれを嘆いておりました。そこで、有力な寺々において、病気平癒を祈るための読経も始められ、あるいは然るべき神社へは、宮中から幣《ぬさ》や供物《くもつ》を奉納し祈願するための勅使が遣わされます。一方でまた、医師はさまざまに薬を処方し、陰陽師《おんようじ》は秘法を以て病魔退散を祈る、と仏教やら陰陽道《おんようどう》やらのさまざまの秘術を尽くして、遺憾なく治療の法を修めたのでございます。が、これはいわゆる「病気」というのではなくして、ご懐妊でありました。

高倉天皇は今年十八歳、中宮は二十二歳におなりであります。しかし、未だに皇子《みこ》も姫君《ひめぎみ》もお生まれにならぬ。そこでもし、これが皇子でおわしたら、どれほどめでたいことであろうと、平家の人々は、もう皇子が生まれでもしたように勇み立ち、喜びあっております。また他家《たけ》の人々も、「なにぶんにも、平家の繁盛は今が盛りじゃほどに、これは皇子ご誕生疑いなしぞ」

と、そんなふうに語り合っております。

やがて、ご懐妊もいよいよ確実となられましたるゆえ、霊験《れいげん》著しいと評判の高僧や貴僧に命じて、大規模な修法《しゅほう》やら秘密の加持祈禱《かじきとう》やらを執行《しゅぎょう》いたさせまして、さらには天の星を祭り、仏菩薩にも祈願して、ひたすら皇子ご誕生を祈ったのでありました。

六月一日、中宮はご着帯《ちゃくたい》の儀を行われる。仁和寺《にんなじ》の首座守覚法親王《しゅざしゅうかくほっしんのう》も参内《さんだい》され、『孔雀経《くじゃくきょう》』を読誦《どくじゅ》して中宮のご息災を祈り立てる、また天台座主覚快法親王《かくかいほっしんのう》も同じように参内し、こちらはお腹の女子を男子に変ずる呪《じゅ》法《ほう》を修《しゅう》したことでございました。

そうこうしておりますうちに、中宮は、月の重なるに従って、次第に苦しみが募られる。古き漢詩《からうた》に「頭《かうべ》を回《めぐ》らして一たび笑《ゑ》めば百《もも》の媚生《こびな》る（楊貴妃は、ひとたび振り向いてにっこり笑うと限りない愛嬌がこぼれる）」と歌うてございますが、漢王の李夫人《りふじん》またそのような美女であります。この李夫人が「翠蛾《すいが》は平生《へいぜい》の貌《かほ》に彷彿《はうふつ》たれども、昭陽《しやうやう》に疾《やま》ひに寝《ふ》せりし時《とき》に似《に》ず（今見る霊魂の李夫人は、翠《みどり》の眉の様子だけは生前の姿を彷彿と忍ばせたけれど、かつて昭陽殿《しようようでん》に病んで臥せっていた時とは似ても似つかぬ美しさであった）」と歌われましたところの、後宮《こうきゆう》の昭陽殿《しようようでん》において病の床《とこ》に臥されていた、その折の風情もかくやと思われ、また唐《とう》の楊貴妃が「梨花一枝《りかいつし》、春雨《はるあめ》を帯《お》ぶ（その泣き濡れた様は、まるで梨の花のひと枝が、春に雨を宿しているがごとくであった）」と歌われた風情で泣きぬれた様、はたまた蓮《はちす》の花が風に萎《しお》れ、女郎花《おみなえし》が露を帯びて重たげに頭《こうべ》を垂れている様にもまさって、なおいたわしいご容態《ようだい》であった。こういうご苦悩のときを見澄まして、手強《てごわ》い物《もの》の怪《け》どもが取り憑《つ》くものであります。

そこで、こうした物の怪を取り憑かせる巫女《みこ》などを脇におき、不動明《ふどうみよう》王《おう》の呪縛《じゆばく》を唱えますと、その法力《ほうりき》によって物の怪は憑《よ》りましの巫女に乗り移りますゆえ、これを責めて正体を露顕《ろけん》させることができました。すると、その中には、讃岐《さぬき》に流されました故上皇《こじようこう》（崇徳院）の亡霊、宇治の悪《あく》左府頼長《さふよりなが》の怨霊、新大納言成親卿の死霊、西光法師の悪霊などが祟っていることが暴かれましたが、さるなかに、あの鬼界ヶ島の流人どもの生《いき》霊《りよう》だと名乗るものも出てまいります。

これによって、太政入道清盛は、その生霊も死霊もみな宥《なだ》めるのがよかろうと考えまして、その時分に讃岐院《さぬきのいん》にご追号を贈り、以後崇徳天皇《すとくてんのう》と申し上げるようになった。また宇治の悪左府につきましては、贈官贈位《ぞうかんぞうい》ということが行われ、ここに頼長は太政大臣正一位《だいじようだいじんじようい ちい》ということに相成ります。このことを伝達いたします勅使は、少内記《しようないき》藤原維基《これもと》という人だったそうでございます。で、その悪左府の墓所《はかどころ》は、大和の国添上《そうのかん》の郡《こおり》、川上村の般若野《はんにやの》の五三昧《ごさんまい》と申しまして、これは今で申します火葬場でございますが、保元の秋に墓を暴いて死骸を掘り起こし、この五三昧に打ち捨てまして以後は、もはや死骸も道のほとりの土となって、年ごとにただただ春の草の生い茂る野原となっておりました。

ここへ今、勅使がやってまいりまして、贈位贈官の宣命《せんみよう》を読み上げましたゆえ、さすがの亡霊もどれほど嬉しく思ったことでございましょうか。怨霊というものは、昔も今も恐ろしいことであります。

されば、昔の桓武天皇の皇弟《こうてい》にして、皇太子の位を廃せられ、流謫《るたく》の道すがらに怨みを呑んで亡くなりました早良廃太子《さわらのはいたいし》をば、崇道天皇《しゆどうてんのう》と追号し、または井上《いがみ》の内親王、この方は聖武天皇の皇女にして光仁天皇《こうにんてんのう》の后《きさき》でございましたが、後に謀反の疑いを以て廃せられ、幽閉の内に亡くなりました、これにもやはり皇后の位を追贈するということが行われます。これらはみな怨霊を宥《なだ》めるための術策でございます。

また冷泉《れんぜい》天皇がご正気を失われたことも、その子息花山《かざん》の法皇が天皇位を退かざるを得なかったのも、みなこれ民部卿《みんぶきよう》藤原元方《もとかた》の怨霊だとか伝えております。元方は、その娘祐姫《すけひめ》が村上天皇に入内《じゆだい》して広平親王《ひろひらしんのう》を産みまいらせたにもかかわらず、それが皇太子となれなかった、その怨みのうちに歿したのだと申します。さらには、三条院の帝の御目《おんめ》が見えなくなったのは、観算《かんざん》と申します宮中供奉《きゆうちゆうぐぶ》の僧の怨霊のゆえだということであります。

さて、これら一連の出来事を門脇宰相教盛卿が伝え聞き、小松殿重盛公に申しましたことは、

「中宮のお産につき、ご祈禱などさまざまにございます由。さりながら、なんと申しましても、こうした場合には、特別の恩赦を施されるという以上に有効なことはなかろうと存じます。なかにも、かの鬼界ヶ島の流人どもをご赦免のうえ召還されることほどの功徳善根《くどくぜんごん》は、決してございますまい」

と、こういうことでありました。そこで、重盛公は、父清盛禅門の御前《おまえ》にまいりまして、

「あの丹波少将成経のことを、教盛宰相がはなはだ嘆き申すこと、まことに不憫《ふびん》に存じます。この中宮ご病苦の御こと、わたくしの仄聞《そくぶん》いたしおります限りでは、とくに成親卿の死霊の祟りなどと噂されております。この

大納言の死霊を宥めようとお思いになるのであれば、その子息の、生きております少将、この人をご赦免ご召還くださいませ。人の思い悩むところをとどめるようにしてくださいましたら、万事お考えのことも叶い、また人の願いを叶えてくださいましたら、ご自身の願いもすなわち成就するというもの、されば、中宮にもすぐに皇子がご誕生あそばしまして、平家一門の栄華はいよいよ盛んなものになってまいりましょう」

などと言上いたします。さればさすがに気難しい入道相国も、こたびはことのほか表情を和らげて、

「そうかそうか、それでは俊寛と康頼法師のことはいかがいたそうかの」

「それも同じくお召し帰しなされませ。もしそのなかの一人でもご赦免なきにおいては、かえって罪作りともなるかと存じますほどに」

「うーむ、康頼法師のことは、まあそうかもしれぬ。しかし、俊寛のやつは、この清盛が口を利いてやったおかげで一人前になったという者ぞ、それが、選りに選って奴の鹿の谷の山荘に城郭を構えて、なにかといっては奇怪なる振る舞いのあれこれ、まことにけしからぬ限りじゃ。されば俊寛だけは赦免など思いもよらぬことと」

と清盛は言って聞かない。

小松殿は、帰ってきてから叔父の宰相教盛卿を呼び、

「少将はもうご赦免と決まりましたぞ。どうかご安心なされよ」

とこう告げます。すると、宰相は手を合わせて喜ばれた。

「かしこへ流されてまいりました折も、少将は、〈どうしてわたくしの身を申し受けてくださらないのですか〉と思っているような表情で、この教盛を見てはその度に涙を流しておりましたのが、まことに不憫《ふびん》でございました」

宰相がこう述懐すると、小松殿も、

「まことにそう思っておいでだったのであろうな。子というものは、誰でも愛《かな》しいものじゃほどに、なおよくよく父上に申し上げることに致そうぞ」

こういって奥へ入っていったのでございました。

とかくする程に、鬼界ヶ島の流人どもを召し返すという事が正式に決定され、清盛入道から赦免状が下されます。

そうして、その赦免使がすでに都を発つ……門脇宰相教盛卿は、あまりの嬉しさに、この使者に、私的な使者をも同行させ、すなわち同じ船で下らせたのでありました。赦免船は、夜を日に継いで急ぎ下ってまいりましたが、なにぶん思うに任せぬものは海路でございます。ようやく波風を凌いでまいりますほどに、都を出ましたのが七月《ふみづき》下旬でありましたが、越えて九月《ながづき》二十日頃に、船は鬼界ヶ島に到着いたします。

■足摺《あしずり》■

赦免使は、丹左衛門尉基康《たんざえもんのじょうもとやす》という者であります。船から上《あが》って、

「このところに、都から流されておいでの、丹波少将成経殿、法勝寺執行俊寛御房、平判官入道康頼殿は、おられましょうか」

と、あちこち会う人ごとに尋ねて回ります。じつはこの時、成経と康頼の二人は、例のごとく熊野詣でに出かけていて不在でありました。そこで、俊寛僧都がただ一人残っておりましたが、この尋ね声を聞いて、

「やや、これはあまりにも帰りたい思いが高じて、夢でも見ているのではあるまいか。また天の魔王などが、おれの心を誑《たぶら》かそうとて、こんな声を聞かせるのでもあろうか。とても現実とは思えぬが……」

とて、慌てふためきつつ、走っては倒れ、倒れてはまた起きて走り、急ぎお使者の前に走り向かい、

「何事であろうぞ。これこそ京から流されている俊寛じゃ」

と名乗って出ます。お使者は、従者の頸《くび》に掛けさせておりました文袋《ふぶくろ》から、入道相国清盛の赦免状をば取り出した……。さて、開いてみまするに、

「汝らの重き罪科《ざいか》も遠流《おんる》によって償《つぐな》われたものとす。すぐに帰京の用意をせよ。中宮の御産《ごさん》のお祈りのため、特別の恩赦を実施される。このゆえに、鬼界ヶ島の流人、少将成経、康頼法師《やすよりぼうし》、赦免」

と、それだけが書かれてあって、「俊寛」の文字はございません。さては上包みの紙にでも書いてあるかと、その上包みを検分いたしますが、そこにも見えませぬ。俊寛は、赦免状を前から後ろへ、また後ろから戻って前へと幾度も読み返しますが、ただ「二人《ににん》」とだけ書かれてあって、「三人《さんにん》」とは書かれておりませぬ。

そうこういたしますうち、少将成経や康頼入道も帰ってまいります。

少将が文を取って読んでみても、また康頼入道が読んでみても、二人とばかり書かれてあって三人とは書かれていない。俊寛の心には、〈ああ、もしや夢にならこんなこともあるかも知れぬ。いや、きっと夢に違いない〉と強いて思うてみても、やはり現実は現実であります。と申してまた、現実かと思うてみれば、まるで夢のように現実感がない。その上、成経・康頼の二人《ふたり》の人々に宛てては、都からの言付けの手紙など、いくらもございましたが、俊寛僧都のもとへは、安否を気遣う文《ふみ》一本ございません。

「そもそも我等三人は、罪も同じ罪、流刑地も同じ鬼界ヶ島……それなのに、なぜただいまの赦免に当って、二人《ふたり》は呼び戻されて、私《わたくし》一人《ひとり》ここに残らなくてはいけないのじゃ。これは平家のほうでうっかり忘れてしまったのか、それとも、執筆《しゆひつ》の役人が書き落としたのか……。いったいどうしてこういうことになっているのじゃ」

と、天を仰ぎ、地に倒れ臥し、泣き悲しみますが、もとよりなんの甲斐もございません。

そこで俊寛は、少将のたもとに縋《すが》って、

「俊寛がこういう目に遭うというのも、もとをただせば、貴公の父、故大納言成親殿のわけもない謀反のせいじゃ。されば、さればじゃ、やわか他人事《ひとごと》とお思いくださるなよ。いや、もしわたくしだけお許しをいただけぬのであれば、よろしい、都まで帰るということはかなわずとも、どうじゃ、此の船に乗せて九州の地へなりとも着けてくだされよ。よいかな、おのおのがたがこの島においでくだされればこそ、春にはつばめが、秋には田面《たのむ》の雁が声を立てて渡ってくるように、しぜんと故郷の京都のことなども、そこはかとなく伝え聞くことができるのじゃ。それがこうして一人取り残されるとあっては、今後、どうやって、さようの音信《おとずれ》を聞くことができようぞや」

と言って、悶《もだ》え焦《こ》がれる。少将は困惑して、

「なるほど、たしかにそのようにお思いになられることであろう。いや我らが帰京を許された嬉しさはさることながら、いまこの御有様《おんありさま》を拝見いたしまする上は、いやはや、この先どうやって帰っていったらよいものか見当もつきませぬ。わたくしとしては、御坊を船にさっと乗せて上京いたしたい気持ちは山々ながら、こうして都からのお使者も、それはかなわぬという旨を仰せの上は、いたしかたもあるまい。仮に、ご赦免もないのに、

三人揃って島を出たなどということが清盛入道のお耳に入ったなら、かえってまずいことになりましょうぞ。かくなるうえは、この成経がまず上京いたしまして、あちらで要路《ようろ》の人々によく申し合わせ、入道相国のご機嫌などを伺って、適宜にご赦免を願うことにいたしましょう。もしうまく参りましたら、しかるべくお迎えの人をさし上げますゆえ、それまでの間は、どうか今までの日々と同じように、しっかりと気を取り直してお待ちくだされよ。どうあっても命は大切なもの、今回はご赦免に漏れておりましょうとも、最終的には、どうして赦免されぬということがございましょう……」

と慰めましたが、俊寛は、人目も憚らず泣き悶えております。

そうこうする内に、船出の刻限となり、皆人、「出港じゃ」というので、押すな押すなの騒ぎ。かかるなか、僧都は、船に乗っては降り、降りてはまた乗りして、どうでも船に乗りたいという願いを見せつける。別れに際して、少将の形見としては夜の掛け布団、康頼入道の形見としては一部の『法華経』を残してまいります。

さて、いよいよ纜《ともづな》を解いて船を押し出す段ともなれば、僧都はその綱に取り付き、ずるずると船の後《あと》を追って海に入ってまいります。水深は腰から脇へ、やがて足の立つうちはそのまま綱に引かれて出ていきましたが、しだいに背も立たなくなってくると、こんどは船に取りすがって、

「さても、おのおのがた、どうしてまたこんなことを……俊寛をば、ついには捨て果てなさろうというのか。えい、ここまで冷酷な人々とは思わなんだ。日頃の情《なさけ》など、今はもうぜんぶ帳消しじゃ。が、のうのう、どうか道理を曲げて、乗せてくだされい、せめて、せめては九州までなりとも……」

と口説くけれども、都のお使者、

「なにをどう仰せになっても、ダメなものはダメでござる」

と言いざま、俊寛が舷《ふなばた》に捕まっているその手を引き剝がし、突き放すと、とうとう、沖へと船を漕ぎ出します。

捨てられた僧都は、どうしようもなくて、渚にあがり倒れ伏し、小さな子どもが、乳母《めのと》や母親《ははおや》などに駄々をこねるように、足をバタバタとさせて、

「おーい、乗せていけー、連れていけー」

と、わめき叫んだところで、漕ぎ離れていく船のことゆえ、後は知らぬとばかり、跡にはしら浪ばかりが残されます。まだそれほど遠ざかってもいない船ながら、涙にくれた僧都には、もうその船影《ふなかげ》を見ることができませぬ。

僧都はやおら高いところに駆け上《あが》り、沖に向かって必死に船を招き寄せるのでありました。そのありさまは、いにしえ、あの松浦佐用姫《まつらさよひめ》が恋しい大伴狭手彦《おおとものさでひこ》の乗った唐土《もろこし》通いの船を慕いつつ、山の上から領巾《ひれ》と申しま

して、肩に掛けたる白い絹をば、うち振ったという、その悲しみもこれには過ぎぬものと見えます。

やがて船は沖合に遠ざかって見えなくなる、日も次第に暮れてまいりますが、俊寛はひとりぽっちで、あの粗末な小屋に帰ろうともいたしませぬ。ただ、波に足を洗わせながら、涙と露に濡れ萎《しお》れて、とうとうそのまま、そこに一夜を明かしたことでございました。

〈さりながら……少将は情深いお人じゃほどに、きっと良きようにとりなしてもくれようぞ〉と、せめてそこに頼みをかけまして、俊寛はそこで海に身を投げたりはしなかった……その心のうちを思いやると、まことに儚《はかな》いことでありました。昔、南天竺《なんてんじく》の早離《そうり》・速離《そくり》の兄弟が、なさぬ仲の継母《ままはは》によって絶海の孤島に捨てられた、そのときの悲しみもこうであったろうかと、今こそ痛切に思い知られたことでございました。

■御産《ごさん》■

さて、康頼と成経は鬼界ヶ島を出《い》で、門脇宰相教盛の領地、肥前の国鹿《か》瀬《せ》の庄《しょう》へと到着いたします。宰相は、京から鹿瀬まで使者を遣わして、

「年内はとかく波風も激しく、道中の安全が気がかりゆえ、そちらでよくよく養生して、春になってから上京なさるとよい」

と伝言させます。そこで少将らは、この鹿瀬の庄で歳を越したのであり

ました。

ところで、同じ治承二年の十一月十二日、寅の刻（午前四時頃）あたりから、中宮がいよいよ産気づかれたとあって、京中、なかんずくに六波羅には人がひしめきあうという騒ぎ、御産所は六波羅の池殿《いけどの》、すなわち清盛の弟頼盛《よりもり》の邸でございましたが、そこへ法皇もお出ましになります。関白藤原基房《もとふさ》をはじめとして、太政大臣藤原師長《もろなが》以下、公卿殿上人、すべて公家社会において一人前の人間として認められ、官職や位階の昇進に望みをかけ、あるいは既にしかるべき職務に就いているほどの人々は、一人の漏れもなくこの六波羅へ詰めかけております。

先例に従うならば、女御や后がたの御産の時に臨んでは、大赦《たいしや》を行われるということがしばしばあった。たとえば、大治二年《だいじ》（一一二七年）九月十一日、待賢門院《たいけんもんいん》御産の時に大赦がございました。その例に準じてこのたびも重罪の輩《ともがら》が多く赦免となった中に、俊寛僧都一人だけは許されなかった、まことに気の毒なることでございました。

中宮御産が無事平穏に済んだ暁には、石清水八幡宮《いわしみずはちまんぐう》、平野神社《ひらのじんじや》、大原野神社《おおはらのじんじや》、いずれも京中の霊験あらたかな神社で、これらの御社《おやしろ》へ、中宮じきじきにお礼の為の行啓《ぎようけい》を申し上げますと、かように願《がん》を立てられた。全玄法印《ぜんげんほういん》がこの願文《がんもん》をば敬って読み上げます。この他、神社としては伊勢の大神宮をはじめとして全国二十余箇所、仏寺は東大寺・興福寺以下十六箇所において、祈りのための誦経《じゆぎよう》を執行させる、その御誦経《みじゆぎよう》のお使者は、中宮付きの侍のなかでも然るべき官職に就いている者を選んで務めさせます。これらのお使者は、みな平紋《ひようもん》と申しまして、紋の内を三色の彩りを以て織り出した狩衣《かりぎぬ》を着《ちやく》し、かつ剣《つるぎ》を佩《は》くという出で立ちの者どもにて、これが種々の御誦経の布施《ふせ》に、奉納のための御剣《ぎよけん》や御衣《ぎよい》を持って行列なし、池殿の東の対《たい》から南庭《なんてい》を回って西の中門《ちゆうもん》を出てまいります、その賑々《にぎにぎ》しい有様は、まことに賞嘆《しようたん》すべき見物《みもの》でございます。

小松殿重盛公は、事の善悪にかかわらず、つねに思慮深く物静かな人でございましたから、これらのお使者の行列がすっかり出ていった遥《はる》かの後《のち》になって、嫡子権亮少将維盛《ごんのすけしようしようこれもり》以下息子たちの牛車どもを、みな粛々と続いて行かせ、色とりどりの衣《きぬ》を四十領《しじゆうりよう》、銀《しろがね》の剣七振り、これらを大きな箱の蓋に置かせ、また奉納の神馬《じんめ》を十二頭牽《ひ》かせてまいります。これは寛《かん》弘《こう》（一〇〇四〜一〇一二年）の砌《みぎり》に、上東門院彰子《しようとうもんいんしようし》中宮の御産に際して、その父御堂関白《みどうかんぱく》藤原道長《みちなが》が、中宮の平産を祈願のため、諸社に神馬を奉納された、その例に倣《なら》った由でございます。この重盛公は中宮の兄君に当たります上に、かつて中宮入内《じゆだい》の折には出家の身であった実父清盛にかわって、父代わりを務めましたゆかりから、また父親をも兼ねるという次第で、道長公に倣って神馬を奉納されたというのも当然のところでございます。また五条の大納言藤原邦綱《くにつな》卿も、神馬二匹を奉納致します。

「あそこまでするというのは、邦綱卿の誠意の至れるゆえであろうか、それとも富が有り余っているからであろうか」

と人々は噂したことでございました。

さあ、それからさらに、伊勢神宮を筆頭として、安芸の厳島神社に至るまで、諸国の神々七十余箇所へ神馬を献納いたし、内裏のほうからも、やはり馬寮《めりょう》の名馬に四手《しで》（御幣）をつけて数十匹奉納いたします。

それから、仁和寺の守覚法親王は『孔雀経《くじゃくきょう》』を以て真言《しんごん》の秘法を行《ぎょう》じ、天台座主《てんだいざす》覚快法親王《かくかいほっしんのう》は薬師如来以下七所《ななところ》の仏を供養する七仏薬師《しちぶつやくし》の秘法を執行《しゅぎょう》いたします。また三井寺第一の僧円恵《えんけい》法親王は金剛童子《こんごうどうじ》に祈願をする行法《ぎょうほう》を、その他諸々《もろもろ》の高僧に命じて、五大虚空蔵《ごだいこくうぞう》、六観音《ろくかんのん》、一字《いちじ》金輪《きんりん》、五壇法《ごだんのほう》、六字河臨《ろくじかりん》、八字文殊《はちじもんじゅ》、普賢延命《ふげんえんめい》の法に至るまで、ありとあらゆる加持祈禱の呪法《じゅほう》をば、残りなく修《しゅ》せられたことでございました。

これがために、護摩を焚く煙が御所じゅうに充ち満ち、壇上に打ち振る鈴の音が雲をも響かせ、修法《しゅほう》の声は身の毛もよだつ凄まじさ、これではいかなる物の怪なりとも、とても太刀打ちできるものではあるまいと見えたことでございます。その上にまた、仏師《ぶっし》たちの住む町では、法印どもに命じて、中宮と等身大の七仏薬師ならびに五大尊《ごだいそん》の像を造り始めたことでありました。


これほどの祈禱を怠りなく行《ぎょう》ぜられましたが、それでも中宮は、ただし

きりと陣痛を訴えるばかりで、なかなかお産が下《お》りませぬ。入道清盛も北の方の二位殿も、これにはただ胸に手を置いて、

「これはいったい、どうしたものであろう」

「どうしたものでございましょう」

と、呆然としておりました。そうして、誰かが話しかけてもまったく上の空で、

「どうでもかまわぬから、よきようにはからえ」

「よいように……」

と言うばかりであった。後《のち》に、

「たしかに、あの時はあんな調子であったが、しかし、戦《いくさ》の陣《じん》に臨んだ時でも、あれほどにこの浄海、びくびくはらはらすることはなかったものをなあ」

と述懐したことでありました。

この時奉仕を致しました霊験ある僧としては、房覚《ぼうかく》・昌運《しょううん》両僧正、俊《しゅん》堯《ぎょう》法印、豪禅《ごうぜん》・実全《じつぜん》両僧都、いずれも、おのおの祈りまいらせます本尊の名を唱えてから、各自の本山の御仏《みほとけ》や、年来肌身を離さぬ念持仏《ねんじぶつ》を念じて、責め伏せ責め伏せ祈ったのでございました。なるほど、これは効験がありそうなと思われて、尊いことでありましたが、そんな騒ぎのうちにあって法皇は、折しも東山の麓なる新熊野《いまぐまの》神社に御幸なさろうという時で、幸いに目下精進潔斎をしておられたことゆえ、中宮の御帳台《みちょうだい》近くまでお

出ましになり、『千手経《せんじゆきよう》』を朗々たる声をあげて読経されたのでありました。すると、そのご法力《ほうりき》によって、さらに一段と容態が変わり、怨霊が乗り移ってさしも踊り狂っておりました憑りましの童子《わらわ》たちが、すっと静かになって鎮まります。法皇はそこでこう仰せになる。

「どれほど強い物の怪であろうとも、この老法師《おいぼうし》がこうして祈りまいらせる以上、なんとして近づき申すことができようや。なかんずくに、いま露顕したところの怨霊どもは、みな我が皇室のご恩によって、しかるべき出世をした者どもであるぞ。たとい報謝の心までは無くとも、どうして障害を為そうとするのか。速やかに、退くがよい」

とこう怨霊に一喝《いつかつ》を致しまして、また、

「女人生産《によにんしやうさん》しがたからむ時にのぞんで、邪魔遮生《じやましやしやう》し、苦《く》忍びがたからむにも、心をいたして大悲呪《だいひしゆ》を称誦《しようじゆ》せば、鬼神《きじん》退散して、安楽に生《しやう》ぜん（女人がお産に苦しんでいる時に臨んで、これを邪魔だてし遮るものあって、その苦悩が耐え難かろうとも、心を込めてこの大いなる慈悲の呪文を声高くとなえるときには、鬼神も退散して、安楽に生まれることであろう）」と『千手経』の一節を朗々と読み上げ、水晶の数珠《じゆず》をばサラサラと押し揉まれたところ、御産は無事平安の内に済み、お生まれになったのはめでたくも皇子でいらっしゃいました。

頭中将重衡《とうのちゆうじようしげひら》、その時はまだ中宮亮《ちゆうぐうのすけ》すなわち中宮職《ちゆうぐうしき》の次官でございまし

たが、御簾《みす》の内からすっと出てまいりまして、

「御産平安、皇子ご誕生でございますぞ」

と声も高らかに宣言された、これには、法皇をはじめとして、関白以下の大臣、また公卿殿上人、さらには、このたびの祈禱に与《あずか》った助力の僧、数多き霊験ある僧たち、また陰陽頭《おんようのかみ》、典薬頭《てんやくのかみ》に至るまで、殿上地下《てんじょうじげ》おしなべて、誰《たれ》も誰もみな一同にわっと喜びあう、その声は門外までどよめきわたって、しばし静まることがなかったのでございます。

入道相国は、あまりの嬉しさに、おいおいと声を上げて泣かれたことでありました。世に「喜び泣き」というのは、こんなのを言うのでありましょうか。

小松殿は、中宮のお側にまいりまして、金の銭九十九文、これを皇子の枕元に置き、

「王者というものは、『天をもって父とし、地をもって母とす（天を父と思い、地を母と思って、小さな私《わたくし》を離れるべきもの）』と物の本にございます。されればそのような立派な王者とお成りください。君の御命《おんいのち》は、長命を以て知られた方術士《ほうじゅつし》の東方朔《とうぼうさく》のように長く、君の御心《おんこころ》には、天照大神《てんしょうだいじん》が入れ替わってくださいますように」

とこのように祈り上げて、桑の弓に蓬《よもぎ》の矢をもって、天地四方を射られたのでございました。

■公卿揃《くぎょうぞろえ》■

皇子の乳母《めのと》としては、前右大将宗盛《さきのうだいしょうむねもり》卿の北の方と定められておりましたが、あいにくなることに、去る七月に難産のため死去してしまいましたので、代りの御乳母には平大納言時忠《へいだいなごんときただ》卿の北の方が上がります。乳母は後に典侍《ないしのすけ》に補《ふ》せられまして、帥《そつ》の典侍《すけ》と呼ばれました。

法皇はこれよりすぐに御所にお帰りになるというので、門前に御車が寄せられてまいります。入道相国は、嬉しさのあまり、砂金を一千両と富士の綿を二千両、法皇に献上したのでありましたが、恐れ多くも法皇に対して、なにか祈禱師への褒美を取らせるような軽々しい振る舞いをすべきでない、と公家たちはひそひそと陰口を申したものでございます。

この度の御産には、なにかと異常なことが多くございます。まず第一に法皇が御自ら祈禱師の役割を果たされたること、次に、后御産の時の慣例として、御殿の棟から甑《こしき》（飯などを蒸す道具）を転がして落とすという儀礼がございます、皇子誕生のときは、南へ落とし、皇女誕生のときは北へ落とすというのが定めでありましたが、なんとしたことか今回、これを北に転がしてしまいました。されば、

「これは、どうしたことだ」

と騒がれたため、取り上げて、もう一度落とし直すということにあいなりました。が、いかにも不吉なことだと公家たちは囁きあったのでござい

ました。

されば、可笑しかったのは入道相国清盛の茫然自失ぶり、立派であったのは小松の大臣《おとど》重盛公の振る舞い、残念であったのは右大将宗盛卿が最愛の北の方に先立たれて、大納言・大将の両職とも辞して籠居されていたこと、もしこれが兄弟ともに出仕していたのであったなら、どんなにか立派なことでございましたろうか。

次には、七人の陰陽師が召され、千度《ちたび》に亘《わた》るお祓いの祝詞《のつと》を奉仕したのでございましたが、さるなかに、掃部頭時晴《かもんのかみときはる》という年老いた陰陽師がおりました。これが、わずかの従者のみを連れてやってまいります。ところが、門前にあまりにも多くの人が詰めかけて雑踏しておりますこと、あたかも竹林《ちくりん》に筍《たけのこ》が密生しているがごとく、また稲・麻・竹・葦がみっしりと生えているにも似た有様でありました。

「御用の役を致す者じゃ、道をあけられよ」

と叫びながら、押し分けかき分けまいりますほどに、右の沓《くつ》を誰かに踏み抜かれてしまいます。そこで、いささかまごまごしておりますと、こんどは冠をまで突き落とされてしまいました。こういう晴れの場に臨んで、束帯《そくたい》にて正装した老人が、冠を被らぬ髻《もとどり》も露わな姿で、そろそろと出てまいりましたので、若い公卿殿上人たちは、堪《こら》え切れず、一同にどっと笑いあったのでありました。

そもそも陰陽師というような者は、反陪《へんばい》とか申しまして、公式の場では足の一足《ひとあし》一足にも故実《こじつ》があり、いい加減に踏むということはないそうであります。にもかかわらず、この奇妙な事が出来《しゅったい》したとあって、その時はなんとも思わずにおりましたが、後《のち》になって、〈あれは、きっと不吉な予兆であったな〉と思い合わされた、こんなことも多くあったのでございました。

この御産に際して六波羅へ参上いたしました人々は、次の通りであります。

関白松殿《まつどの》（基房《もとふさ》）、太政大臣妙音院《みょうおんいん》（師長《もろなが》）、左大臣大炊御門《おおいみかど》（経宗《つねむね》）、右大臣月輪殿《つきのわどの》（兼実《かねざね》）、内大臣小松殿（重盛）、左大将《さだいしょう》徳大寺実定《さねさだ》、源大納言定房《さだふさ》、三条大納言実房《さねふさ》、五条大納言邦綱《くにつな》、藤大納言実国《さねくに》、按察使《あぜつし》資賢《すけかた》、中御門中納言《なかのみかどのちゅうなごん》宗家《むねいえ》、花山院中納言《かざんのいんのちゅうなごん》兼雅《かねまさ》、源中納言雅頼《がらい》、権中納言実綱《さねつな》、藤中納言《とうちゅうなごん》資長《すけなが》、池中納言《いけのちゅうなごん》頼盛《よりもり》、左衛門督《さえもんのかみ》時忠《ときただ》、別当《べっとう》忠親《ただちか》、左《さ》の宰相中将《さいしょうのちゅうじょう》実家《さねいえ》、右《う》の宰相中将《さいしょうのちゅうじょう》実宗《さねむね》、新宰相中将《しんざいしょうのちゅうじょう》通親《みちちか》、平宰相《へいざいしょう》教盛、六角宰相《ろっかくのさいしょう》家通《いえみち》、堀河宰相《ほりかわのさいしょう》頼定《よりさだ》、左大弁宰相《さだいべんのさいしょう》長方《ながかた》、右大弁三位《うだいべんのさんみ》俊経《としつね》、左兵衛督《さひょうえのかみ》成範《しげのり》、右兵衛督《うひょうえのかみ》光能《みつよし》、皇太后宮大夫《こうだいこうくうのだいぶ》朝方《ともかた》、左京大夫《さきょうのだいぶ》脩範《ながのり》、太宰大弐《だざいのだいに》親信《ちかのぶ》、新三位《しんざんみ》実清《さねきよ》、以上三十三人、右大弁のほかは直衣《のうし》姿、またこの時までに参らなかった人々は、花山院前太政大臣《かざんのいんのさきのだいじょうだいじん》忠雅《ただまさ》公、大宮大納言《おおみやのだいなごん》隆季《たかすえ》卿以下十余人、これらは後日無紋の狩衣姿で、入道相国の西八条邸へ出向いたということでございます。

■大塔建立《だいとうこんりゅう》■

中宮御産のためのご祈禱の法会《ほうえ》も成就したその最終日に、褒賞《ほうしょう》の沙汰が発表されます。まず仁和寺の住職守覚法親王へは「東寺を修復すべきこと。並びに、宮中真言院《しんごんいん》に於いて正月八日から七日間に亘る国家鎮護のご祈禱と、同じく治部省《じぶしょう》に於いて大元帥明王《だいげんすいみょうおう》を本尊とする護国の法要と、さらに灌頂授戒《かんじょうじゅかい》の儀礼とを執行《しゅぎょう》すべきこと」をご下命になる、そうして守覚法親王の御弟子《おんでし》覚成《かくせい》僧都を法印に昇格させる、というお沙汰が下ります。また天台座主覚快法親王は、二品《にほん》すなわち第二位の位階と、牛車のまま宮中に上がることを許す宣旨をと願い出ましたが、これは仁和寺の住職から異議が出されましたによって実現せず、かわりに弟子の法眼円良《ほうげんえんりょう》が法印に昇格いたします。その外の行賞《こうしょう》ども枚挙《まいきょ》に遑《いとま》がなかったという評判でございました。

中宮は産後しかるべく日数が経ちましたるゆえ、六波羅から五条東洞院の里内裏へ帰られます。

さて、これより先、この娘御が中宮となられましたるゆえ、入道相国は夫婦ともどもに、

「ああ、なんとしても皇子がご誕生あってほしいものじゃ。そうしたら、帝位におつけ申し上げてな、外祖父、外祖母と崇《あが》められようぞや」

などと願っておりました。そのことを、自分の崇拝する安芸《あき》の厳島明神《いつくしまみょうじん》へお願い申し上げようというので、月詣《つきもう》でを始めて、せいぜい丹精《たんせい》込めて祈られたところ、果たせるかな中宮やがてご懐妊あって、願いのとおり皇子がお生まれになりましたのは、まことにめでたいことでございました。

そもそも平家が安芸の厳島を尊崇《そんすう》し始めました、その謂《いわ》れはいかがなものであったかと申しますと、鳥羽院《とばのいん》の御世《みよ》、すなわち清盛公もいまだ安芸守でございました時分のこと、安芸の国の負担で高野山の大塔《だいとう》を修理せよとの宣旨が下され、ついては渡辺の遠藤六郎頼方《えんどうろくろうよりかた》をば国司庁の雑掌《ざつしょう》、すなわち国司の文書《もんじょ》を管掌《かんしょう》する御役目でございますが、その雑掌に任じまして、六年ほどかかってこの修理事業を成就いたします。

そうして修理が終わって後、清盛は高野に登り、大塔を拝み、奥の院へ参詣いたしますと、さていずこから来たとも分からぬ一人の老僧……これが眉などもすっかり真っ白で、額には幾重も皺《しわ》が刻まれている、そういう相貌《そうぼう》の老僧が、先が鹿の角《つの》のように二股になった鹿杖《かせづえ》を突いて出てまいります。そこでやや長い時間、物語を語ったのでありました。老僧はこんなことを語った……、

「昔から今に至るまで、この山は真言密教を固く守って衰退するということがござりませぬ。こんなお山は天下に二つとございますまい。大塔はすでに修理が終わってござる。さてそこでじゃ、安芸の厳島と越前《えちぜん》の気比《けひ》の

宮は、それぞれ胎蔵界《たいぞうかい》の大日如来《だいにちにょらい》と、金剛界《こんごうかい》の大日如来が我が朝《ちょう》に神として跡《あと》を垂《た》れられた霊社《れいしゃ》じゃ、さりながら、気比の宮は栄えておるが、厳島のほうはもう有って無きがごとくに荒れ果ててしもうた。どうじゃ、この修理のついでにお上に申し上げて、厳島のほうも修理されたらどうかの。せめてこの修理だけでも成就された暁には、そなたの官位の昇進など肩を並べる人もございますまい」

と、こんなことを言い置いて、老僧は立ち去っていった。この老僧の座っていたところには、聞いたこともない素晴らしい香りがたちこめておりました。そこで、手のものを使って跡を付けさせたところ、三町《さんちょう》（約三百三十メートル）ばかりはその姿が見えておりましたが、その後《ご》はかき消すように見えなくなってしまったと……、さてはこれ、ただの人ではあるまい、きっと弘法大師の化身《けしん》であったにちがいないと、清盛はいよいよ尊く思うて、〈よしよし、これはひとつ、娑婆世界の思い出にしよう〉と思いつき、高野の金堂《こんどう》に曼荼羅を描くことにいたします。西曼荼羅《さいまんだら》すなわち金剛界曼荼羅は常明法印《じょうみょうほういん》という絵師に描かせます。また東曼荼羅《とうまんだら》すなわち胎蔵界曼荼羅は清盛自身が描こうというので、自ら筆を執られましたが、なにを思うてでございましょう、八葉《はちよう》の蓮華《れんげ》に座《ざ》した仏たちの中央に居られます大日如来の宝冠をば、自分の首から血を出して、その血で描いたと、さように伝えております。

それより都へのぼり、院の御所へ参上いたしまして、厳島修理の願いを奏上《そうじょう》いたしますと、法皇もたいへんに喜ばれまして、安芸守の任期を延長され、無事厳島神社の修復をも成就したのであります。すなわち、鳥居を建て替え、社々《しゃしゃ》を造り替え、百八十間《ひゃくはちじゅっけん》（約三百三十メートル）もの長い回廊を造立《ぞうりゅう》したのでございました。

かくて修理を終えて、清盛は厳島へ参詣し、そこにてお籠もりを致しましたところ、その夢に、ご宝殿《ほうでん》の内から古代風の鬢《びんずら》を結った天人らしい少年が現れ、

「これは大明神の御使である。汝、この剣《けん》を以て日本国中を鎮定《ちんてい》し、朝廷の守護役となるがよい」

と、このように言って、その時にぐるりと蛭《ひる》の絡みついたように銀細工《しろがねざいく》の施された一振りの小長刀《こなぎなた》を頂戴する、とそういう夢を見て、目が醒めてのち見回してみれば、その小長刀が枕上《まくらがみ》に立っておりました。また大明神の御託宣がございます。

「汝知っておるか、それとも忘れてしまったか。ある老僧の口を通して言わせたことを。しかしな、もし悪行《あくぎょう》を為すことあらば、その栄光は子孫までは保ち得ぬぞ」

とこう言って、大明神は空へ上がらせ給うた。

まことに嘉《よみ》すべき事でございました。

■頼豪《らいごう》■

かつて白河院の帝がご在位の御世のこと、京極《きようごく》の大殿《おおいどの》(関白藤原師実)の御娘が后に立たれたことがあり、賢子《けんし》の中宮として大変にご寵愛なさったことがある。帝は、この人の御腹に皇子誕生のことがあってほしいものだと思われ、その頃験力《げんりき》ある僧として評判の三井寺の頼豪阿闍梨をお召しになして、

「汝、この后の腹に、皇子ご誕生の祈りを申せ。その願が成就した暁には、褒美は望み次第じゃ」

と仰せくだされる。

「たやすいことでございます」

頼豪はそう答えて三井寺に帰り、百か日が間、肝胆《かんたん》を砕いて祈りを込めましたるところが、果たして、それより百か日以内にご懐妊、承保《しようほう》元年(一〇七四年)十二月十六日に、無事平安の御産にて、皇子が御誕生とあいなりました。帝はたいそうお喜びになりまして、三井寺の頼豪を召し、

「汝の所望はどんなことであるか」

とご下問になる。そこで頼豪は三井寺に戒壇《かいだん》を建立《こんりゆう》致したいという旨を奏上いたします。しかしながら、帝は、

「これはまた、思いもかけぬ所望であるぞ。ひとっとびに僧正《そうじよう》の位の希望でも申すかと思っていたに……。総じて、皇子が生まれて、皇位を継が

せようと思うのも、畢竟《ひっきょう》国内の無事安泰を願ってのことじゃ。今、汝の所望を聞き届ければ、比叡山のほうでは憤激して世の大騒動となるであろう。しまいには比叡山と三井寺とが合戦に及ぶなどして、天台の仏法が滅びてしまうかもしれぬ」

と仰せあって、そのことはご聴許《ちょうきょ》にならなかったのであります。

頼豪は口惜《くちお》しいことだと思い、三井寺に帰って、そのまま断食餓死《だんじきがし》しようといたします。これには帝も大変に驚かれまして、太宰権帥大江匡房《だざいのごんのそつおおえのまさふさ》卿が、その頃はまだ美作守《みまさかのかみ》でございましたのを召喚されまして、

「そのほう、頼豪とは師僧と檀那《だんな》の契りを結んでいるそうだな。このこと、汝が行ってうまく説得してみよ」

と仰せ付けになります。美作守は帝のお言葉を頂戴いたしまして、頼豪の宿坊に出向き、帝の御意《ぎょい》のほどを言い含めようといたしますが、頼豪は驚くばかり濛々《もうもう》と香の煙のたちこめましたる持仏堂に立てこもり、恐ろしげな声を上げて、

「天子には、戯れの言葉などないはず。『綸言汗《りんげんあせ》の如し（天子の言葉は汗と同じで一度出たら引っ込めることはできない）』と、そのように聞いておる。たかがこれしきの所望が叶わぬにおいては、我が法力によって祈り出したる皇子なれば、ひっ攫《さら》って悪魔外道《あくまげどう》のところへ連れていってしまおうものを」

と言って、ついに対面もいたしませなんだ。

美作守は、帰り参上して、この通りに申し上げる。そうして、頼豪は、そのまま餓死してしまいます。これには帝も〈さて、これはどうしたものであろう……〉と御心中ただならぬ思いに懊悩《おうのう》される……果たせるかな皇子はまもなくご病気を得られまして、病魔退散のための様々の加持祈禱どもを致させましたが、どうにも平癒しそうもない。すると、白髪《はくはつ》の老僧が、錫杖《しやくじよう》を持って皇子の枕元に佇んでいる……というところが人々の夢にも見え、また彷彿と幻影も見えた……、まことに、恐ろしいなどという程度のことではございませぬ。

こんなことがございまして、承暦《しようりやく》元年（一〇七七年）八月六日に、皇子は御歳わずか四歳にて遂にお隠れになってしまいました。敦文親王《あつふんしんのう》と申し上げる方がこれであります。帝はたいそうお嘆きになられたことでありました。

その頃、比叡山の一門のほうでは、その時分は円融房《えんゆうぼう》の僧都とて、たいそう霊験ある僧と評判の、後の天台座主、良真《りようしん》大僧正……この方は西の京に住んでおりましたので、西京《さいきよう》の座主と呼ばれておりますが……この人をば内裏へお召しになりまして、

「こういうことがあったが、どうしたものであろうか」

と帝は仰せになる。すると、

「いつもわが比叡山の力によって、こうした御願《ごがん》は成就することでござい

ます。たとえば、九条《くじょう》の右大臣藤原師輔《もろすけ》公が、第十八代天台座主慈恵《じえ》大僧正に頼まれたればこそ、後に冷泉院《れんぜいいん》となる皇子《みこ》の御誕生は成就したのでございました。なに、お安い御用でございます」

僧都はそう申して、比叡山に帰り登り、山王大師《さんのうだいし》に百日の間、肝胆《かんたん》を砕いて祈り続けたところ、中宮はまもなく百日のうちにご懐妊となり、承《しょう》暦《りゃく》三年（一〇七九年）七月九日に無事ご安産、皇子の御誕生がございました。堀河天皇がこれでございます。

怨霊は、昔から恐ろしい事であります。この度、これほどめでたい御産に、大赦が行われたとは申せ、俊寛僧都一人《いちにん》は赦免がなかったということ、これまことに良からぬことでございます。

さて話はもとに戻りまして、治承二年の十二月八日、皇子は東宮《とうぐう》に立たれます。その傅役《もりやく》には小松内大臣重盛公、東宮大夫《とうぐうだいぶ》には池の中納言頼盛卿が任ぜられたということでございました。

■少将都帰《しょうしょうみやこがえり》■

明けて、治承三年（一一七九年）正月下旬に、丹波少将成経は肥前の国鹿瀬《かせ》の庄を発って、都へと急ぎましたが、なお余寒激しく、海もたいそう荒れております関係で、浦伝い島伝いをして、ようよう二月十日ころに、備前《びぜん》の児島《こじま》に到着いたします。そこから、父大納言成親の旧居を探し求めて行ってみれば、竹の柱や古ぼけた襖障子などに書き置かれた懐かしい父の筆の慰み書きがございます。これを見て成経は、

「人の形見には、その手跡《しゆせき》以上のものはあるまい。父君《ちちぎみ》が書き置いてくださらなかったら、どうしてこれを見ることができたろうか」

と、康頼入道と二人して、読んでは泣き、泣いては読みしておりました。そのなかに、「安元《あんげん》三年七月二十日出家、同じき二十六日信俊下向」

とも書かれてあった。これによって、源左衛門尉《げんざえもんのじよう》信俊がここに参上したことも知ることができたのでありました。そうして、その傍《かたわら》の壁には、

「三尊来迎《さんぞんらいこう》便《たよ》り有《あ》り、九品往生《くほんおうじよう》疑《うたが》い無《な》し（釈迦三尊がお迎え下さるとのよすががあるからには、九品の浄土のいずこかに生まれ変わることは疑いがない）」

とも書かれてあった……この形見の筆跡《ふであと》を見て、成経は、〈かかる流人の身となっても、父君は、なお浄土に往生の望みもお持ちであったのだな〉と思い、限りもない嘆きのなかにも、

「これなら、父君の来世に、すこしは望みもあろうかな」

など言うのでございました。

そしてまた、その墓を探して参ってみると、松がすこしばかり群生している中に、きちんと盛り土《ど》をした形跡もない。それで、少しだけ土の高くなったところに拝礼すると、少将は袖をかき合わせて畏まり、まるで生き

ている人に物を言うように、泣く泣く語りかけます。

「遠い備前の国にて、所の守り神となっておられるということは、鬼界ヶ島にて、かすかに伝え聞かせていただきましたが、わたくしも、心のままにもならぬ流人の身でございましたから、すぐに参上することも致しませんでした。成経は、あの島へ流されても、儚《はかな》い露命《ろめい》が不思議に消えることもなく、二年という月日を過ごして後、こうして召還されますことは、たしかに嬉しいことは嬉しいながら、父上がご存命でいらっしゃるところにお目にかかれたならば、それは命を永らえた甲斐もあったことでございましょう。されば、ここまでは、ともかく父上にお目にかかりたさに、急ぎに急いでまいりましたものの、これより後《のち》は、急いでまいろうとも思いませぬ」

とこんなふうにかき口説いては泣かれたのでございます。まことに存命のときであったら、こうして子息成経と再会して、大納言入道殿も、あれこれお話になることもたくさんございましたろう……けれども、こうして幽明境《ゆうめいさかい》を異《こと》にいたします今は、なんと語り合うこともできはしない、そのことほど恨めしかったことはございませぬ。もう苔の下にお眠りになっていては、誰がいったいこれに答えることができましたろう。ただ嵐に騒ぐ松が枝《え》の響きばかりが聞こえております。

その夜は、夜もすがら、康頼入道と二人《ふたり》して、墓の周りを巡り巡り念仏を唱え、明ければ改めてきちんとした土盛《どもり》を築き、杭を打ち横木を渡して

柵《さく》を設け、その前に仮屋を造り、七日七夜《しちにちしちや》の間念仏を申し、経を書き、その最後の日には大きな卒都婆を立てて、

「過去聖霊《かこしょうりょう》、出離生死《しゅつりしょうじ》、証大菩提《しょうだいぼだい》（此世を去った聖なる霊《みたま》よ、生死《しょうじ》の苦悩をきっぱりと離れて、どうか仏様の大きな悟りを開かれますように）」

と、このように書いて、さらに年号月日の下に、

「孝子成経」

と書いたのでございました。これには、風雅の心なき賤しい山の民どもも、

「子にまさる宝もないものよ」

と言って、涙を流し袖を絞らぬ者もなかったのでございました。

かくて何年も何年も月日が経とうとも、忘れることのできぬものは、撫《ぶ》育《いく》してくれた昔の恩にて、まことに夢のようでもあり、幻のようでもございます。また、尽きることのないものは、恋い慕う今の涙でございます。過去・現在・未来の三世《さんぜ》十方世界の仏陀や菩薩たちも、これを憐れみなさいますことにて、亡魂尊霊《ぼうこんそんりょう》もどれほど嬉しいと思っていたことでございましょうか。

「もう少しここにて念仏の功徳《くどく》を積むべきものではございますが、都に待っている人たちもきっと心配しておりましょう。されば、またまいりましょう」

と、このように亡き人に暇乞いを致しまして、泣く泣く墓前を立ったの

でありました。草葉の陰でも、父成親の御霊《みたま》が名残惜しく思っていたことでございましょうか。

三月十六日、少将成経は、鳥羽へ、まだ明るい時分に到着いたします。故大納言成親の山荘は、洲浜殿《すはまどの》と呼ばれて、鳥羽にございます。もう長いこと住み荒らした邸で、築地塀《ついじべい》はあるけれど、本来上にあるべき覆いの瓦は失《う》せ、門は構えばかりで扉はもう失われている。庭に立ち入《い》って眺めると、もはや人の歩いた跡もなく、どこも深く苔むしている。池のほとりを見回してみると、鳥羽離宮の庭上の築山、秋山のほうから吹いてくる春風に、白波がしきりに織り成し、そこに鳥どもが逍遥する様は、古えの漢《から》詩《うた》に「紫鴛白鷗朱檻《しゑんはくおうしゆかん》の前《まへ》に逍遥《せうえう》す（紫の鴛鴦《おしどり》や白い鷗が朱塗りの欄干《らんかん》の前で遊び戯れている）」と詠《なが》めた景色に異ならぬことでございました。

こうした風流に興じた父の恋しさに、尽きせぬものはただ涙でございます。

家はあるけれども目隠しの立て格子も壊れ、格子戸も引き戸も、建具らしい建具はもうなにもなくなってしまっておりました。

「ああ、ちょうどこの辺りに父大納言殿が、こんな様子で座っておられたな、それから、あそこの開き戸をば、こんな具合にして出入りなさったものだった。それから、あの木を御手《おんて》ずからお植えなさったのだったたな」

などなど言いながら、その一言一言につけて、父のことをば、いかにも恋しげに述懐したのでございました。

折しも、三月《やよい》の十六日のことで、桜にはまだいくらか散り残った花がございますものの、楊梅《やまもも》や桃《もも》や李《すもも》の梢のほうが、季節にふさわしいと、おのがじしに主張するかのごとく、色とりどりに咲き満ちております。なるほど、昔の主人はもはや此世におりませずとも、春を忘れぬ花どもでございます。

少将は花のもとに立ち寄って、

桃李《たうり》言《ものい》はず春幾《いく》ばくか暮れぬる
煙霞《えんか》跡《あと》なし昔《むかし》誰《たれ》か栖《す》んじ

山中の桃・李の花に、かの道士《どうし》が去ってから幾ほどの春を送ったのかと、尋ねてみても花はなにも物を言わぬ。
仙家をめぐる山々にはぼおっと霞が立ち巡っているが、しかしあのなんの跡もとどめない霞に向かって、昔ここに誰が住んでいたのか、問うよしもない

ふる里の花の物いふ世なりせば
いかにむかしのことをとはまし

むかしなつかしいこの里の花が、もし物を言うことができるのであったなら、どんなにか昔のことを尋ねてみたかったことだろう

成経がこの古い漢詩《からうた》や和歌を朗吟すると、康頼入道も、折が折ゆえ、じんと心に沁《し》みて、墨染めの袖を涙で濡らしたことでございました。

それから、都に入るのは日暮れを待ってからにしようと、二人はここで日没を待っておりましたほどに、あまりに名残惜しくて、夜のふけるまでそこに留まったのでございました。

やがて夜の更けてゆくままに、こういう荒れ邸の常として、ふるびた軒の、壊れた板の間《はざま》から漏れ入ってくる月の光が、隅々まで届いておりました。まもなく、恰《あたか》も古き漢詩に、「鶏籠《けいろう》の山《やま》曙《あ》けなんとす（唐土《もろこし》の鶏籠山《けいろうざん》にも擬《なぞら》えるべきこの山村で、今まさに夜が明けようとしている）」と詠まれた景色さながらに、しらじらと夜が明けてまいりますが、それでもなお家路を急ごうとも思わぬ名残惜しさでございました。

しかしながら、そうばかりもしてはいられませぬ。ここまで迎えの牛車をよこして帰りを待っているだろう家族たちを待たせておくのも心ないことだと観念いたしまして、泣く泣く洲浜殿を立ち出《いで》て、都へ帰り入ってまいりました、その心の内を思えば、哀れでもあり、また嬉しくもあったことでございましょう。

康頼のほうも迎えに車がまいっておりましたが、敢えてそれには乗らず、

「いまさら別々に帰るのも、名残惜しいことゆえ」

とて、康頼は少将の車に同乗致しまして、七条河原《しちじようがわら》まで同行いたしま

す。

そこで二人は別れましたが、なおすぐには離れてゆくこともできませぬ。思えば、「花の下《もと》の半日《はんじつ》の客《かく》、月《つき》の前《まへ》の一夜《いちや》の友《とも》（桜花のもとに半日を共にしただけの人、また月を愛でて一夜を過ごしただけの友でも、縁はあって別れは惜しい）」と昔より言い習わしておりますところ、また旅の人が、折しも降り来るにわか雨に、たまたま同じ樹のもとに雨宿りをしただけでも、雨上がりに立ち別れていくのは、名残惜しいものでございます。いわんや、これはあの苦しかった遠島の住まい、船のうち、波の上、その苦悩のすべては前世から同じ因縁に結ばれた報いでございましたほどに、二人の宿世の縁《えん》もいかばかり深かったことかと、いまさらながらに思い知られたことでございましょう。


丹波少将成経は、舅《しゆうと》の平宰相教盛の邸へ入ってまいります。

少将の母上は、その頃、東山の霊鷲山《りようじゆせん》あたりに住んでおりましたが、子息の帰京と聞いて、昨日から宰相の邸へ出てきて待っておりました。

少将が目《ま》の当たりに入ってまいりましたその姿をひと目見るなり、

「命あれば……」

とばかり、あとは言葉になりませぬ。すなわち古き歌に「命あれば今年の秋も月は見つ別れし人に逢《あ》ふ夜なきかな（こうして命永らえておりましたゆえ、今年も秋には月を見ることができました……が、ああ、別れた人に逢う夜はついになきことでございました）」とありますのを片端《かたはし》ばかりつぶやいて、命永らえたゆえに息子には再会できたが、夫にはもう逢えぬということを嘆いたのでございます。そうしてそのまま衾《ふすま》を頭から被るようにして、その場に泣き伏します。宰相の邸内に仕える女房ども、また侍どもも、こもごも集まってまいりまして、みな嬉し涙にくれるのでありました。まして少将の北の方、乳母の六条の心のうちを思うてみますと、どんなにうれしかったことでございましょうか。六条は、この年月《としつき》の尽きせぬ物思いのために、かつては黒かった髪もすっかり白髪《はくはつ》となり、北の方は、あれほど花のように美しかったものが、いつしか痩せ衰えて、同じ人とも見えぬばかりでございました。

流された時にはわずか三歳であった幼な子も、いまはすっかり成長して、髪を結うほどになっております。また、その側に、三歳ばかりの幼い子がおりますので、少将は、

「あれは、どうした……」

と尋ねます。すると六条が、

「これこそ……」

とだけ申して、あとは言葉もなく、ただ袖を顔に押し当てて涙を流しております。これを見て少将は、〈ああそうか、流されていくときに、なにやら気分の悪そうな様子であったのを見て下《くだ》ったことだったが、さては、あれが懐妊の……、よくぞ無事生まれて、ここまで育ったものよな〉と思

い出すにつけても、悲しいことでございました。

かくて少将は、もとのとおり後白河院の近侍に上《あが》りまして、宰相の中将に昇任いたします。

康頼入道は、東山の雙林寺《そうりんじ》に自分の山荘を持っておりましたので、それに落ち着いて、つくづくとこんな歌を詠んだのでございます。

ふる里の軒《のき》の板間《いたま》に苔《こけ》むして
おもひしほどは漏《も》らぬ月かな

むかし懐かしい里の家に帰ってきて見てみれば、荒れたる軒の板は壊れて隙間ができていたけれど、そこに苔がみっしりと茂っているために、思っていたほどは月光も漏れ入ってこないことであった……洲浜殿では、あれほど隈《くま》なく月影が射《さ》し入っていた軒の板間であったが……

そうして、そのままこの山荘に籠居《ろうきょ》いたしまして、辛かった昔のことなどを思い出しては、『宝物集《ほうぶつしゅう》』という物語を書いたと伝えております。

■有王《ありおう》■

こうして、鬼界ヶ島に流されておりました流人のうち、二人は赦免されて無事京へ帰ってまいりました。しかし、俊寛僧都一人は、苦悩に満ちた島暮らしのまま、まるで島の番人のようになってしまったのは、いっそう辛いことでございました。

ところで、僧都がまだ都におりましたころ、召使っておりました一人の少年がございます。幼いころからずっと目をかけてかわいがってまいりました者で、名を有王と申しております。

この有王、鬼界ヶ島の流人が赦免となり、今日はいよいよ都へ戻ってくるという評判でございましたゆえ、鳥羽までこれを迎えにまいります。しかし、自分の主《あるじ》である俊寛の姿は見えませぬ。

「どうして……」

と尋ねてみれば、

「それはな、一段と罪深いというので、一人だけ島に残されたのじゃ」

とこのように聞かされる、これには有王、胸が傷んだどころではございませせぬ。

そこで、有王は、つねに六波羅のあたりをうろうろしつつ、尋ねてみたりしておりましたが、赦免があるだろうということは、これっぽっちも聞くことができない、それではというので、僧都の娘御《むすめご》がひっそりと隠れている所へまいって、

「この度の赦免の機会にも漏れておしまいになり、お帰りにもなられませ

んでした。この上は、なんとかしてその鬼界ヶ島とやらに渡って、僧都の御行方《おんゆくえ》をお尋ね申し上げたいと、そのように思うようになりました。されば、お手紙を頂戴いたしとうございます」

こうかき口説かれて、僧都の娘は泣く泣く手紙を書いてくだされた。

暇《いとま》を乞うたところで許されるわけもない、と覚悟して父にも母にも知らせず、唐土《もろこし》渡りの船に乗ることに手はずを調えます。その船の出港は四月《うづき》か五月《さつき》と聞きましてより、衣更《ころもが》えにて夏衣《なつごろも》を裁つ時分に発つのでは遅かろうと思ったのでもありましょうか、三月《やよい》の末には早くも都を立出で、はるばるの波路を凌ぎつつ、薩摩のほうへと下ってまいります。

さてそこで、薩摩から、かの鬼界ヶ島へ渡る船の出る港までまいりますと、有王を不審に思った人々によって、着ているものを剝ぎ取られなどいたしましたが、なに、そんなことでは少しも後悔することではありませなんだ。ただし、俊寛の娘御のお手紙だけは、なんとしても人に見られまいとて、髪の元結《もとゆい》のなかにひしと隠しておりました。

こうして唐土通《もろこしがよ》いの商人船《あきんどぶね》に乗って、くだんの鬼界ヶ島へ到着いたしてみますと、都にあってわずかに聞いておりました事などは、まるで物の数でもございませぬ。その荒涼たること、田もなし、畠もなし、村もなし、里もなし、たまさかに人はおりますが、なにを言うておるのか、ひとつもわからない。もしや、これ体《てい》の者どものなかに、我が主人の消息を知っている者がありはせぬかと思うて、

「もしもし、ちょっとお尋ねしますが……」

　と問うてみれば、

「何事か」

　と答える。

「ここに、都から流されておいでになった、法勝寺《ほっしょうじ》の執行御房《しゅぎょうごぼう》と申す人が、いまどこにおられるか、ご存知でしょうか」

　と聞いてみますが、法勝寺とも執行とも、知っていればこそ返事もしようところながら、ただ頸を横に振って知らぬと申します。その中にも、ある者が思い当たったと見えて、

「さてのう、そういう人は三人……ここにござったが、二人は召し返されて都へ帰ったな。もう一人は残されて、あちら、こちらとウロウロしておったがな、さてどこへ行ったやら、行方は知らぬ」

　とこう言うのでありました。

〈もしや、あの山のほうかもしれぬ〉そう思って、有王は山路はるかに分け入っては、険しい峰にもよじ登り、また谷に下ってもみたけれど、その細道を白雲《はくうん》がうずめては閉ざしてしまい、どこへ行き、また帰るかその道筋もさだかならぬ有様、うとうとっとしてみても、青葉を揺らす荒々しい風が眠りを覚ましては、夢に僧都の面影すら見えないのでありました。

　かくて山路《やまじ》にはついに尋ねあうこともできず、それではと、海のほとりを尋ねてみるに、「沙頭《さとう》に印《いん》を刻《きざ》む鷗《かもめ》の遊ぶ処《ところ》、水底《すいてい》に書《しょ》を模《うつ》す雁《かり》の度《わた》る

時（砂浜に跡を刻み付けている……鷗や千鳥が遊ぶ処では。水底《みなそこ》に文字が写してある……雁の渡っていく時には）」と古き漢詩にあるとおりの景色ばかり、沖の白洲《しらす》に群がる浜千鳥のほかには、僧都の行方を尋ねるものとても、さてさっぱりございませんでした。

ある朝、磯のほうから、蚊蜻蛉《かげろう》のように痩せ衰えた者が、よろめきながらやってまいります。もとは法師であったと見えまして、髪はざんばらのまま茫々と空に向かって伸び、さまざまの藻屑《もくず》が体一面に張り付いて、まるで草の藪《やぶ》をかぶっているがごとくであります。痩せに痩せた体じゅうの関節は節くれだって、皮膚は皺だらけにたるんでいる、身に付けたものとても、絹やら布やら見分けもつかず、片手には荒布《あらめ》を拾って持ち、片手には漁師に魚を恵んでもらったのを持ち、歩くようにはしておりますが、足元も覚束《おぼつか》ず遅々《ちち》たる歩みでよろよろと出てきたのでありました。

〈ああ、都でも多くの乞食《こつじき》を見てきたけれど、あれほどひどい姿のものは、いまだみたこともない……そうだ、お経に「諸阿修羅等居在大海辺《しよあしゆらとうこざいだいかいへん》」とて、地獄《じごく》・餓鬼《がき》・畜生《ちくしよう》・修羅《しゆら》の悪《あ》しき道は、深山や大海のあたりにあると、仏様はお教えくださってあったな……。さては、もしかして、私は餓鬼道にでも落ちてきたのだろうか……〉と有王は思うておりましたが、そのうちに、この怪しい者も、次第にこちらへ近づいてまいります。

〈もしや、こういう者でもあれば、主《しゆう》の行方を知っていることがあるかも

しれぬ〉と思って、

「もし、ちとお尋ね申します」

と尋ねると、

「なにごとじゃ」

と、答える。

「そこもとは、都から流されておいでの、法勝寺の執行御房と申す人の、お行方をご存じか」

こう尋ねてみますと、あまりの変貌に少年のほうは気付かなかったが、僧都はどうして有王のことを忘れなどすることがありましょう、

「わしが、その……それじゃ」

と言うことばも終わらぬうちに、手に持っていた物を投げ捨てて、砂の上に倒れ伏してしまいます。こうして有王は、やっとのことで、己の主《あるじ》の行方を知ることができたのでございます。

そのまま気を失おうとする主をば、おのが膝のうえに抱きかかえて、

「有王がまいりましてございます。多くの波路を凌いで、これまで尋ねてまいりました甲斐もなく、どうして……どうして、こんなにすぐ、わたくしに辛い目を見させるのでございますか」

と、泣く泣く言葉をかけると、ややあって、少し人心地がつき、助け起こされて、

「まことに……そなたがこんな所まで尋ねて来てくれた、その心のほどは

ほんとうに感心なことじゃ。わしは、明けても暮れても、都のことばかり思うていたほどに、恋しい者たちの面影はな……夢に……見る折もあり、幻に……立つ時も時もあった。こうして体がすっかり弱ってしまってからは、夢やら現実やらも、もう分からぬようになってしもうた。されば、そなたがこうして来てくれたのも、ただ夢……とばかり思うことじゃ。もしこのことが夢であったなら、覚めての後は、どうしたらよかろうぞ」

有王、

「現実でございます。こんなお姿になられて、今までお命を永らえておられたことこそ、ほんとうに不思議でございます」

と申すほどに、

「おうおう、そのことよ。去年、少将や康頼入道に捨てられて、その後《のち》の頼りなきありさま、わしの心中を思いやっておくれ。……されば、ほれ、その海に身を投げようとまで思ったことじゃったが、かの少将が『今一度《いまいちど》の都からの音信《おとずれ》を、きっとお待ちください』などと、わけもないことを言って慰めてくれたことをな……まことに愚かしいことじゃが、せめての頼りにして、もしや、もしや、とな、そう思いながら生き永らえようとはしたのじゃが、この島には人の食い物など、まったく無いところなれば、我が身に力のあったうちは、山に登って硫黄《いおう》という物を掘り、九州から通ってくる商人《あきんど》に会って、これを食い物にかえてな……そんなことをして露命《ろめい》をつないでおったが、日に日に弱ってゆくばかり、今はそんなこともできず……こんなふうに天気の良いときは、磯に出て漁師に、釣り人に、手を合わせ膝を屈して、魚を恵んでもらい、潮干のときには貝を拾い、荒布を採り、磯の苔に露の命をかけて、こうして今日までなんとか永らえてきた。こんなところでは、そんなことでもしなければ、どうして浮世を渡る方法があるだろうかと、そなたも思うであろうな。ここにて、なにもかも言おうとは思うのだが、ささ、まずは我が家《いえ》へ……」

と僧都は述懐いたします。〈この有様になっても、なお家を持っておいでになるという不思議さよ〉と思いながら行くほどに、松が一群《ひとむら》ございますなかに、流れ着いた竹を柱とし、葦《あし》を束ねては、それを桁《けた》や梁《はり》に渡し、その上にも下にも松の葉をひしと取りかけて屋根にしてある。これではとても雨風を凌ぐこともむずかしかろうという小屋でございます。昔は法勝寺の寺務職《じむしょく》にあって、八十余箇所の寺領の荘園の事務《じむ》を司《つかさど》っておりましたゆえ、屋根の付いたの付かないの様々の門構えのうちに四、五百人もの部下や召使などに取り囲まれていたものでございました。が、こうして目前に、かかる辛い目を見ることになったのは、まことに不思議なことでありました。

業《ごう》というものに、さまざまございます。順現業《じゅんげんごう》、これは現世の悪事の報いを生きているうちに受ける業、また、順生業《じゅんしょうごう》、これは現世の報いを来世にて受ける業、さらに順後業《じゅんごごう》と申しますのは、二生《にしょう》以後の後《のち》の世に受ける業でございます。されば、僧都の一生において、身に用いるところのものは、ことごとく本来大伽藍の寺の物、すなわち仏様の物でないものとてもございません。しかるに、信者がたから頂戴したお布施に対して、まったく報いるという心がけもなく恣《ほしいまま》なる暮らしをして、恬《てん》としてこれを恥じなかったという罪によって、このように今生目《こんじょうま》の当たりに報いが降《くだ》ったのだと見えたのでございました。

■僧都死去《そうずしきょ》■

僧都は、やっとこれが現実なのだと思い定めて、語りかけます。

「そもそも去年、少将や判官入道の迎えの船が来た時にも、我が家中の者どもからの手紙は一つもなかった……。今、そなたがこうして尋ねてくるついでにも、やはり妻子からの手紙などを持参しなかったのは、もしやここに来るということを、家族にも言わなかったのか……」

有王は、涙に噎《むせ》びうっ伏《ぶ》して、しばらくの間《あいだ》、口もきけませせぬ。ややあって、やっと起き上がると、涙を抑えて申します。

「僧都さまが西八条へお出かけになられると、間もなく召し捕りの役人どもがやってまいりまして、ご家中の人々を逮捕連行し、ご謀反の一部始終を糾問《きゅうもん》のうえ、みな死罪になってございます。北の方は、幼きお子たちを匿《かくま》うのにご苦心なさいまして、鞍馬の奥にお隠れになってお過ごしでしたが、このわたくしめだけは、時々密かにお訪ねしては、なにかにの御用を承っておりました……。どなたさまも、そのお嘆きはひとかたではございませんでしたが、なかにも、若君さまは、あまりに父上をお慕いなさいまして、わたくしが参上いたしますたびに、『有王よ、その鬼界ヶ島とやらへ、僕も連れていっておくれよ』と駄々をこねられましたが……さきごろの二月《きさらぎ》、疱瘡《もがさ》とやらの病に罹《かか》られてお亡くなりになりました。北の方は、そのことのお嘆きといい、またこなた様のご赦免のなかったことといい、ひとかたならぬ物思いにお沈みになられまして、それからは日に日に弱られておいでになりましたが、同じ年の三月《やよい》二日の日に、とうとうお亡くなりに……なりました。今はお姫さまだけがご存命で、奈良の伯母さまのところにおいでてございます。ここに、そのお手紙を頂戴して持ってまいりました」

それから有王は、その娘御の手紙を取り出して僧都に差し出します。僧都がこれを開いてみると、有王が今申したことに違わず書かれてあった……そしてその一番最後のところに、

「どうして三人いっしょに流された人のうち、二人《ににん》は召し返されておられるのに、父上だけがいまだにお帰りにならないのですか。悲しい……身分の高下《こうげ》にかかわりなく、女の身ほど情けないものはございませぬ。もしわたくしが男の子でございましたら、父上がいらっしゃる島へも、どうして参上しないでおりましょうか。この有王をお供として、どうぞ急いでご帰京くださいませ」

と、こう書かれておりました。

「どうじゃ、これを見てみよ、有王。この子の手紙のかきぶりの心細げなこと。そなたを供にして、急いで帰京してほしいと書いてある、こんな悲しいことがあろうか。心のままに行動することが許されている身ならば、この俊寛、なんとしてうかうかとこんなところで三年もの月日を無駄に送ろうか。今年は娘も十二歳になると思うのだが、なんの後ろ盾もなく、こんなに心細げなことでは、この先、人の内儀《ないぎ》にもなり、もしくは宮仕えにでも出て、身を立てていくことなどできるだろうか」

　僧都はこうかき口説いてまた泣きます。その様子は、古えの歌に「人の親の心は闇にあらねども子を思ふ道にまどひぬるかな（人の親とて、その心は闇ではないのだが、ただ、子を思う恩愛《おんない》の道だけには、誰もみな惑うてしまうことよ）」とございますとおり、俊寛が娘御を思うて心惑いせずにはいられなかったことも、つくづく思い知られたのでございました。

「この島に流されてからというものは、暦もないゆえにな、月日の移り変わりも知るよしもなかった。ただ、自然と花が散り、葉が落ちるのを見ては、春と秋とを知り、蟬が鳴きだせば、『五月《ごぐゑつ》の蟬《せみ》の声《こゑ》は麦秋《ばくしう》を送《おく》る（五月の蟬が鳴く声を聞けば、四月の麦秋も過ぎさったことを知る）』という漢詩《からうた》の句のごとく夏が来たことを知る、はたまた雪の積もるを以て冬であることを知る。あるいは月の満ち欠けを見ては、三十日を弁《わきま》え、指を折って数えてみると、今年六つになったかと思う息子も……はや、先立ったと……さように申すかや。西八条へ出頭いたした折に、この子が、『僕も行くよう』と……わが後を追ってきたが、『すぐ帰って来るからな』と宥《なだ》めて置いたものだった。……あの日のことは、まるで昨日のように思われるぞよ。あ あ、あれが此世での息子の見納めだとわかっていたら、なんでももっとしっかりと見ておかなかったろうか。親となり、子となり、夫婦の縁を結ぶというのも、みな此世だけの縁ではない。前世からの宿縁に結ばれておるのじゃ。それなら、なぜ、息子といい妻といい、あれらがそんなふうに先立ったものを、今まで夢幻《ゆめまぼろし》にも知らずにいたものであろう。人目も憚らず、なんとしても命を永らえようと思ったのも、畢竟、これらの家族にもう一度会いたいと思ったがゆえじゃ。姫のことは、なにかと案じられはするけれど、それも生きているのであれば、嘆きながらもなんとか暮らしてゆくであろう。されば、わしがこの先、そうそう命永らえて、そなたに無用の苦労をかけるのも、我ながら情知らずと申すものであろう」

こんなことを述懐の後、俊寛は自ら食を断ち、ただひとえに南無阿弥陀仏と念仏を唱えて、妄念《もうねん》なき臨終の来たらんことを祈るのでございました。

かくて有王が島に着いて二十三日目という日に、俊寛はその庵の中で遂に往生を遂げたのでございます。享年三十七ということでありました。

有王はその空しき亡骸《なきがら》にとりすがり、天を仰ぎ地に伏して泣き悲しみましたが、もとよりなんの甲斐もござりませぬ。

かくて心ゆくまで泣きに泣いて、泣き飽きて後、〈これよりすぐに僧都の死出《しで》のお供をするべきところながら、そうすると此世には姫君さまこそ残っておいでになろうものの、俊寛さまの後世《ごせ》のお弔いをする人とてもなくなってしまう。この上は、もう少し生き永らえて後世菩提《ごせぼだい》を弔うことにしよう〉と、そう思って、俊寛の最期の床をそのままに残しつつ庵を壊し、松の枯枝、葦の枯葉ですっかり覆い、火をかけて海人《あま》の塩焼く煙さながらに火葬したのでございました。荼毘《だび》のことがすっかり終わりましたるほどに、白骨を拾い、それを頸《くび》に掛けて、また商人船に同乗して九州の地へと到着いたします。


僧都の娘御の居所《きょしょ》へ参上して、有王は、島での出来事の一部始終をこまごまと語ります。

「姫さまのお手紙をご覧になられましたほどに、却って御物思《おんものおも》いは募られたことでございました。硯も紙もございませぬゆえ、お返事を書くことはできませんでした。また、お考えになっていたことも、ご胸中にはさまざまございましたろうが、それもこれも一切空しくなってしまわれました。今は、生き変わり死に変わりと生生流転《せいせいるてん》を繰り返して、永劫の時空を隔てようとも、もう二度とあのお声を聞き、あのお姿を拝見することはできませぬ」

有王がこう申しますほどに、姫君は、伏し転《まろ》び、声も惜しまず泣いたことでありました。

そうして、まもなく十二歳の年に尼となり、奈良の法華寺《ほっけじ》に行い澄まして、ただ父母《ぶぼ》の後世を弔って過ごしなされた、まことに哀れなことでございました。

有王は、俊寛の遺骨を頸にかけ、高野山に登り、奥の院に納骨して、蓮華谷《れんげだに》にて出家して法師になり、諸国遍《あまね》く修行の旅を続けまして、主俊寛の後世を弔ったのでありました。

それもこれも、多くの人の物思いや嘆きの心が積もってまいりますことにて、かくては平家の行く末が、つくづく恐ろしいことでございました。

■飈《つじかぜ》■

同じき治承三年（一一七九年）の五月十二日、午の刻（正午）の時分、京中には旋風《つむじかぜ》がおそろしく吹いて、人家も多く倒壊いたします。風は中御門京極《なかのみかどきょうごく》のあたりから発生して、西南《ひつじさる》の方角へ吹いてまいりますほどに、屋根あり屋根なしさまざまの門を吹き抜け、四、五町いや十町ほども吹き続けて、家々の桁《けた》、長押《なげし》、柱などが空中に立ち舞っております。まして屋根を葺いてあった檜の樹皮《じゆひ》やら、板葺《いたぶ》きの板やら、まるで冬の木の葉が風に乱れ飛ぶようなありさまでございました。そうして、壮絶なまでの轟音《ごうおん》が響き渡り、あの地獄の狂風《きょうふう》といえどもこれほどではあるまいと見えたことであります。その風は、ただに家々を破損するのみならず、命を失う人も多くございました。まして牛や馬のたぐいは数限りなく打ち殺されてしまいます。

これほどの災害は、けっしてただごとではあるまい、占いが有ってしかるべしというので、宮中の神祇官《じんぎかん》において占いが行われます。

「これから百か日のうちに、俸禄を重く頂戴している大臣の身に慎《つつし》みを要することがあり、ひいては天下の一大事、そして仏法《ぶっぽう》・王法《おうぼう》ともに傾いて、戦乱が立ち続くであろう」

と、このように神祇官でも陰陽寮《おんようりょう》でも占い申したのでございました。

■医師問答《いしもんどう》■

小松殿重盛公は、これらの事どもを聞いて、なにもかも心細く思われたのでありましょうか、その頃熊野参詣の事がございました。

本宮の証誠殿《しょうじょうでん》の御前《おまえ》で、夜を徹してご本尊証誠大菩薩《しょうじょうだいぼさつ》に向かい、敬《うやま》って申し上げたことは、次のようなことでございました。

「わが父入道相国の行実《ぎょうじつ》を見まするに、悪逆《あくぎゃく》にして道義《どうぎ》無く、ややもすれば帝をも悩まし申し上げることがございます。重盛は、その長子として、頻《しき》りに諫言《かんげん》致すのですが、わたくし自身が至らぬ者ゆえ、父はまったく聞き入れてくれませせぬ。その振る舞いを見ますと、父一代限りの栄華も、やはり危ういことでございます。この分では、子々孫々連続して、親を顕彰しその名を高からしむることはむずかしゅうございます。この時に当たって、重盛は卑賤の身に過ぎたることながら、こう思っております。このような状態で、生半可に公卿の座に列して、この晴れがましい世界に浮沈《ふちん》せんとすることは、断じて良き臣下、そして孝行の子の生き方ではございますまい。かくなる上は、もはやほかに致しようもございませぬ。ただただ、世俗の名を捨て、この身は隠退し、今生《こんじょう》での声望《せいぼう》などはみな抛《ほう》擲《てき》し尽くして、来世の菩提《ぼだい》を求めること、それにまさることはございますまい。……ただし、しょせんは凡人《ぼんじん》の果報《かほう》乏しき身として、いずれが是いずれが非か、その判断に惑うております。そのゆえに、なお出家遁世《とんぜい》の志を、意のままに貫徹することも出来難いのでございます。南無《なむ》権現金剛童《こんごうどう》子《じ》、願わくは、子孫繁栄絶えることなく出仕して、朝廷の皆様がたとご一緒させていただくためには、父入道の悪しき心を改めさせ、以て天下の平安ならんことを実現させたまえ。栄耀栄華も父一代限りとして、子孫どもが恥を受けるような定めでございますならば、どうかこの重盛の命を縮めて、以て来世の苦患《くげん》からお助けくださいませ。父の悪心を改めさせるか、さもなくば我が命を縮めてくださるか、二つに一つのお願いでございますれば、ただただ、お助けお導きを仰ぐばかりでございます」

こう申して、肝胆を砕いて祈られましたところが、灯籠《とうろう》の火のようなる物が、重盛公の体からふっと出て、それからぱっと消えるようにして失せたのでございました。そこに同席の多くの人がこれを見ておりましたが、恐ろしさに、誰も口に出しては申しませなんだ。

また下向の道で、岩田川を渡られましたが、嫡子権亮少将《ごんのすけしょうしょう》維盛以下の公達は、神事の折着用の白装束の下に薄紫色の衣を着て、折しも夏のことなれば、なにげなく河水に戯れなさった、すると、この白装束が濡れて、下の衣が透けて見えたところが、それがまったく喪服の鈍色《にびいろ》のように見えたのでありました。されば、随行した筑後守貞能がこれを見とがめまして、

「なんということでござりましょうや。あの御装束が甚だ不吉な色に見えることでございます。すぐにお召し替えあって然るべきかと存じます」

と申し上げる。重盛公は、

「さては……私の願は、すでに成就したことじゃ。その白装束を着替えてはならぬ」

とて、あらためて、その岩田川のところから、熊野へ悦《よろこ》び申しのための奉幣使《ほうへいし》を立てられたのでございました。このことを、人々は納得できぬ思いでおりましたが、誰もなんのための奉幣使か、理解することができなかったのでありました。しかるに、このとき同行した公達が、ほどなく、ほんとうに喪服を着ることになりましたのは、不思議なことでございました。

熊野から下ってまいりましてより、そう日数も経《へ》ぬうちに、重盛公は病に倒れます。このことは熊野の権現様もお聞き入れくださっていることだから、というので、重盛公は、とりたてての治療もせず、祈禱も頼まず、そのままにしておりました。

その頃、宋王朝から、優れた名医が渡ってきて我が国に滞在しているということがありました。折から入道相国清盛は福原の別荘に滞在しておりましたが、越中守盛俊《もりとし》を使者に立てて、重盛公に申し送られた。

「ご病気いよいよ篤《あつ》しき由、こちらへも聞こえております。予《かね》てまた、宋朝から優れたる名医がお見えになっております。ちょうどよい折に、喜ばしいことと思います。この名医を招請《しようせい》して、医療を加えさせたらよろしかろうと……」

とわざわざこう申し送ってまいりましたが、小松殿は人に助けられてようよう起き上がると、盛俊を御前《おまえ》に呼んで、

「入道相国には、まずは『医療のこと、たしかに承《うけたまわ》りました』と、そのように申せ。ただし汝もよく聞いてくれ。延喜《えんぎ》の帝（醍醐天皇）は、あれほどの賢君《けんくん》でおわしましたが、異国の占い師を都へ入れさせなさいましたことを、のちのちまでも、『賢王の過ちであり、我が国の恥だ』と思われたこととじゃ。いわんや、重盛ほどの凡人が、異国の医者をば王城へ入れるなどということは、国の恥そのものではないか。漢の高祖《こうそ》は、三尺《さんじやく》の

剣を引っさげて天下をお治めになられたが、淮南《わいなん》の黥布《げいふ》という者を討伐した時、流れ矢に当たって傷を受けた。后《きさき》の呂太后《りょたいこう》が良医を迎えて診察せしめたところ、医師の申すには、『この傷は治すことができましょう。ただし、五十斤（八〇〇両）の金《こがね》をいただけましたら治療いたしましょう』と言った。高祖がそこで仰せになったことは、『私も天の守りを厚く受けておった時分は、ずいぶん多くの戦に臨んだもので、傷を受けもしたが、少しも痛かったということがない。運はすでに尽きた。命《めい》はまったく天にある。たとえここに天下一の名医扁鵲《へんじゃく》がまいったとしても、なんの役に立とうぞ。されば、その五十斤は無駄なこと、と申せば金《こがね》を惜しむに似るようだ』とこう仰せになって、五十斤の金を医師に取らせながら、とうとう治療せぬままになった。この先人の言葉は、我が耳に残っていて、今なお心から感服しているのじゃ。この重盛、いやしくも九卿《きゅうけい》と言われるほどの高位に列して、内大臣を拝命しておる。その運命を推考《すいこう》してみるに、万事は天の御心《みこころ》次第ということじゃ。なんとしてこの天の御心を察することをせずして、愚かにも治療の手間をかけさせようぞ。この病気が、もし運命のしからしむるところであるなら、いかに療治《りょうじ》を加えようとも、結局なんの益《えき》もありはすまい。またもしまだ定まった運命でないのであれば、療治を加えずとも、自然と助かることであろう。かの天竺の名医耆婆《ぎば》の医術も及ばずして、大いなる悟りを開かれた釈尊は、抜提河《ばったいが》のほとりにて入滅《にゅうめつ》されたという。すなわち定まった運命による死は、決して療治を以て癒やすることはできぬという事をお示しになるためであった。もし定まる運命でも医療によって治療することができるなら、なんとして釈尊の入滅などということがあったろうか。定まった運命による死は、決して治すことはできぬということ、ここを以て明らかなるぞ。治ろうとする病人は釈尊、治療する医者は耆婆、それでもどうにもならぬ。ましてこの重盛の体はもとより仏の体ではない。また名医と申しても耆婆には及ぶまい。たとえ唐土《もろこし》の四部《しぶ》の医学書をことごとく読破して、百の療法に通暁する医者といえども、なんとしてこの俗世の汚れた体を救い治療することなどできようか。たとえ、五経《ごきょう》と称する医書の説をことごとく知悉《ちしつ》して、多くの病を癒やすとしても、どうして前世から定まっている運命の死の病を治すことなどできようぞ。さてまた、その宋朝の医術によって私が生き延びたとしたら、我が国の医術など無きがごときもの、また反対にその医術が効果なきものであるなら、もとより面会する意味もあるまい。なかんずくに、日本の大臣としての威儀を保ちながら、その外国からふらりとやってきた客人に面会するというのは、一方では国の恥でもあり、また一方では、政道の衰微でもある。たとえこの重盛の命が滅びようとも、なんとして国の恥を思う心を保たずにいられようか。……とこのように申せよ」

重盛公は、かように仰せになったのでありました。

盛俊は福原に帰参して、このとおりに泣く泣く申しましたるところ、入道相国も、

「まことに、これほどまでに国の恥を思うてくれる大臣など、聖君の治め給うた上代にもいまだ聞かぬ。ましてこの末代にはあろうとも思えぬ。されば日本には相応《ふさわ》しからぬ大臣ゆえ、いかにしても今度は亡くなってしまうであろう……」

とて、泣く泣く都へ上っていったのでございます。

同じ年の七月二十八日、小松殿重盛公は出家なされた。法名《ほうみょう》は浄蓮《じょうれん》と、お付けになった。それからまもなく、八月一日の日に、少しの乱れもなく、尋常に念仏して最期を遂げられたのございました。御年《おんとし》四十三《しじゅうさん》、まさに今を盛りの年齢と思われますに、まことに哀れなることでございました。

「入道相国があんなふうに横紙破りを通したのも、この人がみな尻拭いをなさったればこそ、世間も丸く収まったのだ」

「されば、この後は、天下にどんな変事が出来《しゅったい》するであろう……」

と京中の人々は挙って嘆きあったことでございました。

前右大将《さきのうだいしょう》宗盛卿の身内の人は、

「かくなる上は、天下は今すぐにうちの大将殿のところへ転がり込んで来ようぞ」

などと悦んだことでありました。人の親がその子を思う心は、愚かな子が先立つのでもやはり悲しいもの、ましてやこれは、当家の棟梁にして、当代の賢人でおわしましたことゆえ、親子の別離、また家の衰微、いずれも悲しんでも悲しんでもなお余りあることでございました。

されば、世の中では、重盛の死によって、良き臣下を失ったことを嘆き、平家一門にとっては、武略《ぶりやく》のすたれることを悲しんだ……。

およそ、この重盛の大臣《おとど》は、人徳よく外《ほか》に顕《あらわ》れて、その姿は端正《たんせい》であり、心には帝への忠義を内包し、学才芸能ともに人に優れ、また言葉と徳《とく》行《ぎょう》とをよく兼ね具えておられたのでございました。

■無文《むもん》■

生まれついて、この大臣《おとど》は不思議な人で、未来のことを前もって予見することができたのでありましょうか。

去る四月七日の夢に見たことは、まことに不思議なことでありました。それは、どことも知れぬ浜辺をはるばると歩いてゆくほどに、道の傍らに大きな鳥居がありましたから、

「あれはどういう謂れのある鳥居か」

と尋ねられた。すると、

「春日大明神《かすがのだいみようじん》の御鳥居《おんとりい》です」

と言う。あたりには人が群れ集まっておりました。そのなかに、法師の

頸を一つ差し上げている……、

「さて、あの頸はどうしたのか」

とお尋ねになると、

「これは平家の太政入道殿の御頸《おんくび》を、悪行《あくぎよう》が過ぎられたによって、当社大明神がお召し捕りになったのでござる」

と答えたと思ったら目が覚めた……当家は、保元・平治よりこのかた、たびたびの戦に朝敵を平定し、その褒賞《ほうしよう》は身にあまるほど、かたじけなくも天下をご統治なさる天子さまのご外戚として、一族の昇進六十余人、二十余年このかたは、富貴と栄華と、ともに申し分のないことであったに、入道の悪行があまりに過ぎたことによって、一門の運命今まさに尽きようとしているのに違いない、と来《こ》し方《かた》行く末のことを、あれこれと思い続けて、重盛公は涙に噎ばれたのでありました。

その時、邸の開き戸をば、ほとほと、と叩く者がございます。

「だれじゃ、あれは誰だか尋ねてまいれ」

と命じられますに、

「瀬尾太郎兼康《せのおのたろうかねやす》がまいっております」

と取次の者が報告する。

「どうした、何事じゃ」

公がそう尋ねますと、

「たった今、不思議の事がございまして、夜が明けてからでは遅いと存じますほどに、そのことを申し上げようと存じて、参上いたしました。恐れ入りますが、お人払いをお願い申します」

とのこと。さっそく近侍《きんじ》の者を遥かに遠ざけて、公は兼康と対面なさる。すると、兼康は今宵見た夢のありさまをば、初めから終わりまで詳しく語り申したところ、これが重盛公のご覧になった夢と寸分違《たが》わなかった。さればこそ、この瀬尾太郎兼康をば、重盛公のほうでも、

「神霊的なことにも通じておる者よな」

と言って感じ入られたのでありました。

その翌朝、嫡子権亮少将維盛が、後白河院の御所へ参上しようと思って出かけたところ、父大臣《おとど》が呼びつけて、

「人の親の身として、こんなことを申すと、いかにも愚かしいことのようじゃが、そなたは我が子どもたちのなかでは優れているように見えるぞ。ただし、この世の中の有様がどうなっていくのであろうかと、心細く思われる。貞能はおらぬか。さあ、少将に酒を勧めよ」

と仰せになりますほどに、貞能はただちに酌にまいります。

「この盃をな、まずは少将に取らせたいものじゃが、よもや親より先には飲まれぬことであろう。されば重盛がまずは取り上げて飲み、それから少将に一献《いっこん》差そうぞ」

とて、まず自分で三度まで盃《はい》を受けてから、少将に差された。少将も三度この盃を受けたが、その時、

「どうじゃ、貞能、引き出物を遣わせ」

と重盛公は仰せになる。貞能は畏《かしこ》まってこれを承り、錦の袋に入れた御《おん》太刀《たち》を取り出したことでございました。

〈ああ、これは我が家《いえ》に伝わっている『小烏《こがらす》』と銘のついた太刀だろうかな〉

維盛は、いかにも嬉しげにさように推量いたしまして、じっさいに見てみますと、小烏ではなくて、大臣の葬礼の時に用いる、まったく無文の、すなわち、なんの模様もない黒塗りの太刀でございました。これを見て少将は、ハッと顔色《かおいろ》を変じ、まことに忌《い》まわしげに睨んでおりますと、父大臣は、涙をはらはらと流して、

「どうした少将、それは貞能が取り違えたのでもないぞ。入道に万一のことがあらば、この重盛が佩《は》いて葬送のお供をしようと思って持っていたものじゃが、今はこの重盛のほうが入道殿よりも先に逝こうとしておるゆえにな、貴公にこれを差し上げるのじゃ」

と仰せになった……。少将はこれを聞かれて、なんと返事のしようもなかった。ただ涙に噎びうっ伏《ぶ》して、その日は宮中へも出仕せずに、衣を頭から被って横になってしまわれた。その後、重盛公は熊野へ詣で、下向して病となり、幾程もなく遂には亡くなってしまわれてはじめて、ああそうであったのかと、腑に落ちたことでございました。

■燈爐之沙汰《とうろうのさた》■

すべてこの重盛の大臣《おとど》は、罪を滅《めっ》し善を生《な》そうという志の深いことでございましたがゆえに、来世での浮き沈みを案じられて、東山の麓に一宇《いちう》の寺を建立《こんりゅう》された。これは阿弥陀仏が民衆を救済しようとて立てられた四十八の誓願をかたどって、柱と柱の間が四十八も連なっているというお寺でございました。しかも、その一間《いっけん》ごとに一つずつ、されば四十八間に都合四十八もの灯籠を掛けられましたので、恰《あたか》も九品《くほん》の浄土の蓮《はちす》の台《うてな》が目《ま》の当たりに輝きわたり、その光芒は磨きぬいた鳳凰鏡《ほうおうきょう》が光るにも似て、まさに浄土のほとりに臨んでいるかのようでございました。

毎月十四、五日と定めて、平家や他家の人々の御方《おんかた》がたのなかから、とくに見目良《みめよ》く若い盛りの女房たちを多く招き集めつつ、一間に六人ずつ、すなわち四十八間に都合二百八十八人を念仏衆に定めまして、この二日間のあいだは、心を一つにして阿弥陀仏の名を唱える声が絶えませぬ。まことにこれ、阿弥陀様が念仏行者の臨終に際してお迎えに見えるという、その誓願もこの所にかりそめの姿を現し、また総ての人々をお見捨てなくお救いくださるという誓いの光も、この重盛の大臣《おとど》をお照らしになるだろうと見えたことでございました。そうして、十五日の昼をこの念仏会《ねんぶつえ》の最後として、大念仏《だいねんぶつ》を執行《しゅぎょう》され、大臣自らもご本尊を巡り巡って歩まれながらの念仏行に参加され、ついには西方《さいほう》に向かって、

「南無安養教主弥陀善逝《なむあんようきようしゆみだぜんせい》、三界六道《さんがいろくどう》の衆生《しゆじよう》を普《あまね》く済度《さいど》し給《たま》え（西方浄土の阿弥陀さまに敬礼《きようらい》し奉る。この世界のありとあらゆる衆生を普くお救いください）」

と自らの功徳《くどく》を衆生《しゆじよう》のために差し向けて、極楽への往生を願い出られましたるゆえ、これを見る人々は慈悲の心を起こし、また聞く人も感涙を催したということであります。

こうした謂れから、この大臣《おとど》をば燈籠《とうろう》の大臣《だいじん》と、そのように申したのでございます。

■金渡《かねわたし》■

また重盛公は、

「我が国においてどれほどの大善根《だいぜんごん》を施しおいたとしても、子孫が何代にも渡って後世《ごせ》を弔ってくれるか……それは、ほとんどありえないことであろう。されば、他国にどんな善根でも施して、後世を弔ってもらいたいものじゃ」

というので、安元（一一七五〜七七年）の頃、九州から妙典《みようでん》という船頭を京へ呼び、厳重に人払いをした上で対面されたのでございました。そうして、黄金《こがね》三千五百両をそこへ運ばせると、

「そなたは、大いなる正直者だと聞いている。されば、五百両をばそなた

に進上しよう。残りの三千両を持って宋朝へ渡り、かの五山《ござん》の名刹《めいさつ》阿育王《あいくおう》寺《じ》へ持参してな、千両は僧たちへの布施とし、二千両をば宋の帝へ差し上げて、その代りとして田地《でんぢ》をば阿育王寺へ寄進して頂くのじゃ。それで我が後世を弔ってくれるように頼もうぞ」

と申し付けられた。妙典はこれを頂戴して、万里の荒き波風を凌ぎつつ、大宋国へと渡ったのでございます。そうして、阿育王寺の住持にして仏照禅師《ぶつしようぜんじ》の号を帝より賜っております徳光《とくこう》という高僧に拝謁《はいえつ》し、この由を申しました。禅師は随喜《ずいき》の涙を流して感嘆し、千両を僧に分配し、二千両を帝に献納し、重盛公の申されたる旨をば具《つぶさ》に奏上したところ、帝は大いに御感《ぎよかん》あって、五百町歩の田地《でんぢ》を阿育王寺へ寄進されたのでございました。

このゆえに、阿育王寺では、日本の大臣平朝臣《たいらのあつそん》重盛公が、来世は善き処にお生まれになるようにとの祈りを、今に絶えず執行《しゆぎよう》していると、さように承っております。

■法印問答《ほういんもんどう》■

入道相国清盛は、小松殿（重盛）に先立たれて、なにかと心細く思われたのでございましょうか、福原へ駆け下り、門を閉じ謹慎籠居《ろうきよ》しておりました。

同じき治承三年（一一七九年）十一月七日の夜、戌の刻（午後八時頃）ばかりに、大地が恐ろしく揺れ動き、しかもかなり長いこと続きました。陰《おん》陽頭《ようのかみ》安倍泰親《あべのやすちか》は急いで内裏へ駆けつけて、

「このたびの地震は、占いの結果を判じてみまするに、ご謹慎あそばすべきこと決して軽くはござりませぬ。当陰陽道の三聖典のなかに、『金匱経《こんききょう》』の説くところを見まするに、『年で申すなら一年を出でず、月で申すなら一月《ひとつき》を出でず、日で申すなら一日を出でず』と、かように見えてございます。殊の外火急の事にござります」

と、こう占って、はらはらと泣いた……これには取次役の人も顔色《がんしょく》を失い、高倉天皇もたいそう驚かれたのでございました。

若き公卿殿上人どもは、しかし、

「この泰親の泣きようは、なにやら常軌を逸しておるぞ」

「まったく、何が起こるというのだ」

などと笑いあった。しかしながら、この泰親は、安倍晴明《あべのせいめい》から五代目の由緒正しい血統を受けて、天文の学は奥義《おうぎ》を極め、よろず推知するところは恰も掌《たなごころ》を指すがごとくであり、一つとして外《はず》れたことがない。されば、世の人々は、この人を指して「指《さ》すの神子《みこ》」すなわち指し示すところ神の如し、という名を以て呼んだのでありました。また、ある時は、落雷を受けながら、その雷火のために狩衣の袖こそ焦げましたが、泰親の体には、なんの障りもなかった、そんなこともございました。そのくらい、上

代にも末代にも、たぐいなき達人が泰親でありました。


十一月十四日、相国禅門清盛は、この何日か福原におられましたが、なにをどう思いつかれたものでありましょうか、数千騎《すせんぎ》の軍兵をずらりと引き連れて、都へ入ってくるという噂が聞こえてまいりました。ために、京のほうでは、それがどういう訳なのかは誰も知らぬまま、身分の上下にかかわらず皆恐れおののいておりまます。いったい誰が言い出したことやら、

「入道相国が、お上に対してお恨みを申しているのであろう」

などと触れ回る者もございました。関白基房殿も、このことを内々《ないない》に聞き知っておられましたのか、急ぎ参内して、

「この度相国禅門清盛が入洛してくるという事、これまったくこの基房を亡き者にしようという計画でございます。さても、どんな目に遭わなくてはならぬのでありましょうか」

と奏上いたしますと、帝はたいへんに驚かれ、

「そなたが、どんな目に遭うか……と申すからには、まちがいなく私もひどい目にあうということなのであろうな」

と仰せになって、涙をお流しになったのは恐れ多いことでありました。まことに、天下の政《まつりごと》と申すものは、帝や摂関家の計らうべきことであるにもかかわらず、平家ごときが壟断《ろうだん》するというのは、これまったくどういうことなのでありましょうや。かくては、天照大神《てんしょうだいじん》や春日大明神《かすがのだいみょうじん》が

なにをどうお考えになっておられるのか、まことに推知しがたいところでございました。

十一月の十五日、入道相国清盛が内裏かたをお恨み申しているのは間違いないと噂に聞こえてまいりますほどに、後白河法皇もたいへんに驚かれ、故少納言入道信西の子息、静憲法印《じようけんほういん》をお使者に立てて、清盛のもとへ遣わしたのであります。

「近年、朝廷周辺もなにかと騒がしいことで、人の心も乱れがちである。これによって世間も落ち着きがなくなってゆくこと、おしなべて嘆いておるところであるが、しかしながら、ほかならぬそこもとが居てくれればこそ、万事につけて頼りにしてきたのである。しかるに、そのそなたが、天下を鎮めよとまでは申すまいが、反対に世の中をがたがたと騒がせて、あまつさえ朝廷に怨みがあるらしいなどという噂まで聞こえてくるとは、そもいったい何事であるか」

と、このようにお叱りがございます。静憲法印は、このお言葉を預かって、お使者として西八条の清盛邸へ向かいます。

が、朝から夕方になるまで待ったけれども、なんの音沙汰もない。〈さればこそかねて噂の通りか……もはや、こんなところに待っているのは所詮無益《むやく》なことよ〉と静憲法印は思い定めて、源大夫判官季貞を取次に、法皇の御意のほどを伝達せしめ、

「お暇を申しましょう」

と言って出ていきます。

するとその時、清盛入道が、

「法印を呼べ」

と出てまいります。そうして、法印を呼び戻すと、滔々と弁じ立てた……。


「やあやあ、法印御房、この浄海が申すことは間違っておろうかの。まず内大臣重盛が亡くなりましたること、これを以て当家の運命を推考するについても、この入道はずいぶん悲しき涙をこらえて過ごしてまいりましたぞ。そのあたりは、そこもとの心にもぜひお察し願いたいものじゃ。保元以後は、反乱逆賊などうち続いて、法皇さまにもお心の安まるときとてないご日常でいらっしゃいましたろう。しかるに、この入道は、ただおよその指図をしたに過ぎず、実際のところは、亡き内大臣重盛が直接事に当たり、粉骨砕身の努力を以て、逆鱗《げきりん》に触れるような度々《たびたび》の事件に際して、法皇さまのお心を安めまいらせたことであった。その他、時々の特別な宮中儀礼、あるいは朝夕の通常政務、おしなべて内大臣ほど功績のあった臣下はたぐいがございますまい。こうしたことについて、古えの先例を思いみるに、唐の太宗は、賢臣魏徴《ぎちょう》に先立たれて、悲しみのあまりに『昔、殷の高宗は夢のうちに良き臣下を得たが、今の私は目覚めて後に賢臣を失った』という碑文《ひもん》をみずから書いて廟《びょう》に立てた……と、そこまでして賢臣を失うことを悲しまれたと申すぞ。我が朝にも、入道が目《ま》の当たりに見たことでござるが、民部卿《みんぶきょう》藤原顕頼《あきより》が逝去したことをば、亡き鳥羽院《とばのいん》は、とりわけお嘆きになり、石清水八幡宮への行幸の予定を延期され、また管弦の御遊《おおんあそび》もとりやめにされたものよ。総じて、臣下の死するをば、代々の帝は、みなお嘆きになったことじゃ。さればこそ、『親よりも懐かしく、子よりも睦まじいのは君臣の仲』と諺にも申すことではござらぬか。しかしながら、かの内大臣の死後、まだ四十九日も来たらぬ内に、法皇におかせられては、石清水八幡宮への御幸も管弦の御遊《おおんあそび》もなさいましたな。そうしてお嘆きの色は、一っつもございませなんだ。いや、たとい入道の悲しみに御憐《おんあわ》れみをおかけくださらずとも、なんとして内大臣の忠義を思い忘れなさってよいものでござろうか。はたまた、内大臣の忠義を思い忘れあそばそうとも、どうしてこの入道の嘆きに御憐れみをかけてくださらぬのでござろうか。これでは、父子揃って御意に適《かな》わないということでございますほどに、今やすっかり面目を失ってしまいました……これが一つ。

次に、越前の国は、子々孫々に至るまで当家の所領にして変改《へんがい》なきことをお約束の上で頂戴したものでございますものを、内大臣に先立たれまして後、すぐにお取り上げになられましたのは、そもいったい何の落ち度あってのことでござりましょうや……これが一つ。

次に、中納言の席に空きが出ました時に、二位中将《にいのちゅうじょう》（藤原基通《もとみち》）が所望されたるものを、この入道、ずいぶんにおとりなし申したにもかかわらず、遂にお聞き届けなくして、関白（藤原基房）の子息師家《もろいえ》をこれに宛《あ》て行《おこな》われましたことは、さてどういうわけでございましたろうか。たとえ入道が理に合わぬことを申し上げたとしても、一度くらいはどうしてお聞き入れくださらぬのでありましょうか。ましていわんや、二位中将は藤原本家の嫡男ではあり、位階も申し分なし、かの人事につきましてはもっとも理に適っておりますこと、論《ろん》を俟《ま》たぬはず。にもかかわらず、わざと筋違いの処置をなさったこと、おおいに期待はずれなお計らいでございました……これが一つ。

次に、新大納言成親卿以下、鹿の谷に寄り合って謀反の企てがございましたこと、これ決してあの者どもの私的な計略ではござりませぬ。なにもかも、法皇のお許しがあったればこそのことでござる。今更事新しい言い草ながら、保元平治の乱れにおいて、法皇がたについて命をかけたご奉公のことを思えば、七代《しちだい》までは我が一門をなんとしてお見捨てあってよいものでござろうか。それに、この入道も齢七十《よわいしちじゅう》に及んで、もはや余命いくばくもない、たかがそのわずかに残された一生のうちにも、どうかすれば我らを滅ぼそうというお考えがある。よくこう申しませぬか、子孫が何代にも亘って朝廷の御用を勤めるというようなことはそうそうあるものでない、と……。しかるに、老いて子を失うのは、枯木に枝のないのと同じことじゃ。もう幾程もないこの俗世に、あれこれ気を使って遠慮ばかりしておっても意味のないことゆえ、このほど、もうどうにでもなれと思うようになったという次第でござる」

清盛は、猛り立ったり、涙を流したりしながら、こんなふうに獅子吼《ししく》したのでありました。これには法印、恐ろしくもあり、また哀れにも感じて、汗びっしょりになってしまいます。こんな調子で清盛に弁じ立てられたのでは、どんな人でも、おそらく一言《いちごん》の返事もできることではございますまい。しかも法印は、法皇近習の一人にほかならず、またあの鹿の谷の密謀の折に同席して具《つぶさ》に見聞《けんもん》していたことは事実でもあり、うっかりすれば、その一味として今すぐにでも召し捕られ、投獄されるやもしれぬと思いまするに、恰も龍の鬚《ひげ》を撫で、あるいは虎の尾を踏むような心地がいたしました。とはいえ、法印もなかなかのくせものでありますから、ちっとも騒がず、平然として申します。

「まことに、たびたびのご奉公の功績浅からぬことでございます。されば、一時的に法皇さまをお恨みなさいますことには、一理ございましょう。ただし、官位といい俸禄といい、御身にとっては、なにもかも十分揃っておるはず。それはすなわち、法皇さまが、入道殿のご功績に深く感銘されているからにほかなりますまい。それなのに、近臣どもが世を乱したについて、それを法皇さまがお許しになっている、などと申すのは、必ずや腹黒い臣下どもの悪巧みに違《ちが》いありますまい。耳で聞いた噂は信じるが、自分の目で見た事実は信じない、などということは、俗人どもにありがちな弊風《へいふう》でござる。つまらぬ者の申す流言《りゅうげん》を重要視して、朝廷の恩を蒙ること抜群であるのに、主君に背きまいらせるとあっては、現世であれ来世であれ、その因果応報は恐ろしいものぞ。およそ天の心はあの空のように青々として人知を以ては測りがたいものじゃ。されば法皇さまのお心も、さだめてそのようなものであろう。下《しも》の者が上《かみ》のお方に逆らうことは、どうして人臣の礼儀にかなっていると申すことができようぞ。そこをよくよくお考えあるべし。とはいえ、結論から申せば、いま仰せになったご趣旨を、わたくしから法皇さまにご披露致すことでござる」

と、こう言って退出されたほどに、そこに多く並びいた人々は、

「ああ、恐ろしいこと……」

「入道が、あれほど猛り立っておわしたに、それにちっとも恐れず、堂々と返答して立たれたことじゃ」

などと言い言いして、法印を褒めない人とてもなかったのでございます。

■大臣流罪《だいじんるざい》■

法印は、御所へまいり、かくかくしかじかと奏聞《そうもん》いたします。法皇も、それはたしかにもっともな道理じゃと思われて、反論のお言葉もなかった。

十一月の十六日、入道相国は、この数日思い立って考え続けていたこと

ゆえ、関白藤原基房をはじめとして、太政大臣藤原師長以下、公卿殿上人併せて四十三人の官職を停止《ちょうじ》の上、追放を命じられる。関白殿は、太宰《だざいの》帥《そつ》に左遷となり、九州へ流されます。

「こういう時節じゃ、どうもこうもなるようになろう」

とて、鳥羽の辺り、古川というところで関白殿は出家される。御年三十五。

「礼儀故実よくご存じで、曇りなき鏡のように万事お見通しの方であったものを……」

と、公家衆はみなこの出家を惜しみ申すこと並々でなかった。しかるに、遠流の人がその道中において出家したときは、約束の国には遣《つか》わさぬことが慣例でありますから、九州日向《ひゅうが》の国に配流《はいる》と定められておりましたが、ご出家の結果、備前の国府《こふ》の近く、湯迫《いばさま》というところに留められたのでございます。

大臣が流罪になるという前例は、左大臣蘇我赤兄《そがのあかえ》、右大臣（藤原）豊《とよ》成《なり》、左大臣藤原魚名《うおな》、右大臣菅原道真、左大臣源高明《たかあきら》、内大臣藤原伊周《いしゅう》公に至るまで、すでに六人ございます。しかしながら、摂政関白を流罪とすることは前例がなく、これを以て最初と伺っております。

いっぽう、故中殿《こなかどの》藤原基実《もとざね》の子息二位中将基通《もとみち》は、入道の婿となっておりましたがゆえに、大臣関白の職に就けさせたのでございます。

去る円融院《えんゆういん》の帝《みかど》の御世、天禄《てんろく》三年（九七二年）十一月一日、一条摂政《いちじようのせつしよう》謙徳公《けんとくこう》（藤原伊尹《これまさ》）が亡くなりましたときに、その御弟堀河関白《おんおとと ほりかわのかんぱく》忠義公（藤原兼通）が、その時はまだ従二位《じゆにい》中納言でございました、ところが、その御弟の法興院《ほごいん》の大入道殿《おおにゆうどう》（藤原兼家）は、その頃すでに大納言の右大将でございましたから、忠義公は御弟に越えられてしまっていたものの、今また越えかえして、内大臣正二位《ないだいじんじようにい》に昇格し、内覧《ないらん》の宣旨《せんじ》というものを頂戴いたします。これは帝よりも先に太政官《だいじようかん》の書類を内覧することを許されるというものでございます。この昇格人事は、当時、公家社会の耳目《じもく》を驚かせる異例の昇進と言いはやしたことでございましたが、この度清盛が行った人事は、それ以上に異例の出世でございました。すなわち、非参議《ひさんぎ》二位中将《にいのちゆうじよう》から、大納言も中納言もすっ飛ばしまして、いきなり大臣関白になられた、さようなことはまったく前例を聞かぬことであります。これは普賢寺殿《ふげんじどの》、すなわち藤原基通《もとみち》公のことでございます。この昇格人事の事務を管掌いたします上卿《しようけい》の宰相……すなわち参議首席の官でありますが……、また大外記《だいげき》、大夫史《だいぶのし》に至るまで、みな呆れ返った様子に見えたことでございました。

太政大臣藤原師長は、官職を停止《ちようじ》のうえ、東国のほうへ配流《はいる》となります。

かつて保元の乱（一一五六年）に際して、その父悪左府藤原頼長の巻き添えとなって、兄弟四人みな流罪となりましたが、御兄右大将兼長《かねなが》、御弟左中将隆長《たかなが》、範長禅師《はんちょうぜんじ》の三人は、赦免帰洛の日を待つことなく、流刑地において歿したのであります。が、この師長だけは、土佐の畑《はた》に流されて、そこで九度の春秋《はるあき》を送り迎えしつつ、長寛《ちょうがん》二年（一一六四年）八月に召還されて、もとの位に復し、次の年に正二位《じょうにい》に昇格、さらに仁安《にんあん》元年（一一六六年）十月に前中納言《さきのちゅうなごん》から、権大納言《ごんだいなごん》に昇ります。ちょうどその時、大納言の空席がなかったので、権大納言すなわち定員外の大納言となったのでありました。ここに大納言が六人になるという前例が開かれます。また前中納言《さきのちゅうなごん》から権大納言になることも、後山階大臣《ごやましなのだいじん》藤原三守《みもり》公、また宇治大納言《うじのだいなごん》源隆国《たかくに》卿のほかには、いまだ聞いたことがございませぬ。

　師長公は、管弦の道に通暁《つうぎょう》していて、また才芸も優れておいでしたから、次々と滞り無く昇進を重ねて、太政大臣まで位を極められたのでありますが、さてさていかなる罪の報いで、再び流謫《るたく》の憂き目にお遭いになったのでありましょうや。保元の昔は、南海道すなわち四国の土佐へ送られ、治承の今は逢坂の関の東なる尾張の国へ流されたとか……。元来、「罪なくして配所の月を見んこと（罪人としてでなく、自ら好んで辺鄙な流刑地に赴き、そこの月を眺めること）」は、風雅の心得のある人の望むところと、古えの物の本にも出ているところでございますので、師長の大臣《おとど》は、流されることなど敢えてものともしない、それどころか、あの唐王朝の太《たい》子賓客《しひんかく》……と申しますのは本朝で申しますと、東宮侍従のような司でございますが、その御役目を致しておりました白楽天、これが左遷の憂き目に遭いまして、潯陽江《しんようのえ》のほとりに流されたという、その故事など思い遣られては、鳴海潟《なるみがた》にて潮路《しおじ》はるかに遠望いたしまして、常に明月を望み、浦《うら》風《かぜ》に詩を朗吟し、琵琶を弾き、和歌を詠じなどしつつ、ぼんやりと月日を過ごしておられました。

ある時、尾張の国の第三の宮とされております熱田の明神へ参詣されます。その夜、神々のお楽しみのための音楽を奉納するについて、琵琶を弾き、朗詠しなどいたしますが、もとよりこの所は無知蒙昧の土地柄でありますから、その音楽の詩情を解するものなどおりませぬ。村の老人、乙女、漁師、農夫どもみな等しく顔をうなだれ、聞き耳を立てて謹聴しておりますが、まったく音の清濁を聞き分け、呂律《りよりつ》の調子なども誰《たれ》一人知る者がございませぬ。しかしながら、物の本に「瓠巴琴《こはきん》を弾《だん》ぜしかば魚鱗踊《ぎよりんをど》りほとばしる（名人の瓠巴が琴を弾いたならば魚も水から踊り出る）」と見え、また「虞公歌《ぐこううた》を発《はっ》せしかば梁塵《りやうぢん》動き動く（美声の虞公が歌声を発すれば、感銘して梁《はり》の塵《ちり》まで動きに動く）」ともございますごとく、芸能の技が絶妙を極めるときは、自然も感動を催す物でございますれば、さすがに聞く人皆身の毛もよだって、満座不可思議の感動に打たれたのでありました。

しだいに夜も深更に及んで、風香調《ふごうじよう》に琵琶を奏でるときには、花も馥《ふく》郁《いく》と香り、流泉《りゆうせん》の曲の間《あいだ》には、その清明《せいめい》まさに月と光を争うがごとくでありました。

願《ねが》はくは今生《こんじやう》世俗《せぞく》文字《もんじ》の業《ごふ》　狂言《きやうげん》綺語《きぎよ》の誤《あやまり》をもって
翻《かへ》して当来《たうらい》世々《せぜ》讃仏乗《さんぶつじよう》の因《いん》　転法輪《てんぽふりん》の縁《えん》とせむ

私の願うところは、今生にあって世俗の文字を弄んで業《ぎよう》とし、みだりに飾った言葉を以て人を惑わすという誤りを犯した、この悪因を転回して、来たるべき来世に仏法を讃歎《さんたん》し、以て説法のなかだちとしたい、とそのことである

この漢詩《からうた》を朗詠し、合わせて秘曲を弾かれるに及んで、神も感応ただならずして、神殿は大いに震動したことでございました。

「ああもし平家の悪行がなく、私がここに流されるということがなかったなら、今このありがたい神心《かみごころ》のみしるしを、なんとして拝することができたろうか、ありがたい、ありがたい」

といって、大臣は感涙を流されたことでございました。

さて、按察使大納言《あぜちのだいなごん》源資賢《すけかた》卿と、その子息右近衛少将兼讃岐守《うこんえのしようしようけんさぬきのかみ》源資時《すけとき》は、二つの官を停止《ちようじ》、参議皇太后宮大夫兼右兵衛督《さんぎこうだいこうくうのだいぶけんうひようえのかみ》藤原光能《みつよし》、大蔵卿右《おおくらのきようう》京大夫兼伊予守《きようのだいぶけんいよのかみ》高階泰経《たかしなのやすつね》、蔵人左少弁兼中宮権大進《くらんどのさしようべんけんちゆうぐうのごんのだいしん》藤原基親《もとちか》、三つの官を共に停止。その上でさらに、

「按察使大納言資賢卿、子息右近衛少将資時、孫源雅賢《まさかた》、この三人はただちに都から追放すべし」

という旨を、上卿《しょうけい》藤大納言実国《さねくに》、博士判官中原範貞《はかせのはんがんなかはらののりさだ》を伝達役として遣わして、その日のうちに都から追放されたのであります。大納言の仰せには、

「三千世界広しといえども、この五尺の身の置きどころもない。一生などあっという間だと言うけれども、なんの一日が暮らし難い」

とあって、夜中に九重《ここのえ》の雲の上なる宮中から紛れいでて、八重《やえ》に立ちたなびく雲のかなたへ、はるばると下っていかれたのでございます。かの「大江山生野の道の遠ければまだふみもみず天の橋立（大江山に行く途中の、生野［いくの］の道は遠いことゆえ、まだ踏みもみませぬ天の橋立よ、……そのように母の文もみませぬこと）」と古くより歌われました、大江山から、生野の道にかかりつつ、丹波の国の村雲《むらくも》という所に、しばらくは身を潜《ひそ》めていたのでありました。しかし、それも遂には見つけられて、さらに信濃の国へ流されたということでございます。

■行隆之沙汰《ゆきたかのさた》■

前関白松殿藤原基房の侍に、江大夫判官大江遠成《ごうのたいふのはんがんおおえのとおなり》という者がございました。これも平家にとっては不愉快な人物でありましたがゆえに、今にも六波羅から押し寄せて捕縛されるであろうという噂がございました。そこで子息江左衛門尉家成《ごうさえもんのじょういえなり》と共に、どこへともなく落ち延びてまいりました

が、伏見の稲荷山に駆け上《あが》り、馬より降りて、親子申し合わせましたることは、

「東国のほうへ落ち下り、伊豆の国の流罪人、前兵衛佐源頼朝《さきのひようえのすけ》を頼っていくことにしようとは思うが、それも今は帝の勘気《かんき》を蒙《こうむ》っておる人ゆえ、自分の身一つだけでも扱いかねていることであろう。日本国《にっぽんこく》じゅうに、平家の所領でないところがあるものであろうか。どうやっても遁れることのできない運命だ。かくなるうえは、年来住み慣れたところを人に見られるのも恥多きことであろう。よし、これより取って返し、六波羅から捕縛の使いが来たならば、腹かき切って死ぬにまさることはあるまい」

と、こう言い交わして、東山河原坂《かわらざか》の自邸へ取って返す……案の定、六波羅から源大夫判官季貞、摂津判官盛澄《つのはんがんもりずみ》を使者として、三百余騎みな揃いの鎧兜に身を固め、河原坂の大江邸へ押し寄せ、鬨《とき》の声をどっとあげる。

江大夫判官は縁先に立ち出でて、

「これをご覧ぜよ、おのおのがた。六波羅では、この様子を報告なされよ」

と叫ぶが早いか、邸に火をかけ、父子ともに腹かき切り、炎のなかに焼け死んでしまいます。

そもそもこのように、上の者も下の者も、多く命を失うことになったのは、どういうわけかと申しますに、その時関白にあがった二位中将殿（基

通）と、前の関白殿の御子、三位中将殿（師家）とが、中納言の席を巡って諍《いさか》いがあったゆえと申します。されば、前関白基房殿一人の御身は、どんな目に遭われるのも仕方ないが、連座して四十余人もの人々が罪せられることになったのは、さて、いかがなものでありましょうや。

去年、讃岐院に崇徳院のご追号あり、悪左府頼長に太政大臣正一位を追贈するなどのことがありましたが、それでも世間はなお静かにはなりませぬ。してみると、このことは、単に讃岐院や悪左府の怨霊の祟りばかりではなかったようでございます。

「おそらくは、あの入道相国清盛の心に、天の悪魔が入り込んでしまったゆえ、ああして腹立ちが収まらぬのに違いない」

と噂が立ったほどで、さすれば、

「この上また、世の中にどんな変事が起こることであろう」

とて、京じゅう悉《ことごと》く恐れおののくのでありました。

その頃、前左少弁行隆《さきのさしょうべんゆきたか》と申した人は、故中山中納言顕時卿《なかやまのちゅうなごんあきとき》の長男であります。二条院の御世には、弁官に任官して、はなはだ羽振りがよかったのでありますが、この十年あまりは、その官を停《とど》められて逼塞《ひっそく》し、夏冬の衣更《ころもが》えさえままならず、朝夕の食事にも事欠く始末。まことに生きているか死んでいるかわからない様子で暮らしておりましたが、太政入道清盛が、

「申すべき事がある。ただちに出頭されたし」

と使者をもって申し遣わしてまいります。これには行隆、

「この十年というもの、私は何事にも関与せず逼塞して過ごしていたものを……。さては、だれか讒言《ざんげん》したことでもあるのであろう」

と大いに恐れ騒いだ。北の方や子どもたちも、

「どんな目にお遭いになるのであろう」

と泣き悲しむところに、西八条から、使いが頻《し》く頻《し》くと下ってまいりますれば、もはやどうにもなりませぬ。しかたなく、人に車を借りて西八条へ出頭いたします。

すると思っていたこととは相違して、入道がすぐに出て対面がございます。

「そのほうの父の卿は、事の大小にかかわらず、なにかと相談をした人だから、おろそかには思っておりませぬぞ。しかるに、ここ何年も逼塞しておられるということ、お気の毒に思いまいらせておりましたが、なにぶん法皇がご政務を独占しておられるのでは、この清盛にも手が出せなんだ。が、今は晴れて出仕なさるがよい。官職のこともなんとか手立ていたすことにしようぞ。さらば、さっそく帰られよ」

とこう申し渡して入られた。

行隆が家に戻ると、もうてっきり死んだと思っていた人が生き返ってきた心地がして、一同集まって皆悦び泣きをしたことでございました。

太政入道は、源大夫判官季貞を使者として、行隆に所領として治めるべき荘園の安堵の状をたくさん遣わしたのであります。しかも、当面さぞ貧窮して困っているだろうというわけで、絹百疋《きぬひやっぴき》、金百両《こがねひやくりよう》、そして米をも添えて車に積んで贈り、また出仕のために必要であろうということで、召使、牛飼、それに牛、車まですっかり手配して遣わされたのでありました。行隆は、嬉しさに手の舞い足の踏むところも知らぬ有り様、

「これは、もしや夢だろうか、夢か……」

と言って驚いた。

十一月の十七日、五位の侍中《じちゆう》というお役を頂戴いたしまして、左少弁に返り咲きます。今年五十一歳、今更ながら若やいだことでしたが、所詮、ただ片時《へんし》ばかりの栄華と見えたことでございます。

■法皇被流《ほうおうながされ》■

同年の十一月二十日、院の御所法住寺殿においては、軍兵が四方をみっしりと包囲致します。

「平治の乱の折に、信頼《のぶより》が、当時後白河上皇の御所であった三条殿《さんじようどの》でやったように、ここに火をかけて人は皆焼き殺されるであろう」

そういう不穏な噂が聞こえてまいりますほどに、身分の高きも賤しき

も、女房ども、また女《め》の童《わらわ》など、衣被《きぬかず》きの嗜みも捨てて、慌て騒いで走り出てゆく。法皇も大きに驚かれております。

そこへ前右大将宗盛卿が、車をさし寄せると、

「さあさ、早くこの車にお乗りくだされませ」

と法皇に奏上いたしますほどに、法皇、

「これは、さていったい何事であるか。自分になんの咎《とが》があろうとも思えぬが。成親・俊寛のように、遠き国やら、遥かの孤島やらへ遠流《おんる》になるのであろうな。今上陛下《きんじようへいか》が、あのようなご幼若《ようじやく》じゃによって、私はしかたなく政務に助言を申しているだけなのだ。もしそれもいけないというのであれば、これから後は、それもやめるようにするから……」

と仰せになる。宗盛卿は、

「いや、さようなことではござりませぬ。この騒がしい世上を鎮めますまでの間、鳥羽殿へ御幸《ごこう》なさっていただこうと、そのように父入道が申しておりますので……」

「それでは、宗盛、このままお供にまいれ」

と法皇は仰せになるけれども、宗盛は、勝手にそんなことをすれば、父禅門清盛のご機嫌を損じることを恐れて、お供にはまいりませぬ。

「ああ、こんなことの対応を見ても、兄の内大臣重盛よりも、よほど劣っていることとよ。先年も、すんでのところでこんな目を見るところであったが、その時は内大臣が、身命《しんめい》を賭《と》して清盛を諌めとどめてくれたればこ

そ、今日《こんにち》まで、こうして安閑としていられたのだ。いまや内大臣のように諫める者もないと見て、こんな手荒なことをするのであろう。この分では、これからどうなるか分かったものではない」

法皇はこう言って、涙をお流しになったのは、まことに恐れ多いことであった。

そうして、御車にお乗りになる。公卿や殿上人は、一人もお供にまいりませぬ。ただ北面の武士の賤しき身分の者ども、また金行《こんぎよう》という力仕事の御用を勤める法師だけが随従してまいります。また、その御車の後ろのほうには、尼御前《あまごぜん》が一人同乗しております。この尼御前と申す者は、すなわち法皇の御乳母、紀伊二位《きのにい》その人でございます。

御車は、七条大路を西へ、朱雀大路《しゆしやかおおじ》を南へと下ってまいります。されば、これを見た賤しい下民男女などに至るまで、

「おやおや、法皇が流されておいでになりますぞよ」

と涙を流し、袖を絞らぬ者とてもないのでございました。されば、

「こないだの、ほれ七日の夜の大地震な、あれもこういうことの出来《しゆつたい》する予兆であったかもしれん……それで地獄の底までもそれが響きあってさ、大地の底の守り神様までがわやわやと騒がれたか……それも道理じゃな」

などと人々は噂したことでありました。

さて、法皇が鳥羽殿へお入りになると、大膳大夫信業《だいぜんのだいぶのぶなり》が、どこをどう紛れて入ってきたものやら、御前《ごぜん》近くまで伺候いたしましたのを呼ばれまして、

「なんとしても、今夜中に命を取られるだろうと思うぞ。されば、せめて身を清めるために行水などしたいと思うのだが、どうしたものであろうかな」

と仰せがあります。信業は、今朝から、もはや肝魂《きもたましい》も体を抜け出てしまったごとく、ただ呆然としておりましたが、このような仰せを直接に承ったことのもったいなさに、狩衣に襷《たすき》を掛けて、小柴垣《こしばがき》を壊して焚付《たきつけ》とし、大床《おおゆか》の柱を割って薪《たきぎ》をつくり、また水を汲み入れるなど、大わらわで用意をすると、型どおり行水のお湯を作ってまいらせたのでございました。

また静憲法印は、入道相国の西八条の邸へまいりまして、

「法皇が鳥羽殿へ御幸になられたにつきまして、御前《おまえ》にしかるべき近習《きんじゅ》が一人もおられぬ由を承っております。それはあまりにお気の毒かと存じます。そこで、なんの差し障りがございましょうや、この静憲だけは御前に伺候《しこう》することをお許しくださいませ。さすれば、すぐにまいりましょうほどに」

とこのように言上いたします。清盛は、

「ああよいぞ、さっさと行くがよい。御房は間違いなどしでかす人ではあ

るまいからな」

といってこれを許したのでありました。

法印は早速鳥羽殿へ参上致しまして、門前にて車を降り、ずいっと入ってまいりますと、折しも法皇はしきりにお経を声高く読んでおられました。そのお声も、まるでぞっとするように辺りに響いております。

法印がつっと御前に参候いたしますと、法皇がそれまで読んでおられた経典に、はらはらと涙がかかっております。これを見て法印、あまりの悲しさに、尊き皮の法衣《ほうえ》の袖を顔に押し当てて、泣く泣く御前《ごぜん》へすすみ出でます。御前には、尼御前ばかりが侍っておりました。

「どうなされました、法印御房、君は昨日の朝、法住寺にてご朝食を召し上がった後《のち》は、夕べも今朝も、なにも召し上がっておられませぬ。またこの長き夜も一晩中おやすみにもなっておられませせぬほどに、かくてはお命も危うく拝見いたしますのじゃが」

と尼御前は言う。法印、涙を抑えて申しますことには、

「なにごとにも限りというものがございます。平家が栄華をほしいままにして、はや二十年余り……されども、その悪行は矩《のり》を越えておりますから、もうはや滅びようとしております。天照大神《てんしようだいじん》、石清水八幡宮《いわしみずはちまんぐう》が、なんとしてお見捨て申しましょうぞ。中にも君が日頃から厚く尊崇しておられます日吉山王七社《ひよしさんのうしちしや》は、『法華経』の御教えを守護しようというお誓いを変えぬ神様でございますほどに、その『法華経』の八軸にかけて、君を

ば、お守りくださいますことでしょう。されば、政務はいずれ法皇さまが再び掌握される御世ともなり、凶悪の賊徒は水の泡と消え失せることでございましょう」

このように申し上げたので、法皇もこの言葉を聞いて、少し心の慰められる思いになられたことでございました。

今上高倉帝は、関白が流され、臣下も多く滅びさってしまったことをお嘆きになっておられましたが、あまつさえ法皇までも鳥羽殿へ押し込められておいでになるとお聞きになって以後は、まったくお食事も召し上がりませぬ。そうしてご病気とのことで、ずっと夜の御寝所《ごしんじょ》にのみ籠《こも》っておいでになります。

法皇が鳥羽殿に軟禁状態となって後、内裏では臨時のご神事として、帝が夜毎に清涼殿《せいりょうでん》の石灰壇《いしばいのだん》に於いて伊勢の大神宮を遥拝《ようはい》されたのでございます。これは、ひたすら法皇のためのお祈りであります。

二条院の帝は賢王でおわしましたが、「天子に父母《ぶも》なし」という古人の教えを守って、常々後白河法皇のお言葉にも従わなかったことの報いでありましょうか、そのお血筋を代々継承する君とはなり得ず、帝位を譲り受けられました六条院の帝も、安元《あんげん》二年（一一七六年）七月十四日の日に、御年わずかに十三にして崩御なさった……まことに嘆かわしいことでございました。

■城南之離宮《せいなんのりきゅう》■

古えの唐土《もろこし》の教えに「百行《はっこう》の中《なか》には孝行《こうこう》をもって先《さき》とす。明王《めいおう》は孝《こう》をもって天下《てんが》を治《おさ》む（よろずの行いのなかでは親孝行を以て第一とする。明君は孝行の徳を以て天下を治める）」とございます。されば、かの国の陶唐氏堯帝《とうとうしぎょう》は、老い衰えた父を尊崇し、有虞氏舜帝《ゆうぐししゅん》は、頑迷なる母を敬うたと見えます。彼の地の賢王・聖主の示しおかれたお手本を見習いおわしました今上帝のご叡智のほどは、まことにすばらしいものでございます。

その頃、内裏から密かに鳥羽殿の法皇のもとへ、帝のご書簡が届けられます。

「このような乱れた世に、禁裏において帝位についていても何になりましょうか。ただ、寛平《かんぺい》（八八九～八九八年）の御世に、帝位を降りさせ給うて後、ご出家あそばした宇多院《うだいん》の帝の御跡《おんあと》や、御位《みくらい》を譲られて後、仏道に帰依され諸国を巡拝してすごされた花山院《かざんいん》の帝の御行跡《ごぎょうせき》を慕って、出家いたし、俗世を捨て、山林に流浪する仏道行者《ぎょうじゃ》となってしまいとうございます」

とこのようにお書きになっておりました。法皇からのお返事には、

「そのようなことを思し召しなされますな。君がそうして帝位においでに

なることこそが、わたくしのたったひとつの頼みでございますほどに。もし、仰せのごとくに御位《みくらい》を降りられて、ご出家などなされ、行方《ゆくえ》も知れぬようにおなりになったら、それこそ何を頼みにすることができましょうや。ただこの愚かな老人が、とにもかくにも人生を全うするのを、最後までお見送りくださいませ」

とございました。これには、帝もそのお返事をば顔に押し当てて、とどめ得ぬ涙に沈んでおられます。唐土の文に「君《きみ》は舟、臣《しん》は水、水よく船を浮かべ、水また船をくつがえす。臣よく君をたもち、臣又君を覆《くつがえ》す（君主は舟のようなもの、そして臣下は水のようなものだ。水はよく船を浮かべるけれども、同時にまた、水は時に船を転覆させもする。臣下はよく君をお守りするが、時には臣が君を顚覆《てんぷく》させることもある）」とございます。かの保元平治の頃には、入道相国も、よく法皇をお守りしたものでございましたが、安元治承のただいまとなりましては、また法皇を蔑《ないがし》ろにするようになりました。これまさに、唐土の史書《ししょ》の文言《もんごん》そのままでございました。

大宮大相国《おおみやのだいしょうこく》藤原伊通《これみち》、三条内大臣《さんじょうのないだいじん》藤原公教《きんのり》、葉室大納言《はむろのだいなごん》藤原光頼《みつより》、中山中納言《なかやまのちゅうなごん》藤原顕時《あきとき》、これらの人々も亡くなられた。今は、昔からの人としては、藤原成頼《なりより》と平親範《ちかのり》くらいしか残っておりませぬ。この人々も、

「こんな末の世には、朝廷に出仕して立身し、大納言中納言などを歴任しても、何になろうぞ」

とて、まだまだ元気であった人々が、出家し俗世を捨て、民部卿入道《みんぶきょうにゅうどう》親範は大原《おはら》の霜とともに隠棲し、宰相入道《さいしょうにゅうどう》成頼は高野山に上《のぼ》り霧のうちに隠れてしまって、ひたすら後世の菩提を願う勤行《ごんぎょう》に専念していたと聞こえております。遠く唐土の古えを尋ねれば、秦《しん》の暴政《ぼうせい》を遁《のが》れて、四人の聖人は商山《しょうざん》の雲に隠れ、また堯帝《ぎょうてい》の賢臣許由《きょゆう》は、都を遁れて潁川《えいせん》の月に心を澄ましたと、さようの前例もございます。すなわち、これらは博覧にして清潔の人士なればこそ、世を捨てて山林に逃れたのではございませなんだか。なかにも、この高野に入られた宰相入道成頼は、かようのいざこざを聞き及んで、

「やれやれ、我ながらなんと賢明にも世を逃れたものじゃ。このように乱れた世をば、こうして出家して聞くも、俗世にいて聞くも同じことながら、もしまだ都にいて目《ま》の当たりにこれを見たとしたら、なんと情けない思いがしたことであろう。保元平治の戦乱、あれも呆れたものだと思っておったに、世も末になると、こんなひどいことがあるものじゃなぁ。これで、以後またどんなひどいことが出来せぬとも限らぬわ。くわばらくわばら、もう雲を分けても登りゆき、山の向こう側にでも隠れ入ってしまおうぞ」

　と述懐した由でございます。なるほど、良心的だと思われているほどの人ならば、とてもとどまっていてよい世の中とも思えませぬ。

十一月二十三日、天台座主覚快法親王は、しきりに座主の座をご辞退されましたによって、前座主明雲大僧正が再び座主に返り咲かれます。

入道相国清盛は、このようにさんざんにしたい放題をやり尽くされましたが、しかし、娘御は中宮でございますし、関白殿（藤原基通）は婿にあたります。そんなことから、万事安心だと思ったのでございましょうか、

「政務はただ、ひたすら帝の御意のままにせよ」

と言いおいて、福原へ下ってゆきました。前右大将宗盛卿は、急ぎ参内《さんだい》いたしまして、このことを奏上いたしましたところ、帝は、

「法皇が私にお譲りくださった世であるならば、そういたしもしましょう。しかし……今の状況では……ただなにごともただちに関白と相談のうえ、宗盛、そなたが、ともかくもよきにはからえ」

と仰せになって、清盛の言うとおりにはならなかったのでございました。

法皇は城南鳥羽の離宮にて、冬も半分お過ごしになりましたほどに、藐《は》姑《こ》射《や》の山、すなわち法皇のお住まい処《どころ》の嵐の音はまことに激しく、寒き庭に射《さ》す月の光は冴え冴えとしております。庭には雪がみっしりと降り積もっておりますが、その雪に足あとをつけて訪ねてくる人もなく、池水《いけみず》は厚い厚い氷に閉《と》じられて、群れていた鳥も、もうどこにも見えませぬ。ところの大寺《おおでら》すなわち勝光明院《しょうこうみょういん》の鐘の声は、唐土《もろこし》の遺愛寺《いあいじ》のそれかと聞き驚

き、西山《にしやま》の雪の色は、香炉峰《こうろほう》を望むかと思われる。まさに白楽天の漢詩《からうた》に「遺愛寺《ゐあいじ》の鐘は枕《まくら》を欹《そばた》てて聴《き》き、香炉峰《かうろほう》の雪《ゆき》は簾《すだれ》を撥《かか》げて看る（遺愛寺の鐘は枕を高く立てて聴き、香炉峰の雪は簾を巻き上げて見ることだ）」とございますことも彷彿と致します。また夜になれば、寒い霜に砧《きぬた》を擣《う》つ音が響き、それがかすかに法皇の御枕《おんまくら》まで伝わってまいります。暁には、氷を軋《きし》ませていった車の轍《わだち》が、遥かに門前を横切っていくのが見える。巷《ちまた》を通り過ぎて行く人々、また馬どもの忙《せわ》しげな気配には、浮世を渡る人々の有様もはじめて窺《うかが》い知られて、法皇の心にもののあわれを感じさせております。

「宮の門を守る鄙《ひな》の男たちが、昼も夜も警護の務めをしているのは、いったいどのような前世からの因縁でここにいるのであろう。そんな風にして、自分とあの者たちが不思議の縁に結ばれておるな」

などと仰せになったのも、まことにもったいないことでございました。かくのごとく、およそ何につけても、またどんな事に触れても、法皇はお心を傷められぬということがございませぬ。そんな日々のなかで、あれこれの折々のご遊覧、またあちらこちらへご参詣なさったことなどを、法皇は追懐《ついかい》し続けあそばしては、懐旧の御涙《おんなみだ》を抑えがたいことでございました。

　こうしてその年も過ぎ、また新しい年が来て、治承も四年《しねん》になったのでありました。

本書は「コデックス装」という新しい造本法を採用しました。背表紙のある通常の製本形態とはことなり、どのページもきれいに開いて読みやすく、平安朝から中世にかけて日本の貴族の写本に用いられた「綴葉装《てつようそう》」という古式床《こしきゆか》しい装訂法を彷彿《ほうふつ》とさせる糸綴《いとと》じの製本です。

帯に配したローマ字は、キリシタン版『平家物語』『日葡辞書』に準拠したポルトガル式ローマ字で「謹訳 平家物語」と表記したものです。十六世紀中葉、イエズス会の宣教師が渡来し、キリスト教を日本に伝えましたが、彼らは多くポルトガル人であったため、日本語をポルトガル語式ローマ字で表わしました。『平家物語』もこのローマ字表記を用いた口語訳が、キリシタン版『平家物語』として一五九三年に天草《あまくさ》で活字出版され、これが日本の物語文学が印刷を以て刊行された最初のものと考えられています。

林 望（はやし・のぞむ）

一九四九年東京生。作家・国文学者。慶應義塾大学文学部卒、同大学院博士課程修了（国文学専攻）。ケンブリッジ大学客員教授、東京藝術大学助教授等を歴任。一九八四年から八七年にかけて、日本古典籍の書誌学的調査研究のため、イギリスに滞在。その時の経験を綴ったエッセイ『イギリスはおいしい』（平凡社・文春文庫）で九一年に日本エッセイスト・クラブ賞を受賞し、作家デビュー。『ケンブリッジ大学所蔵和漢古書総合目録』（P.コーニツキと共著、ケンブリッジ大学出版）で九二年に国際交流奨励賞、『林望のイギリス観察辞典』（平凡社）で九三年に講談社エッセイ賞を受賞。学術論文、エッセイ、小説の他、歌曲の詩作、能作・能評論、自動車批評、料理書、古典文学評解等幅広く執筆。近年は『往生の物語』（集英社新書）、『すらすら読める風姿花伝』（講談社）、『女うた恋のうた』（淡交社）、『リンボウ先生のうふふ枕草子』（祥伝社）等、古典の評解書を多く執筆。『謹訳 源氏物語』全十巻（祥伝社）で二〇一三年に毎日出版文化賞特別賞受賞。最新刊は、句集『しのびねしふ』（祥伝社）

公式ホームページ http://www.rymbow.com/

謹訳《きんやく》 平家物語《へいけものがたり》 一《いち》

平成二十七年五月十日 初版第一刷発行

著者――林 望《はやしのぞむ》
発行者――竹内和芳《たけうちかずよし》
発行所――祥伝社《しょうでんしゃ》
〒一〇一-八七〇一 東京都千代田区神田神保町三-三
☎03-3265-2081（販売部） ☎03-3265-1084（編集部）
☎03-3265-3622（業務部）
印刷――堀内印刷
製本――ナショナル製本

ISBN978-4-396-61523-9 C0393 Printed in Japan
祥伝社のホームページ・http://www.shodensha.co.jp/

林望のベストセラー

第67回 毎日出版文化賞特別賞受賞

全五十四帖 現代語訳の決定版！

謹訳 源氏物語 〈全十巻〉

四六版／コデックス装

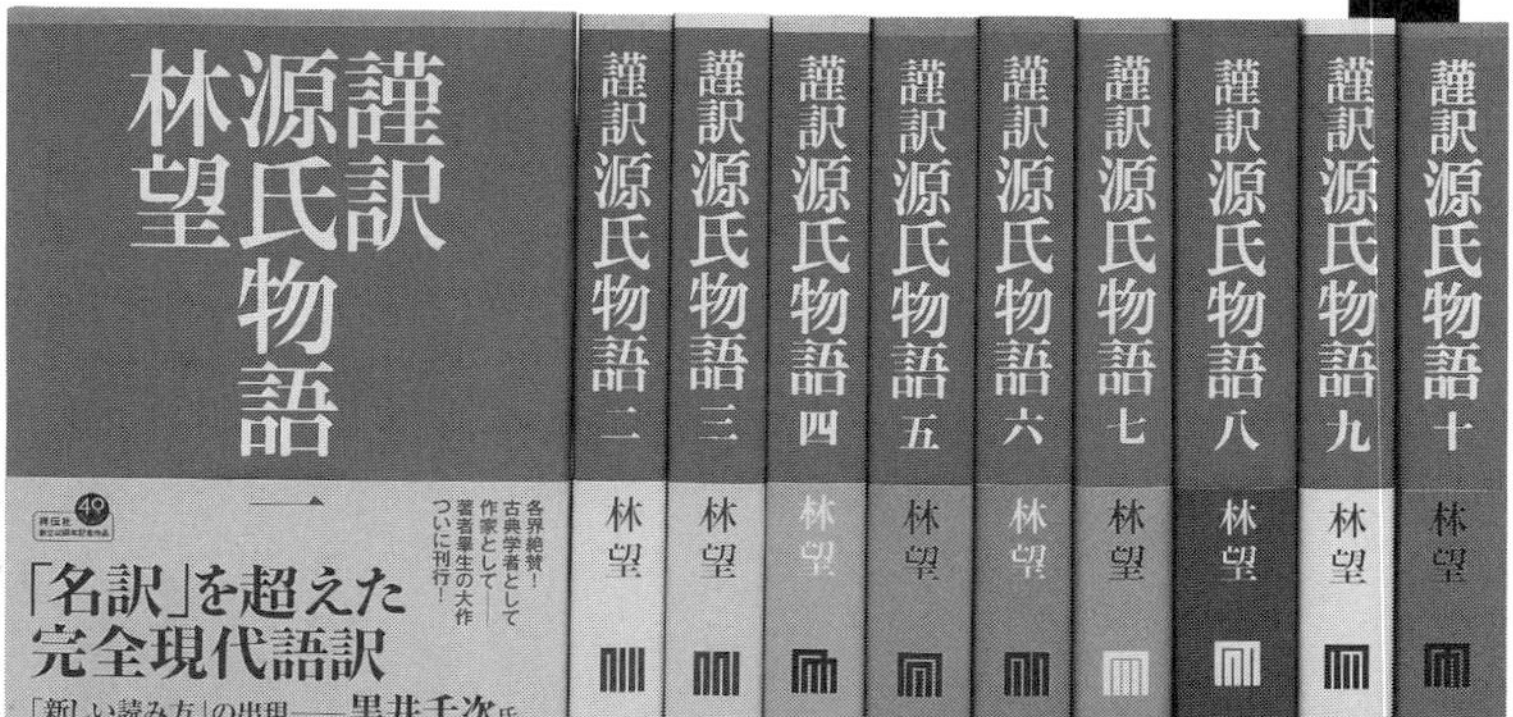